# *El Eco de Pía*

***By***

***Lermit Ramon Diaz-Salazar***

# Derechos de Autor



Numero de Registro: TXu 2-474-685
Fecha Efectiva de Registro: 19 de Febrero de 2025
Fecha de Decisión de Registro: 14 de Marzo de 2025



ISBNs

E-BOOK: 978-1-966131-37-3

PAPERBACK: 979-8-3492-5106-1

HARDCOVER: 978-1-966131-85-4

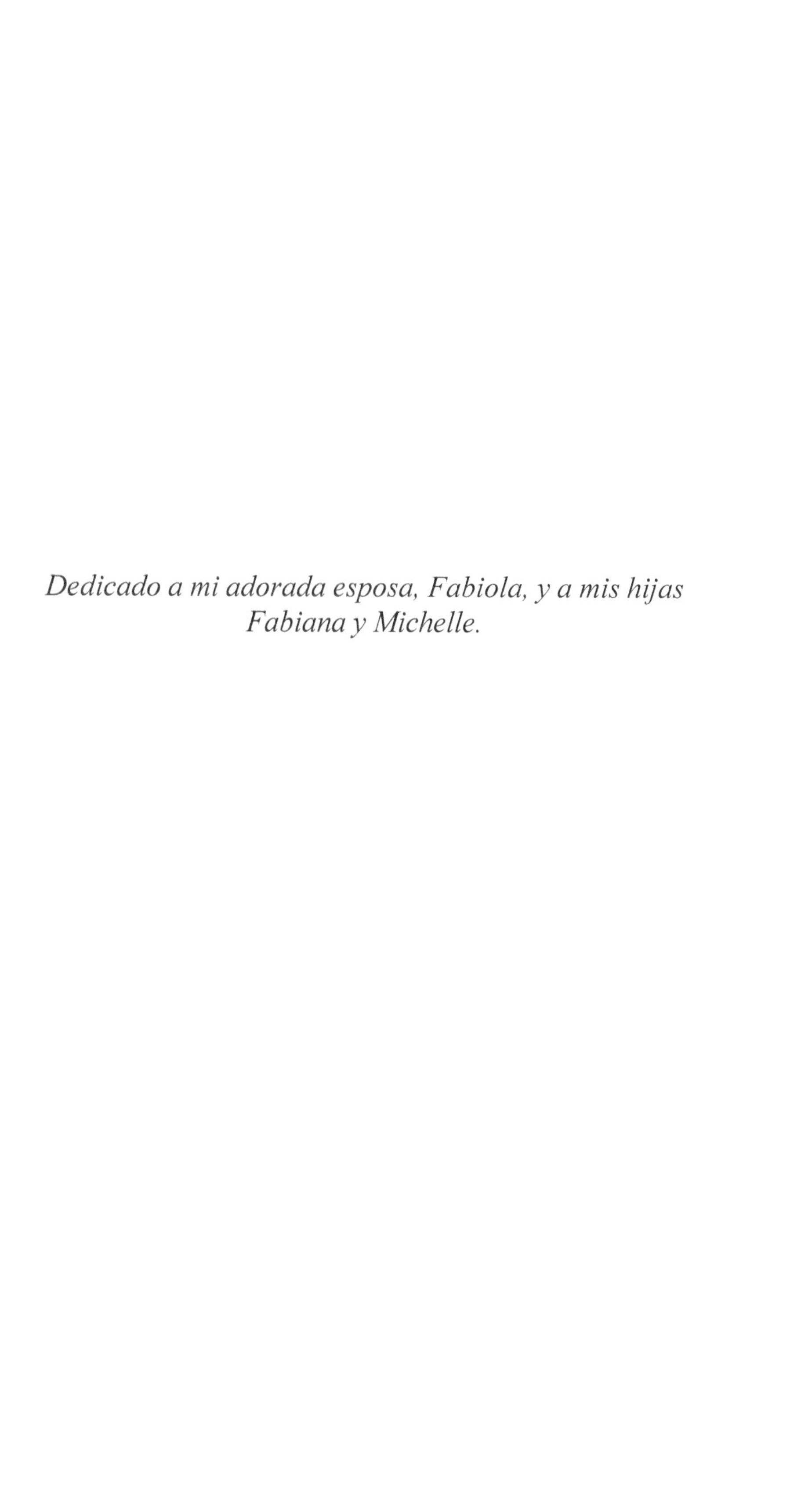

*Dedicado a mi adorada esposa, Fabiola, y a mis hijas Fabiana y Michelle.*

# Índice


El Puente Hacia Nuevos Horizontes ..... 1
El Diario de Pía ..... 5
La Herida Silenciosa ..... 6
Bajo el Hechizo de la Lluvia ..... 12
El Diario de Pía ..... 20
María I ..... 22
Entre Dos Mundos ..... 24
El Diario de Pía ..... 31
Tras el Muro del Silencio ..... 33
María II ..... 43
La Cueva del Silencio ..... 45
El Peso de los Recuerdos ..... 57
Sombras del Deseo ..... 61
La Luz de lo Irrepetible ..... 67
Un Lugar para Volver ..... 75
El Diario de Pía ..... 77
El Eco de un Beso Incierto ..... 79
La Reverberación del Adiós ..... 88
El Peso de los Sueños ..... 96
Las Sombras de Santa María Novella ..... 105
El Amor en el Umbral del Abismo ..... 110
El Peón en el Tablero ..... 118
La Despedida Silenciosa ..... 124
La Llegada de Pía ..... 127
Soledad en la Ciudad que Nunca Duerme ..... 134
Lecciones en el Exilio ..... 144
Renacer en la Tempestad ..... 147
Bajo las Sombras de las Torres Dolomíticas I ..... 150
Sombras de Celos Bajo las Cumbres Dolomíticas I ..... 157
Bajo las Sombras de las Torres Dolomíticas II ..... 159
Sombras de Celos Bajo las Cumbres Dolomíticas II ..... 167
Bajo las Sombras de las Torres Dolomíticas III ..... 169
El Diario de Pía ..... 173

Sombras de Celos Bajo las Cumbres Dolomíticas III..... 192
Bajo las Sombras de las Torres Dolomíticas IV ............. 197
El Nombre Escrito en el Agua ....................................... 200
Trilogía del Alma: Aceptar, Adaptarse, Avanzar ........... 203
El Diario de Pía ........................................................ 210
Umberto ....................................................................... 212
Vía Tito Livio Burattini ................................................ 221
La Fotografía y el Retrato de Giacomo.......................... 226
Teresa.......................................................................... 233
Aglio, Olio e Peperoncino............................................. 235
Canto a la tierra, al tiempo y al misterio de instantes que no vuelven ........................................................................ 237
El Visitante Inesperado.................................................. 240
Resonó el Silencio......................................................... 245
El Límite de la Noche ................................................... 249
Bajo la Luz Carmesí...................................................... 254
La Herida del Alma....................................................... 259
Alessia.......................................................................... 263
El Diario de Pía ........................................................ 266
La Gran Manzana.......................................................... 268
El Emperador Romano.................................................. 272
Un Invierno en Nueva York .......................................... 277
El Fantasma de la Opera................................................ 281
El Diario de Pía ........................................................ 290

# El Eco de Pía

## El Puente Hacia Nuevos Horizontes

La niebla se alzaba lenta sobre las calles desiertas de Florencia, envolviendo cada rincón en un manto de misterio y nostalgia. A lo lejos, las campanas de Santa Croce anunciaban la llegada de un nuevo día, pero para Pía, no era más que el eco apagado de un tiempo que ya no existía. Permanecía inmóvil en la penumbra de su apartamento, contemplando la puerta entreabierta y sabiendo que, más allá de esos muros, Giacomo se desvanecería en las sombras de su propia despedida.

Habían sido amantes en otra época, cuando el mundo era un lugar menos incierto y las promesas no se desmoronaban como castillos de arena al primer embate del viento. Se habían conocido bajo el cielo estrellado de una primavera lejana, y en sus miradas se habían forjado sueños que parecían indestructibles. Pero la vida, con su paciencia cruel y su sigilo, desgasta incluso los cimientos más firmes.

Pía lo había visto apagarse poco a poco, como la llama de una vela que lucha por no extinguirse en la oscuridad. Primero fueron las palabras las que se quebraron, llenas de silencios que ni siquiera el amor podía llenar. Luego, las miradas se volvieron ajenas, y las caricias se tornaron en gestos desprovistos de significado. Y así, sin que ninguno de los dos lo notara, dejaron de ser Pía y Giacomo para convertirse en dos almas que se buscaban sin encontrarse, atrapados en el laberinto de un cariño marchito.

Esa mañana, cuando Giacomo la miró por última vez, Pía vio en sus ojos algo que jamás habría imaginado: el reflejo de su propia resignación. No había odio ni reproches, sino una tristeza tranquila, como la melancolía que invade a los viajeros al despedirse de una tierra que saben que jamás volverán a pisar.

—Pía... —usurró él, como si su voz fuera la de un extraño. Pero ella negó suavemente con la cabeza, cortando la distancia entre ellos con una mirada firme.

—No digas nada, Giacomo —respondió ella, con un tono que destilaba más ternura de la que él merecía—. Algunas cosas no necesitan explicarse. El amor no se muere de repente; se va desvaneciendo, hasta que un día, sin que lo esperemos, nos damos cuenta de que lo que sentimos no es amor, sino la sombra de lo que fue.

Giacomo agachó la cabeza, atrapado entre la culpa y la impotencia. Pía se acercó y le tomó las manos. Sintió la frialdad de esos dedos que alguna vez la habían hecho sentir tan viva, y, con un nudo en la garganta, supo que debía ser fuerte. Porque amar, a veces, también significa dejar ir.

—Es tiempo de soltar —dijo ella con un hilo de voz—. Dejar de luchar contra un enemigo invisible. El amor no es esta tristeza que arrastramos, no es esta nostalgia que nos ha vuelto prisioneros. El amor es libertad, y nosotros hace mucho que perdimos la llave de esta jaula.

Giacomo alzó la vista, sorprendido por la determinación en sus palabras. Ella lo miró con dulzura, con ese cariño antiguo que aún latía en algún rincón de su alma. Pero no era suficiente. No podía serlo.

—¿Y qué haremos ahora? —preguntó él, como si aún quedara un último rescoldo de esperanza.

—Nada —murmuró Pía, y al decirlo, sintió cómo se desprendía de un peso que la había atado durante demasiado tiempo—. Vamos a dejar que el silencio haga lo que nosotros no supimos hacer. Aceptar que hay caminos que, por más que se crucen, no están destinados a seguir juntos.

Entonces, lo soltó dejando que sus manos se escabulleran de las suyas como arena entre los dedos. Giacomo la volvió a observar un instante más, intentando recordar cada detalle de su cara, cada curvatura de sus labios. Sin embargo, comprendía, al igual que ella, que esas imágenes desaparecerían con el paso del tiempo, reemplazadas por otras sombras, otros recuerdos.

Con un suspiro que le desgarró el alma, se dio la vuelta y caminó hacia la puerta. No hubo despedidas ni promesas. Sólo el sonido de sus pasos, alejándose por el pasillo, resonando como latidos de un corazón que ya no le pertenecía. Cuando la puerta se cerró tras él, Pía se quedó sola, rodeada del silencio de su hogar vacío.

En ese momento, entendió que los desenlaces no siempre representan el final que pensamos. Algunos quedan suspendidos en el aire, como notas que se pierden en la última página de una partitura inacabada. Pero también comprendió que, en esa falta, en esa imperfección, residía la auténtica libertad: la posibilidad de escribir de nuevo, de reinventarse, y tal vez, algún día, encontrar un amor que no tuviera que dejar ir.

En última instancia, pensó mientras la luz del alba se filtraba por la ventana, la batalla no es contra el otro, sino contra uno mismo. Y ella había elegido el camino más sabio: el de la quietud. El de la paz que florece cuando aceptamos que, a veces, lo más audaz y valiente es rendirse o abandonar.

Pía tomó su diario con manos temblorosas, como quien acaricia un pasado que duele y al mismo tiempo consuela. Con cada palabra que plasmaba en las páginas, la tinta parecía cobrar vida, atrapando los ecos de una noche en vela y de una despedida que no había terminado de asimilar. Escribió sin prisa, dejándose llevar por el peso de sus pensamientos, como si cada línea fuera un exorcismo, un intento por arrancar de su pecho esa tristeza que aún la mantenía cautiva. Pero, al llegar al final, el cansancio la envolvió con la misma suavidad de la niebla que cubría la ciudad. Cerró el diario, soltó la pluma, y en un susurro de resignación y alivio, se dejó caer en el lecho de la memoria. Y así, entre sueños de amor perdido y promesas rotas, se durmió.

## El Diario de Pía

***Sábado, 19 de marzo, 2022.***

*En el laberinto de mi existencia, me he encontrado con encrucijadas donde el camino más sabio es el de la quietud. Dejar ser lo que ya no es, deshacerme de lo que ya no existe, desvincularme de las manos que ya no se vinculan conmigo, distanciarme de los ecos que ya no vibran en mi alma. En ocasiones, la batalla no es más que un espejismo en el desierto; la palabra, un canto para oídos sordos; la petición, una ofrenda frente a un altar desierto.*

*Los finales, al igual que los libros, no siempre se concluyen con la elegancia o pulcritud que deseo. Dejan páginas vacías, capítulos sin concluir, cuestionamientos en suspenso, interrogantes sin respuesta, o un sabor amargo en la memoria. Sin embargo, en esa imperfección, en esa falta de finalidad, hallo una enseñanza profunda: mi vida no se evalúa por lo que sucede en mi entorno, sino por lo que prospera en mi interior.*

*La tarea de cultivar mi jardín interior consiste en sembrar las semillas de paz y nutrir la tierra de tranquilidad. Así que, desde ese oasis, me transformaré en un faro en la tempestad, un llamado a la tranquilidad. Y si mi entorno prefiere el caos o el desorden, un adiós agradecido será mi brújula más valiosa, será el puente hacia nuevos horizontes.*

*Porque al final, el verdadero viaje no es el que trazo en los mapas, sino el que emprendo hacia mí misma.*

*A la próxima.*

# La Herida Silenciosa

Veinte años atrás, Giacomo no recordaba la última vez que había sentido paz en su propio hogar. Aquel lugar que alguna vez fue un refugio, donde las paredes resonaban con risas y promesas susurradas entre él y su madre, ahora era una prisión. Los ecos de las discusiones, del ruido de botellas vacías golpeando el suelo y de gritos que desgarraban la calma, se habían convertido en su única compañía.

Había sido un niño como cualquier otro, con sueños simples y un amor inmenso hacia su padre, Franco. Lo veía como un héroe; un hombre grande y fuerte que volvía del trabajo cansado, pero siempre le regalaba una sonrisa, un gesto cariñoso que hacía que el pequeño Giacomo se sintiera seguro. Pero esos días de seguridad se habían desvanecido como el humo que salía de las colillas de cigarro en las manos temblorosas de Franco.

Una tarde, Giacomo había observado a su padre desde el umbral de la puerta, mientras este se inclinaba sobre la mesa del comedor, con una botella a medio terminar. Su madre, María, estaba de pie a un lado, las manos temblorosas, los labios apretados, tratando de calmar una tormenta que ya no podía controlar. Giacomo tenía apenas doce años, pero sabía que algo se había roto dentro de su padre. El hombre que una vez lo había lanzado al aire, haciéndolo reír hasta que le dolía el estómago, se había transformado en un extraño.

"¡No sirves para nada!", la voz de Franco era un gruñido ronco, cargado de odio y decepción. "¡Eres igual que todos!".

Las palabras volaban como cuchillos afilados, cortando el aire con una precisión quirúrgica. Pero no eran suficientes. No tenían el peso necesario para saciar la rabia en el rostro de Franco. Giacomo apenas tuvo tiempo de procesarlo, de entender que algo iba terriblemente mal. El sonido de la mano de su padre cortando el aire fue como el chasquido de un látigo, un trueno a punto de estallar en la tormenta que ya se cernía sobre ellos.

El impacto fue brutal, casi cinematográfico. El golpe resonó con un estruendo seco, como si alguien hubiera lanzado una roca contra una ventana de cristal, solo que esta vez era su madre quien se desplomaba al suelo. El tiempo pareció ralentizarse. Los ojos de Giacomo se clavaron en los mechones de cabello de su madre que volaron en todas direcciones, como una cortina deshecha al viento, antes de caer pesadamente sobre el mármol frío.

El golpe había sido preciso, directo a la mandíbula. Franco la había derribado con la misma facilidad con la que un boxeador manda a su oponente a la lona, pero esta no era una pelea justa. Esto era una ejecución. El sonido de su cuerpo chocando contra el suelo fue un eco hueco, que retumbó en el pecho de Giacomo como una explosión a cámara lenta. Vio la sangre brotar del labio roto de su madre, una mancha roja expandiéndose como una flor carmesí sobre el suelo.

Franco seguía gritando, su voz un martillo rompiendo cada rincón de la sala. Las palabras ya no eran comprensibles, se habían convertido en una mezcla salvaje de gritos y alaridos que resonaban en los oídos de Giacomo como una radio fuera de sintonía. El miedo lo atrapó, lo paralizó. No era solo el miedo a su padre, sino el horror visceral de ver a la persona que más amaba en el mundo reducida a una figura indefensa en el suelo.

Giacomo permaneció de pie, congelado, como si fuera un espectador forzado a presenciar un espectáculo macabro. Cada segundo era una eternidad, una sucesión de imágenes desgarradoras que se grababan en su memoria, para no ser olvidadas jamás. El sonido de la respiración pesada de Franco, el olor agrio del alcohol que impregnaba el aire, el temblor en las manos de su madre que intentaban levantarse sin éxito. Y luego, como si el universo se hubiera detenido por completo, Giacomo vio cómo su padre levantaba la mano de nuevo, amenazante, dispuesto a repetir la escena una vez más.

El apego que Giacomo había forjado hacia su madre no era sino la manifestación más palpable de esa conciencia trágica de la existencia que subyace en todo ser humano. En su caso, aquel vínculo, más que un sostén, era un cordón frágil, sometido a la tensión de un entorno donde cada grito de Franco era una grieta que amenazaba con romperlo. Giacomo vivía con la certeza de que su mundo estaba sostenido por la delgada línea de una presencia materna que, de fracturarse, lo dejaría a la deriva. No era solo el temor al golpe físico, sino el pavor al vacío, a la desolación absoluta, al ser arrojado sin amparo alguno a un universo que, de pronto, se tornaba hostil y ajeno.

Lo que más tarde conocería como la teoría del apego no era otra cosa que la racionalización de una realidad vivida en carne propia: la coexistencia, siempre conflictiva, entre el deseo de ser protegido y el miedo visceral al abandono. El niño Giacomo, sin saberlo aún, estaba enredado en un dilema ontológico. En su necesidad de cercanía con su madre, encontraba un ancla que chocaba violentamente con el terror provocado por la mera presencia de su padre. Así, atrapado entre el afecto y el pavor, el niño quedó sumido en un perpetuo estado de duda: ¿sería este amor suficiente para sostenerle? ¿O acabaría naufragando, arrastrado por la fuerza destructiva de Franco? Tal experiencia, inscrita en su ser, condicionaría la manera en que, como adulto, intentaría relacionarse con el mundo, siempre oscilando entre la búsqueda de la seguridad y el temor incesante a la pérdida.

Las palabras de Franco eran como dagas afiladas, cada una dejando cicatrices invisibles en la mente de Giacomo. El eco de su voz resonaba en su interior, no tanto por el volumen, sino por la manera en que erosionaba su percepción del mundo.

Giacomo observaba la escena desde el umbral, sintiendo que cada segundo se volvía más irreal, como si el aire alrededor se volviera pesado, sofocante.

El golpe no fue solo físico; fue un terremoto que sacudió las bases de todo lo que Giacomo creía. Ver a su madre en el suelo, su rostro descompuesto por el dolor y la desesperación, le hizo sentir como si algo en su propio ser se quebrara. El miedo lo mantenía clavado en su lugar, pero lo peor no era la incapacidad de moverse, sino la certeza de que su mundo ya nunca sería el mismo.

Franco seguía gritando, pero Giacomo ya no podía escuchar las palabras. Todo se había vuelto un zumbido, una niebla que cubría su mente, aislándolo de la realidad inmediata. El impacto emocional de ver a su héroe transformado en su verdugo fue lo que realmente dejó cicatrices. En ese momento, Giacomo comprendió algo terrible: la persona que debía protegerlo no solo lo había traicionado, sino que había destruido cualquier posibilidad de seguridad o de amor genuino.

A partir de ese día, algo dentro de Giacomo cambió. El apego que había sentido por su padre se desmoronaba cada vez que escuchaba el crujido de la puerta al abrirse, cada vez que veía los ojos vidriosos de Franco, llenos de una rabia que parecía no tener fin. Giacomo comenzó a evitar su mirada, a caminar en puntillas por la casa, con el constante temor de que cualquier pequeño ruido pudiera despertar la bestia que ahora habitaba en su padre.

La violencia se volvió cotidiana, un monstruo silencioso que acechaba en cada rincón. No solo era física, sino emocional, como un veneno lento que se extendía por el aire que respiraban. Giacomo, en su intento desesperado por entender por qué su héroe lo había traicionado, comenzó a refugiarse en sí mismo. Desarrolló un miedo constante al abandono, una herida que lo acompañaría a lo largo de su vida. Cada relación, cada lazo que intentaba forjar se veía teñido por esa misma duda: ¿seré suficiente?

¿Volveré a ser abandonado?

La última noche en que Franco estuvo en el hogar fue extraña. No hubo gritos ni discusiones, solo un silencio espeso, casi irreal, que se cernía sobre cada rincón de la casa. Giacomo lo observó con la misma mirada tensa y vigilante de siempre, pero algo en el ambiente había cambiado, como si todo se moviera en cámara lenta. Franco se desplazaba con una calma perturbadora, mientras le dedicaba una mirada penetrante a su hijo, casi sin parpadear.

La casa parecía contener la respiración, como si hasta las paredes supieran que algo irrevocable estaba ocurriendo. Giacomo lo observó en silencio, sintiendo que un peso se liberaba de su pecho. En ese instante, algo en él también se quebró, como si el niño que alguna vez fue se desvaneciera en la oscuridad que Franco había dejado tras de sí.

Al amanecer del día siguiente, los primeros rayos de sol se colaban tímidamente por las cortinas, sin embargo, Giacomo ya se encontraba despierto. En su cabeza, una chispa de ilusión se encendió brevemente al imaginar que todo había sido un mal sueño, impulsándolo a ponerse de pie con la esperanza de recuperar la rutina al cruzar la puerta de su cuarto. No obstante, con el primer paso, la cruda realidad lo impactó como una muralla fría e infranqueable.

# Bajo el Hechizo de la Lluvia

La lluvia golpeaba las ventanas con furia, una sinfonía de gotas que se estrellaban contra el asfalto y arrastraban consigo el último vestigio de una tarde gris. Las calles de Florencia, usualmente bulliciosas, ahora eran un mar de paraguas y sombras que se deslizaban rápidamente en busca de refugio. Pía y Alessia se miraron a través del velo de agua que las separaba del bar al que habían planeado ir, pero sus pasos las guiaron hacia un pequeño restaurante que parecía llamarlas desde la esquina, envuelto en luces cálidas y aromas irresistibles.

Entraron al restaurante como dos náufragas que encontraban un puerto seguro. La trattoria, de techos bajos y paredes de piedra desnuda, desprendía el acogedor encanto de los lugares donde el tiempo parece detenerse. La cocina abierta era el corazón del lugar, donde el chef, una figura jovial y de semblante risueño, supervisaba cada plato como un director de orquesta, asegurándose de que cada nota gastronómica estuviera en perfecta armonía.

—Para comenzar, voy a tomar las tagliatelle con champiñones porcini —dijo Pía, su voz suave, pero decidida. Sabía lo que quería, y ese era un plato que le traía recuerdos de la infancia, de los bosques húmedos de setas y las cocinas llenas de calidez. Alessia, con una sonrisa, se decidió por los pappardelle con ragú de jabalí, un clásico toscano que hablaba de noches largas y conversaciones profundas.

El chef, con un guiño cómplice, les envió una bandeja de antipasti: quesos pecorinos curados, aceitunas carnosas y embutidos que parecían contar historias de colinas lejanas. Para acompañar, llegó a la mesa un prosecco del Alto Adigio, cuyas burbujas ligeras subían en espirales en las copas de cristal, como si quisieran capturar la risa que comenzaba a fluir entre las dos amigas. Y después, un vino Nobile di Montepulciano, profundo y aterciopelado, que prometía encender la conversación que aún se encontraba en susurros.

El chef se acercó con las manos llenas de promesas culinarias, y cuando el plato de tagliatelle con champiñones porcini llegó a la mesa, un aroma a tierra húmeda y bosque profundo llenó el aire. Las tagliatelle, hechos a mano con la delicadeza de quien entiende el arte de la pasta, se enredaban en el tenedor de Pía como finas cintas doradas. Los porcini reposaban sobre la pasta como pequeños tesoros, sus bordes dorados al punto perfecto, emitiendo un perfume que evocaba caminatas otoñales por bosques donde el viento arrastra el eco de las hojas caídas. El primer bocado era un equilibrio de texturas y sabores, donde el sabor terroso del hongo se combinaba con la suavidad sedosa de la pasta, mientras un toque de aceite de oliva virgen extra y un leve susurro de ajo exaltaban los sabores naturales, sin opacarlos. Cada bocado era una celebración del otoño en Toscana, una danza entre lo sencillo y lo sublime.

El plato de Alessia, pappardelle con ragú de jabalí, contaba otra historia, una de robustez y carácter. Los pappardelle, anchos y generosos, parecían haber sido creados para abrazar la intensidad de la salsa. El ragú de jabalí, cocido a fuego lento durante horas, desplegaba un color rojo oscuro y un aroma que hablaba de secretos ancestrales guardados en cocinas rurales. La carne de jabalí, desmenuzada hasta casi deshacerse, estaba impregnada de vino tinto, hierbas toscanas y un toque de tomate que redondeaba el conjunto con una acidez sutil. El sabor era profundo, casi primitivo, pero refinado por la precisión del chef, quien había encontrado el equilibrio entre la fuerza salvaje de la carne y la delicadeza de la pasta. Cada bocado era una explosión de sabores intensos, pero equilibrados, como una sinfonía donde todos los instrumentos suenan en armonía bajo la batuta de un maestro invisible.

Pía no pudo evitar notar al hombre que las observaba desde la cocina. Tomasso, con su porte tranquilo y esa mirada que parecía desvelar secretos. El intercambio de miradas fue breve, pero suficiente para que una chispa latente encendiera algo en su interior. Era una mirada distinta a la de Giacomo, más serena, pero con un misterio que no podía ignorar.

La conversación entre Pía y Alessia pronto se desvió hacia lo inevitable: los aprendizajes que habían dejado los amores pasados. Alessia, siempre directa, no tardó en preguntar por Giacomo.

—¿Cómo te sientes ahora? —preguntó Alessia, bajando la voz al ver cómo Pía contemplaba su copa de vino.

Pía suspiró, pero no de tristeza, sino de alivio. Había recorrido un largo camino desde los días de caos emocional.

—Nunca forcé a nadie a elegirme —comenzó Pía, su voz firme y clara, reflejando la fortaleza que había encontrado en su propio corazón—. Si piensas que puedes encontrar algo más valioso en otro sitio, adelante; no te estoy deteniendo. La vida es muy corta para confiar en alguien que no está resuelto a permanecer.

El murmullo de la trattoria continuaba a su alrededor, pero en ese momento, Pía solo escuchaba el latido de su propia verdad.

—Creo en la libertad y en la autenticidad de las emociones —prosiguió, con los ojos brillantes por la convicción—. Si optas por permanecer, que sea porque tu corazón te indica que tu sitio está junto a mí, no porque yo te lo pida. Quiero ser una elección y no una alternativa predeterminada en la vida de nadie.

Alessia asintió lentamente, mientras tomaba un sorbo de su vino. Pía, sin dejar de hablar, transmitía el tipo de serenidad que solo llega cuando uno ha aprendido a valorarse.

—Merezco a alguien que aprecie mi valor —dijo Pía con una sonrisa tranquila—. No quiero a alguien que se quede solo por temor a la soledad o por costumbre. Deseo a alguien que permanezca, ya que no se puede concebir la vida sin mí.

Había algo casi poético en la manera en que hablaba, como si cada palabra fuera una pieza más de su nueva identidad. La Pía que estaba sentada en esa trattoria era una mujer que había renacido de sus propias cenizas: más fuerte, más sabia y, sobre todo, más libre.

—La puerta siempre está abierta; puedes irte en cualquier momento —concluyó, levantando su copa como un brindis silencioso a la vida—. Mientras tanto, seguiré construyendo mi propia vida y generando armonía, paz, pasión y alegría. Mi alegría no se basa en la presencia de otros, sino en mi habilidad para crecer, evolucionar y continuar avanzando diariamente.

Alessia, con una sonrisa de admiración, levantó su copa también.

—Por ti, Pía. Y por esa nueva versión de ti misma que tanto me inspira.

Las dos mujeres brindaron, sus copas tintineando en el aire mientras la trattoria seguía vibrando con el eco de la vida toscana. Afuera, la lluvia continuaba cayendo con la misma intensidad, pero dentro del restaurante, el calor del vino, de la comida y de la amistad llenaba cada rincón, envolviendo a Pía en una sensación de plenitud que no dependía de nada ni de nadie más que de ella misma.

La conversación entre Pía y Alessia continuó fluida, entre risas y brindis, pero la presencia de Tomasso no dejaba de hacerse sentir en el ambiente. Desde su lugar en la cocina, a pocos pasos de la mesa donde Pía estaba sentada, él seguía moviéndose con la misma destreza que antes, pero de vez en cuando, sus ojos se desviaban hacia ella. Era una mirada que no buscaba invadir, pero que invitaba, un puente invisible que solo Pía podía cruzar si así lo deseaba.

Alessia, siempre atenta, no tardó en notar el intercambio de miradas. Con una sonrisa traviesa, levantó su copa.

—Parece que alguien está bastante interesado —dijo en un susurro cómplice, señalando hacia Tomasso con los ojos.

Pía bajó la mirada con una sonrisa tímida, pero no pudo evitar sentir cómo un calor suave le recorría la piel. No era el tipo de conexión inmediata y abrasiva que había tenido con Giacomo, sino algo diferente, más profundo, más cargado de posibilidades que apenas comenzaban a vislumbrarse.

Cuando el chef se acercó a la mesa para asegurarse de que todo estaba a su gusto, fue Tomasso quien los siguió con una copa en la mano. Se inclinó levemente hacia ellas, con una cortesía relajada, y colocó sobre la mesa una pequeña botella de licor que acompañaba el postre.

—Un detalle de la casa —dijo con una sonrisa, pero

sus ojos se encontraron con los de Pía, y en ese momento, las palabras parecieron ser innecesarias.

El silencio que siguió no fue incómodo, sino lleno de promesas no dichas. Tomasso inclinó levemente la cabeza, como si reconociera algo en Pía, y luego regresó a la cocina, pero no sin antes dejar algo más que una botella sobre la mesa. Pía notó una pequeña tarjeta al lado de la botella, escrita con una letra elegante y decidida:

*"Espero volver a verte. Tomasso."*

Alessia tomó la tarjeta con una risa suave.

—Parece que no tendrás que buscar muy lejos si quieres un segundo encuentro. Pía sonrió, esta vez con una sensación de certeza que la sorprendió. Ya no era la mujer que dudaba, que se aferraba a lo que no podía tener. Ahora, sabía que estaba preparada para algo más. Algo que se construiría sobre nuevas bases, más sólidas y más conscientes.

La lluvia continuaba cayendo afuera, pero en ese momento, no importaba. Pía sintió que algo había comenzado, algo que quizás cambiaría su vida nuevamente, pero esta vez, sería bajo sus propios términos.

—Creo que esta vez estoy preparada —dijo Pía en voz baja, más para sí misma que para Alessia, mientras guardaba la tarjeta en su bolso, con una última mirada hacia Tomasso, quien la observaba desde la distancia, pero con una promesa en los ojos.

Y así, el destino les ofreció a ambos una nueva oportunidad, una que Pía sentía que, esta vez, estaba lista para aceptar.

La lluvia había cesado cuando Pía y Alessia se despidieron frente a la trattoria, el calor y la calidez de la velada aún presentes en sus sonrisas. Salieron juntas por Via della Condotta, sus pasos resonando sobre el empedrado mojado, que reflejaba el brillo dorado de las farolas que titilaban a lo largo de la calle. La ciudad, aún humedecida por la tormenta reciente, exudaba ese aroma terroso y fresco que solo aparece tras una lluvia intensa, el preticor que llenaba el aire con su toque nostálgico.

Al llegar al final de la calle, donde sus caminos debían separarse, Alessia sonrió y se despidió con un gesto cálido. Ella giró hacia Via San Miniato, la calle que la llevaría de regreso a su hogar en San Niccolò, mientras Pía continuaba hacia Via dei Leoni, en dirección a Via Bufalini, donde vivía. Ambas se alejaron en direcciones opuestas, cada una envuelta en sus pensamientos, llevándose consigo las memorias de la noche.

Pía avanzaba por las calles desiertas, dejando que el silencio de la ciudad la envolviera, pero algo en el ambiente la inquietaba. A lo lejos, podía escuchar un eco, suave, pero constante, como el ritmo acompasado de unos pasos que parecían seguir los suyos. Se detuvo un momento, y el sonido cesó. Miró hacia atrás, pero solo vio las sombras largas que se proyectaban sobre las aceras vacías. El eco de sus propios pasos resonaba en su mente, pero el latido rápido de su corazón le decía que no estaba sola.

Siguió caminando, esta vez más rápido, mientras el viento arrastraba las últimas gotas de lluvia desde los tejados. Sentía una presencia, algo que no podía explicar, pero que le oprimía el pecho. El aire estaba impregnado del preticor de la lluvia reciente, esa mezcla de nostalgia y soledad que la ciudad siempre dejaba tras cada tormenta.

No fue hasta que alcanzó el portal de su edificio en

Via Bufalini que sintió un leve alivio. El sonido de los pasos se había desvanecido, pero la sensación de que alguien la había seguido permanecía en su piel como una huella invisible. Solo cuando cerró la puerta tras de sí, con el eco amortiguado de la ciudad quedándose fuera, pudo respirar con tranquilidad.

## El Diario de Pía

***Jueves, 13 de octubre, 2022.***

*Esta mañana me desperté con la sensación de que algo dentro de mí había cambiado. Aún podía escuchar el eco de la lluvia en las calles, pero lo que realmente permanecía era esa mirada. La mirada de Tomasso, que parecía haberme atravesado en esa trattoria, como si hubiera conocido cada rincón oculto de mi ser sin siquiera intercambiar palabras. Su tarjeta, la he leído una y otra vez, casi obsesionada con el gesto.*

*Siempre pensé que el amor, el verdadero amor, no llegaba con la velocidad del rayo, sino con el paso lento del entendimiento, con la paciencia del conocimiento mutuo. Sin embargo, al mirar a Tomasso, sentí algo distinto, algo que no había experimentado antes. No fue simplemente atracción, sino una comprensión instantánea, como si nuestras almas se hubieran reconocido en ese breve instante. Su voz, fuerte y grave, resuena en mi mente, y esos ojos claros, profundos, ocultos detrás de una barba que parece indicar una relación de desprecio hacia la afeitadora, me dejaron sin palabras. Fromm escribió que amar no es simplemente un sentimiento, sino un arte que requiere práctica, disciplina, y entrega. Pero, ¿acaso no hay algo en el amor que desafía la lógica? Algo que nos lleva a sentir que, en un solo encuentro, podemos entrever la posibilidad de compartir nuestra vida con alguien, no por necesidad o costumbre, sino por la certeza de que esa persona despierta en nosotros algo latente y olvidado.*

*Tomasso me miró de una manera que me hizo cuestionar todo lo que creía saber sobre el amor. Fromm diría que el amor verdadero nace de la libertad, de no depender de otra persona para nuestra felicidad, pero en esos pocos segundos, sentí que había algo en esa mirada que me llamaba a descubrirlo, a conocer sus recovecos, sus luces y sombras. Su presencia no me intimida, al contrario, me invita a ser más, a ser auténtica.*

*No sé si lo que sentí fue amor a primera vista, pero lo que sí sé es que hay algo en él que me llama, algo que, quizás, esté destinado a cambiarme, a empujarme hacia un nuevo tipo de amor, uno que, como dice Fromm, nace del esfuerzo compartido por crecer juntos. Quizás el amor no es solo cuestión de tiempo, sino de disposición, de apertura para recibir lo inesperado.*

*Tomasso es todo lo que no sabía que necesitaba ver en un hombre. Y, sin embargo, hay algo en él que me resulta familiar, como si esa voz fuerte, esa barba densa y esa mirada aterciopelada ya hubieran estado en mi vida en otra forma, en otro tiempo. ¿Es esto lo que llaman destino? No lo sé. Pero estoy dispuesta a averiguarlo.*

# María I

María, oriunda de Austria, era una mujer de hogar, cuya dulzura y carisma  contrastaban con la rudeza de Franco, su esposo. Se conocieron en la universidad y, desde entonces, forjaron una unión que parecía inquebrantable. Franco, marcado por la sombra de su padre, un veterano de la Segunda Guerra Mundial que había descargado en él la furia de su trastorno de estrés postraumático encontraba en María un refugio. Ella, con paciencia infinita, sabía cómo manejar las tormentas internas de su esposo.

Durante años, el hogar de María y Franco fue un remanso de paz. Sin embargo, la fortuna es caprichosa, y los últimos años trajeron consigo dificultades económicas en la empresa de Franco. La presión de los bancos y acreedores lo empujó hacia el abismo de la bebida, y con cada sorbo, su violencia se intensificaba. María, en su afán por mantener la armonía, soportaba en silencio, esperando que el hombre del que se enamoró regresara de entre las sombras.

Una noche, el silencio en la casa era tan denso que parecía materializarse. Franco, bajo los efectos del alcohol, se tornó iracundo. María intentó calmarlo, pero sus palabras fueron en vano. La furia de Franco se desató, con el antebrazo arrojo la comida y platos que estaban listos para la cena, y en un arrebato, la golpeó con una fuerza que la derribó, su cuerpo cayó sobre los vidrios. Giacomo, su hijo, presenció la escena desde el umbral, paralizado por el terror. María, le hizo gesto a Giacomo para que se retirara y no fuera testigo de aquel acto. El tiempo pareció congelarse mientras la violencia se apoderaba del hogar.

María, con el labio partido, intentaba limpiar la sangre presionando la punta de su lengua contra la herida, saboreando el metálico y oxidado gusto de la sangre fresca.

Franco la sujetó por el cabello, acercando su rostro al de ella, y la acusó con voz cargada de ira:

—¡Mira lo que has hecho!

Ella, con lágrimas en los ojos y la voz quebrada, le suplicó:

—Por favor, Franco, cálmate. Mira a Giacomo, te lo suplico, por el amor de Dios.

La tensión en el ambiente era palpable, mientras María intentaba apelar a la humanidad de su esposo, buscando proteger a su hijo de la violencia que los rodeaba.

# Entre Dos Mundos

Pía no podía dejar de pensar en Tomasso. Había algo en él, en su presencia, que la inquietaba de una manera extraña. No era simplemente atracción; era una sensación más profunda, un llamado sutil que no podía ignorar. Desde aquella noche en la trattoria, cuando intercambiaron miradas que parecían contener promesas, Pía había contado los días para volver a verlo. Ese sábado, ella había decidido ir sola. Quería ese encuentro, necesitaba comprobar si la sensación que Tomasso le provocaba era real o simplemente una ilusión tejida por su imaginación.

Pero la madrugada de ese mismo sábado, 15 de octubre, trajo consigo algo inesperado. Un mensaje de su padre interrumpió la calma de su sueño. Era extraño, pues su padre rara vez le escribía. Llevaba años enfermo, luchando con una enfermedad pulmonar que, aunque lo mantenía débil, no parecía robarle el espíritu. Sin embargo, esa madrugada, la carta que recibió cambió todo.

"Querida Pía,

Nadie me enseñó a ser padre, del mismo modo en que nadie te instruyó para enfrentar las innumerables pruebas que la vida te tenía reservadas..."

Las palabras de su padre eran un eco lejano, llenas de sabiduría y de esa melancolía que solo se percibe con la cercanía de la muerte. Pía leyó la carta una y otra vez, incapaz de evitar que una lágrima se deslizara por su mejilla. La voz de su padre resonaba en sus pensamientos como si lo tuviera frente a ella, como si él estuviera allí, hablándole desde una distancia insondable. Cada palabra era un peso en su pecho, una mezcla de amor y despedida que la envolvía en una sensación de urgencia y nostalgia.

Las imágenes de su infancia comenzaron a resurgir, mezcladas con las palabras de su padre. Recordó los días en los que el mundo parecía girar alrededor de pequeños momentos felices: un paseo por el parque, la risa despreocupada de una niña que aún no conocía las sombras que la vida le depararía. Ahora, todo parecía tan lejano, como si esos días pertenecieran a otra vida, a otra persona.

—"Te amo, Pía. Nunca estarás sola. Incluso cuando la noche parezca no tener fin, siempre habrá una luz titilante en la distancia"—, terminaba la carta.

Pía cerró el teléfono y se quedó en silencio. Ese sábado, que había esperado con ansias para reencontrarse con Tomasso, de repente ya no parecía importante. Las palabras de su padre lo cambiaron todo, y en su corazón supo lo que debía hacer. El tren a Padua salía en unas pocas horas. Tenía que verlo. Tenía que estar con él.

El tren a Padua avanzaba con el monótono traqueteo de los rieles, pero la mente de Pía estaba en otra parte, dividida entre dos mundos. Por un lado, su padre, su hogar, la llamada de la sangre y del amor incondicional; por otro, Tomasso, ese hombre que había despertado en ella algo que aún no podía definir. Se preguntaba si él estaría en la trattoria ese fin de semana, esperándola, mirándola desde la cocina con esos ojos claros que parecían guardar secretos.

¿Qué pensaría al no verla llegar? ¿La estaría esperando de verdad o era solo su imaginación jugando con ella?

Pía apoyó la cabeza contra la ventana del tren y dejó que la luz del amanecer bañara su rostro. La vida, pensó, era una suma de ausencias y presencias, un delicado equilibrio entre lo que tenemos y lo que perdemos. Su padre estaba muriendo, y aunque su espíritu seguía luchando, ella sabía que no quedaba mucho tiempo. La enfermedad había tomado mucho, y ahora estaba tomando lo último de él. Aun así, en medio de esa certeza, Tomasso seguía en su mente, como una sombra que se negaba a desvanecerse.

El tren pasó por Ferrara, un pueblo que parecía sacado de otra época, con sus estrechas calles serpenteantes, los palacios medievales y renacentistas que se alzaban con una elegancia imponente, y las pequeñas casas de tejados rojos y chimeneas humeantes. Cada detalle sugería una vida más tranquila, más sencilla, donde las preocupaciones se limitaban al día a día, y no a los dilemas existenciales que la atormentaban. Pía observó cómo las primeras luces del día iluminaban los tejados, y por un momento, deseó estar en uno de esos hogares, viviendo una existencia predecible y apacible, alejada de la turbulencia de sus propios pensamientos. Pero esa no era su vida. Su camino estaba trazado entre las complejidades de los sentimientos, entre el amor y la responsabilidad, entre el deseo de un futuro incierto y la realidad de un presente que no podía ignorar.

Cuando finalmente llegó a Padua, la mañana del domingo 16 de octubre, el aire fresco le golpeó el rostro, despertándola de sus pensamientos. El tiempo era más lento allí, y la ciudad parecía dormitar bajo el sol pálido del amanecer. Pía se bajó del tren y respiró hondo. Sabía que su padre la esperaba, y que las palabras que intercambiarían serían pocas, pero significativas. La vida, tal como él lo había dicho en su carta, era un viaje solitario que debía emprenderse por voluntad propia, pero también sabía que, al menos por ahora, ella no estaba sola. Estaba rodeada de amor, tanto en las palabras de su padre como en la mirada de Tomasso, aunque no supiera cuándo volvería a verlo.

Y mientras caminaba hacia la casa de su padre, el eco de las palabras de la carta seguía resonando en su mente.

Sabía que ese momento marcaría un antes y un después en su vida, y aunque el futuro era incierto, ella estaba preparada para enfrentarlo.

La carta de su padre era un recordatorio de lo frágil que era la vida, pero también de lo poderoso que era el amor. Pía sabía que, al final, las decisiones que tomaría no serían fáciles. El amor era un equilibrio entre lo que deseamos y lo que debemos hacer, y ella estaba justo en el centro de ese delicado juego.

Pía comenzó a leer la carta nuevamente, esta vez en voz alta. Su voz era apenas un susurro, temblorosa, mientras cada palabra resonaba en el aire con un peso profundo. Al principio, su voz era sutil, contenida, pero con cada frase sentía cómo se quebrantaba, cómo las emociones que había tratado de mantener a raya emergían con más fuerza. Las palabras la abrazaban y, al mismo tiempo, la herían, recordándole la magnitud de aquel hombre que la había criado y amado sin condiciones.

Con cada frase, su voz se volvía más rota y, finalmente, cedió ante el llanto. En ese instante, en medio de sus sollozos, como un eco en su mente, la voz ronca de su padre comenzó a resonar. Fue un susurro fantasmal, cálido y familiar, una presencia intangible, pero profundamente real. Era como si él mismo estuviera allí, recitando las palabras que había escrito para ella, envolviéndola en una última despedida.

"Querida Pía..." comenzó la voz de su padre en un murmullo bajo, mientras ella cerraba los ojos y dejaba que ese eco envolviera su alma. Cada palabra la transportaba, y sentía a Lucien como si estuviera sentado a su lado, pronunciando cada línea con el amor y la sabiduría que solo él podía ofrecer. Pía, rota, pero en paz, escuchaba la voz de su padre entre la penumbra de sus pensamientos, y por un instante, el dolor dio paso a una calidez que la reconfortaba.

Cuando la voz llegó al final, Pía abrió los ojos, y un extraño silencio llenó la habitación. Era un silencio que no tenía tristeza, sino gratitud y amor. Sabía que aquella despedida, aunque dolorosa, la acompañaría siempre como un faro, como su padre lo había prometido. En ese momento, comprendió que su presencia nunca desaparecería del todo, que sus palabras serían el hogar al que siempre podría volver, sin importar dónde estuviera.

*"Querida Pía,*

*Nadie me enseñó a ser padre, del mismo modo en que nadie te instruyó para enfrentar las innumerables pruebas que la vida te tenía reservadas. Sin embargo, las has enfrentado con una valentía que me deja perplejo, como quien, al verse ante un laberinto infinito, decide caminar hacia adelante. Has luchado con los monstruos que se ocultan bajo las sombras de los días oscuros y, pese a las heridas invisibles que han quedado marcadas en tu alma, aquí estás, firme y radiante, con la frente en alto y los ojos llenos de historias que un día contarás.*

*Aquí estás, transformada en mujer por el implacable fluir de los años, con las cicatrices invisibles que solo el tiempo y la experiencia pueden dejar. Pienso en el tejido que entrelaza nuestro pasado, en los días de tu infancia que transcurrían con la apacible continuidad de los sueños, y me pregunto: si pudieras regresar por un instante a aquel momento originario, a ese punto de partida, ¿qué le dirías a la niña que aún no conocía el peso de sus decisiones, ni el dolor de las inevitables derrotas?*

*Con el privilegio de la distancia, le diría que no entregue su esencia por el anhelo de agradar a los demás. Que no se inmole en el altar de la aprobación ajena, porque cada uno de sus deseos, de sus sueños, de sus aspiraciones es un pequeño fuego que la mantiene viva. Le diría que cuide ese fuego con la devoción con la que se cuida un tesoro. Que no derroche su tiempo y su alma*

*tratando de llenar el vacío de quienes no desean ser felices, porque la plenitud es, al fin y al cabo, un viaje solitario que cada uno debe emprender por voluntad propia y porque la dicha, como la eternidad, es una decisión y no un hallazgo.*

*Pero, ahora que te observo, no te diría nada de esto, no daría advertencias, no buscaría editar el pasado. Porque todo lo que eres, todo lo que has aprendido, ha surgido de esos caminos inciertos, de esos acantilados que tuviste que bordear sin un mapa, de esas caídas que te hicieron levantarse más fuerte. Y así te prefiero, con tus cicatrices y tus triunfos, con tus silencios y tus risas. Todo lo que hoy eres lo aprendiste gracias a no saberlo y descubrirlo por ti misma.*

*Por eso, solo quiero que sepas que te amo. Que estoy infinitamente orgulloso de cada paso, de cada silencio y de cada palabra que has pronunciado en este viaje insondable. Que ser tu padre ha sido la empresa más fascinante y misteriosa de mi vida, la que más me ha exigido, y la que más me ha colmado.*

*Quiero que sepas que nunca estarás sola, que incluso cuando la noche parezca no tener fin, habrá siempre una luz titilante en la distancia, un faro que, aun perdido en la niebla de los años, seguirá señalando el puerto seguro de mi amor incondicional.*

*Si alguna vez te sientes extraviada en la geometría absurda de la vida, recuerda que aquí estaré, aguardando con la paciencia que solo pueden tener los padres y los sueños. Porque el verdadero hogar no es un lugar, ni siquiera un recuerdo: es el corazón de quien te espera sin tiempo ni condiciones.*

*Con todo mi amor y mi certeza, Papá"*

## El Diario de Pía

***Sábado, 15 de octubre, 2022***

*Hoy, cuando menos lo esperaba, la vida me recordó lo frágil y efímero que es todo. Durante días, he sentido que mis pensamientos giraban en torno a Tomasso, a esa extraña conexión que apenas hemos explorado, pero que me ha dejado con un deseo de algo más, algo que aún no sé cómo nombrar. Esperaba con ansias el sábado, me preparaba para verlo de nuevo, para descubrir si esa mirada contenía las respuestas que tanto anhelo. Y entonces llegó la carta de mi padre.*

*Las palabras de mi padre han sido un golpe suave, pero profundo, como si cada frase me recordara lo que verdaderamente importa, lo que he estado dejando a un lado mientras me perdía en las ilusiones de lo nuevo. No me lo esperaba. Él no suele escribir, y mucho menos con ese tono... ese tono que me habla de despedidas, de un amor eterno, pero que está llegando a su fin.*

*Mientras leía, sentí el peso de cada uno de sus recuerdos, su orgullo, su dolor, su amor por mí. ¿Cómo he llegado a este punto sin darme cuenta de cuánto he crecido, de cuánto hemos cambiado? Durante tanto tiempo, mi padre ha sido una figura sólida, alguien que siempre estuvo allí, aunque sus palabras fueran escasas. Hoy, sin embargo, siento que se ha vuelto vulnerable, y con esa vulnerabilidad, algo en mí también se ha roto.*

*Me habla de no cambiar el pasado, de no intentar corregir lo que ya he vivido, porque es gracias a esas heridas, a esas caídas, que soy quien soy hoy. Pero mientras lo leía, no podía evitar pensar en lo mucho que daría por protegerlo a él, por ser yo quien cuide ahora, como él lo hizo durante tantos años. ¿Qué haría si lo pierdo? La sola idea me arrastra a una oscuridad de la que no sé si sabré salir.*

*Pero, al mismo tiempo, me habla de seguir adelante, de mantenerme firme en mis deseos, de proteger ese "fuego" que me mantiene viva. ¿Y qué hago ahora con este fuego? Quería verlo a él, a Tomasso. Quería descubrir si hay algo más entre nosotros, algo real. Pero hoy todo se siente distinto. Ahora, lo único que quiero es llegar a Padua, estar con mi padre, tomar su mano y asegurarme de que sepa que siempre estaré a su lado.*

*El amor... Me pregunto si no es el amor lo que me está enseñando ahora. El amor no siempre es lo que esperamos, no siempre es esa emoción arrebatadora que sentimos en el pecho cuando miramos a alguien nuevo, sino esa conexión sutil que nos une a los que siempre han estado allí, como mi padre. Quizás lo que más me duele de esta carta es darme cuenta de que él ha entendido cosas que yo aún no he podido comprender del todo, y que, a pesar de todo, siempre ha estado observándome, guiándome desde su silencio.*

*Mañana, lo veré. Y no sé si hablaré de lo que he sentido o si simplemente estaré allí, en silencio, como él tantas veces estuvo. Pero lo que sé con certeza es que este momento ha cambiado algo dentro de mí. A veces, buscamos respuestas en los lugares equivocados, y quizás lo que más necesito ahora es estar en ese tren hacia Padua, acercándome no solo a mi padre, sino a la parte de mí que aún está buscando dónde pertenece.*

# Tras el Muro del Silencio

A los quince años, Giacomo aún no comprendía lo que era la depresión. Para él, su madre simplemente había dejado de ser la mujer que solía conocer. María, que alguna vez había sido una presencia cálida y constante, había empezado a desmoronarse frente a sus ojos. No se levantaba de la cama, la casa se había convertido en un desorden que reflejaba su propio caos interno, y ella misma había dejado de cuidarse. Sus ojos, antes llenos de vida, ahora eran un reflejo vacío de la tristeza que la consumía.

Giacomo no podía entender por qué su madre ya no era capaz de hacer esas cosas que parecían tan normales y cotidianas, como mantener la casa en orden o asegurarse de que él tuviera la ropa limpia. Pero lo que más lo inquietaba no era el desorden físico, sino la distancia emocional que crecía entre ellos. Aunque Giacomo, a su manera confusa, trataba de acercarse a ella, de buscar su consuelo y su presencia, el miedo lo impulsaba a alejarse al mismo tiempo. Era un niño perdido en su propio hogar, buscando desesperadamente el cariño de una madre que ya no podía dárselo, pero sin saber cómo lidiar con el miedo que esto le provocaba.

Un día, al regresar de la escuela, encontró su casa rodeada de policías, curiosos y vecinos. Una sensación agridulce lo invadió: sabía que lo único que le quedaba se había ido de improviso. Su madre, María, había muerto tras una larga lucha contra la depresión, aunque los detalles de su fallecimiento nunca le fueron revelados. En su joven corazón, el vacío creció como un abismo, una pérdida que no podía comprender del todo, pero que lo dejó con una marca indeleble.Poco después, Giacomo fue trasladado a un internado para niños huérfanos. Allí, comenzó una nueva etapa; rodeado de otros jóvenes en situaciones similares, aprendió rápidamente a cerrarse al mundo. Su entorno estaba lleno de ruido y caos, pero él, cada vez más reservado, se convirtió en una sombra en los pasillos del internado.

Durante sus primeros meses, no mostraba sus emociones y sus gestos eran calculados, fríos. Sin embargo, su inteligencia destacaba. Giacomo impresionaba a sus profesores, especialmente en materias como matemáticas y física, pero su capacidad emocional permanecía bloqueada.

Fue en este internado donde conoció al profesor Sequera, un hombre que vio en él algo más que un alumno brillante. Sequera, con su carácter firme y su mirada perspicaz, sería la figura que intentaría entrar en ese mundo cerrado que Giacomo había construido a su alrededor.

Este comportamiento lo había aislado del resto de sus compañeros. Talentoso, particularmente con los números, pero sus habilidades intelectuales no compensaban su incapacidad para relacionarse emocionalmente con quienes lo rodeaban. Nadie se atrevía a acercarse a él, y él mismo rechazaba cualquier intento de conexión, como si mantener una distancia segura fuera su única manera de protegerse de un mundo que ya lo había herido demasiado.

El profesor Sequera no era un maestro común. Para él, la enseñanza iba más allá de los libros de texto y los exámenes. Creía firmemente que en cada ser humano había un potencial latente, y que la misión de un maestro no era simplemente transmitir conocimientos, sino buscar ese potencial y ayudarlo a florecer. Sequera veía la educación como una oportunidad para transformar vidas, y en sus años de experiencia había aprendido que algunos estudiantes necesitaban más que una buena lección para lograrlo; necesitaban alguien que creyera en ellos, incluso cuando ellos mismos no lo hacían.

Cuando Sequera vio a Giacomo por primera vez, supo que había algo especial en él. No era solo su brillantez en las matemáticas o su talento natural para resolver problemas complejos lo que captó su atención. Era algo más profundo, algo que iba más allá de lo académico. Giacomo venía de una triste cuna, y eso era evidente para cualquiera que prestara atención, pero para Sequera, no era suficiente ver el sufrimiento; su misión era penetrar esa coraza de aislamiento y cinismo que el muchacho había construido a su alrededor. Sabía que sería difícil, pero también estaba convencido de que, si lograba ganarse su confianza, Giacomo podría desplegar todo su potencial y cambiar su propio destino.

A pesar de sus esfuerzos, Sequera no conseguía de manera alguna entrar en su círculo de confianza. Giacomo era un enigma, y cada intento por acercarse a él era recibido con sarcasmo o, peor aún, con un silencio impenetrable. Sin embargo, Sequera no se dejó intimidar por esto. Había visto a jóvenes como Giacomo antes: aquellos que escondían su dolor detrás de una fachada de frialdad y desapego evitativo, pero que en el fondo deseaban ser comprendidos, aunque nunca lo admitieran.

Sin embargo, Sequera continuó y no se dejó intimidar por la coraza de Giacomo. El profesor Sequera, un hombre conocido por su fuerte carácter y su temperamento firme, había observado a Giacomo con atención. Sequera había visto más allá del comportamiento agresivo y las palabras mordaces; reconocía en el joven un potencial que, si se moldeaba correctamente, podía llevarlo lejos. A pesar de las constantes muestras de desprecio por parte de Giacomo, Sequera estaba decidido a convertirse en su mentor y guiarlo hacia algo más grande que el resentimiento y la soledad que lo consumían.

Y así comenzó un proceso arduo, pero lleno de propósito. Sequera no era un hombre de palabras suaves, sino de disciplina y carácter, algo que Giacomo, de manera inconsciente, respetaba. Durante sus meses de trabajo juntos, el profesor fue capaz de ganarse lentamente el respeto del muchacho, y aunque no lo admitiera, Giacomo comenzó a considerarlo más que un simple profesor.

Pero esa relación estaba a punto de ser puesta a prueba. Giacomo siempre había sido evitativo cuando alguien intentaba indagar sobre su pasado. Si algún profesor o compañero hacía una pregunta fuera de lugar, él cambiaba de tema o respondía con un comentario sarcástico que cerraba cualquier posibilidad de conversación. Pero Sequera no era un hombre que se dejara disuadir fácilmente. Había pasado meses observando a Giacomo, viendo cómo evitaba hablar de su familia, de su infancia, y de todo lo que había dejado atrás. Sabía que había algo más, algo que no cuadraba en su expediente.

El profesor Sequera había tenido una carrera militar antes de convertirse en docente, y esa experiencia lo había dotado de una intuición aguda. Sequera sabía reconocer cuando alguien ocultaba algo, y en Giacomo, todo apuntaba a que su historia estaba incompleta. Una noche, después de un entrenamiento especialmente difícil, Sequera arrinconó a Giacomo en el aula. No fue un acto violento, sino una confrontación firme.

—Algo no cuadra en tu expediente —dijo Sequera, con esa voz grave que parecía perforar el silencio—. He leído sobre tu familia, pero hay huecos. Falta información.

Giacomo lo miró, como siempre lo hacía, con esa mezcla de desafío y vacío. Pero esta vez no pudo escapar.

Sequera, con la determinación de quien ha interrogado a hombres más duros y experimentados, no iba a dejar que Giacomo se evadiera.

—¿Qué fue lo que realmente pasó? —preguntó el profesor, sin apartar la vista—. No me digas lo que dice el expediente, dime lo que no está ahí.

Giacomo sintió cómo algo dentro de él se resquebrajaba, pero aún se aferraba a su silencio, a ese muro que había levantado durante tantos años. Sequera no cedía, cada palabra suya era una pieza de artillería disparada con precisión.

Y en esa noche, bajo la tenue luz del farol que entraba por la ventana, después de tantos meses de tensión acumulada, una resistencia que no se desvanecía. Giacomo y Sequera se miraron en silencio. Giacomo con el rostro endurecido por años de sufrimiento y coraza emocional, había levantado su puño, pero el profesor, en lugar de retroceder, lo miró a los ojos y lo retó.

—Hazlo, si crees que es lo que necesitas.

Las palabras de Sequera cortaron el aire, firmes, sin rastro de miedo. Giacomo titubeó por un momento, su mano temblaba, pero no de rabia; era una mezcla de dolor y confusión. Nunca nadie lo había desafiado de esa manera. Sequera, lejos de mostrar debilidad, mantuvo la mirada, esperando.

—Sé lo que te pasó —dijo finalmente el profesor, su voz profunda resonando en el aula vacía—. Sé lo que tuviste que enfrentar.

Las palabras cayeron como un martillo sobre los hombros de Giacomo. Nadie había hablado de su pasado con tanto conocimiento ni compasión. Los recuerdos de su infancia, de su madre, de su padre, volvieron a él como un torrente imparable.

—Cuéntamelo, Giacomo —pidió Sequera, su voz ahora más suave, pero con la misma autoridad de quien sabe que está tocando una herida que necesita ser sanada—. No eres el único que ha pasado por el infierno, pero no puedes seguir cargando esto solo.

El silencio fue sepulcral por unos minutos. Giacomo bajó el puño y su cuerpo, tensado hasta ese momento, se dejó caer en la silla. Se quedó mirando al vacío, sus ojos fijos en un punto invisible, hasta que finalmente habló, como si estuviera arrancándose las palabras del alma.

—Lo vi golpearla una y otra vez —dijo, su voz rota, apenas un susurro—. Mi madre estaba en el suelo, sin moverse. Yo no... no sabía qué hacer. Todo sucedió tan rápido...

Las imágenes volvieron a su mente con una claridad dolorosa. Giacomo, de pie en el umbral de la cocina, mirando cómo su padre, Franco, descargaba su furia sobre María, su madre, con una brutalidad que lo dejó petrificado. El primer golpe la hizo tambalearse, el segundo la derribó al suelo, y cada impacto posterior era un eco que resonaba en el alma de Giacomo.

—No pude hacer nada, no en ese momento —continuó Giacomo, tragando saliva como si cada palabra le costara respirar—. La sangre... todo era sangre. Mi madre, en el suelo, con los ojos casi cerrados. Y él... él se acercaba para golpearla otra vez.

Franco siguió adelante sin parar. Aunque su madre estaba vulnerable, su padre no dudó en alzar la mano para golpearla nuevamente, agarrándola del cabello con su rostro distorsionado por la ira. En ese instante, algo en el interior de Giacomo se fracturó. Ya no se encontraba como un observador aterrorizado; ahora era un niño rebosante de furia, de temor, de desamparo.

—Había un cuchillo en la mesa... —Giacomo bajó la mirada, como si la vergüenza y el horror de lo que había hecho aún lo persiguieran—. No pensé, solo lo tomé. Y cuando él levantó la mano otra vez... yo... yo...

La primera puñalada fue certera, hundiéndose en el costado de Franco. Sus ojos se abrieron desmesuradamente, más por la sorpresa que por el dolor. Pero Giacomo no se detuvo; el cuchillo penetró su carne repetidamente, mientras el cuerpo de su padre se desplomaba. La voz de su madre irrumpió en la escena, llena de desesperación:

—¡No, Giacomo, por favor, no lo hagas! —gritó María, su voz quebrada por el horror.

Para Giacomo, todo transcurría en un silencio ensordecedor, roto únicamente por su respiración agitada y el sonido húmedo del cuchillo al desgarrar la piel. Perdió la noción de cuántas veces lo apuñaló, hasta que sus manos y brazos quedaron cubiertos de sangre cálida.

Franco lo miraba fijamente; era una mirada penetrante, difícil de descifrar, cargada de ira o quizás de tristeza. Intentó arrastrarse hacia su hijo, luchando por llenar sus pulmones de aire, emitiendo un sonido gutural que Giacomo jamás olvidaría. En ese instante, soltó el cuchillo, y el choque del metal contra la loza resonó como un eco final en la habitación.

—Nunca me detuve a pensar. No sé cuántas veces lo hice... solo sé que, cuando me detuve, él ya estaba muerto.

Sequera, aún sentado frente a Giacomo, no dijo nada al principio. El peso de la confesión flotaba en el aire, aplastante. Finalmente, Sequera se inclinó hacia adelante, sus manos firmes sobre la mesa.

—No eras más que un niño, Giacomo —dijo, su voz profunda, pero sin juicio—. Hiciste lo que creías que debías hacer. Ahora, tienes que aprender a perdonarte por sobrevivir. El silencio volvió a caer, pero esta vez no era una barrera impenetrable. Era el tipo de silencio que precede a un nuevo entendimiento, a una apertura que, aunque dolorosa, era necesaria.

Y esa noche, en esa aula vacía, Giacomo supo que por primera vez alguien lo había escuchado de verdad.

Al día siguiente, el sol apenas había empezado a filtrarse por las cortinas, pero Giacomo ya estaba despierto. En su mente, la esperanza de que todo hubiera sido una pesadilla lo sostuvo por un instante, una ilusión fugaz que lo empujó a levantarse con el anhelo de encontrar la normalidad al otro lado de la puerta de su habitación. Sin embargo, al salir, la realidad lo golpeó como un muro frío e impenetrable.

María estaba de pie frente al fregadero, fregando platos con movimientos rápidos y mecánicos. Giacomo la miró con detenimiento y notó el rostro desfigurado por la paliza, los ojos hinchados y morados, el cabello rígido por la sangre seca. Los hematomas y abrasiones se extendían como sombras oscuras en sus brazos, y su postura reflejaba una fragilidad que nunca antes había visto en ella. La visión de su madre, rota y herida, lo obligó a aceptar que no había escapatoria, que lo ocurrido no era un mal sueño.

Todo parecía haber vuelto a la normalidad, al menos en apariencia. La casa, que hasta entonces había sido el reflejo del desorden interno de María, empezaba a recuperar el orden que había perdido hacía tanto tiempo. Pero mientras Giacomo observaba en silencio, no podía ignorar que había algo profundamente perturbador en aquella escena de aparente tranquilidad.

No sabía qué había hecho María con el cuerpo de Franco. De eso no se habló ni se hablaría jamás. La sangre, las puñaladas, los gritos… todo eso había desaparecido en algún lugar oscuro de la memoria, como si la casa misma hubiera decidido borrar la existencia de aquella noche. Ni él ni su madre serían los mismos. Lo sabía en el fondo de su ser, pero no tenía palabras para explicarlo.

—Mamá… —dijo Giacomo, titubeando al acercarse—. ¿Dónde está, dónde, que has hecho con Franco?

Le costó trabajo pronunciar su nombre, como si al hacerlo lo reconociera de alguna forma. Ya no podía llamarlo "papá". Ese hombre que había sido su padre había dejado de existir la noche anterior, junto con todo lo que alguna vez había significado para él. María dejó de fregar por un momento, pero no lo miró. Se quedó en silencio, el agua corriendo sobre sus manos, como si buscara la manera de no responder.

Finalmente, tomó aire y, con una voz vacía, sentenció:

—Se ha marchado, Giacomo. No hablemos más de eso.

María sabía que la muerte de Franco debía permanecer en secreto. Con determinación, limpió la escena y ocultó el cuerpo, enterrando no solo a su esposo, sino también los años de dolor que él representaba. Instruyó a

Giacomo para que nunca hablara de lo sucedido, creando un pacto de silencio que los uniría para siempre. La desaparición de Franco fue atribuida a un abandono voluntario, y la vida continuó, aunque las cicatrices invisibles permanecieron en el alma de María y de su hijo.

Y así fue. No hubo más palabras. No hubo más explicaciones. El silencio, siempre presente en sus vidas, ahora se hacía más profundo, más pesado. Giacomo, que siempre había buscado entender, se dio cuenta en ese instante de que había cosas que no estaban destinadas a ser comprendidas ni recordadas.

Nunca más volverían a hablar de Franco, ni de aquella noche, ni de lo que siguió. Pero, aunque las palabras no lo dijeran, ambos sabían que algo había muerto en esa casa, junto con el hombre que alguna vez llamaron padre.

Así, en el laberinto de su existencia, María se convirtió en la guardiana de un secreto que la consumía lentamente, mientras el mundo seguía su curso, ajeno al drama que se desarrollaba tras las paredes de su hogar.

# María II

Desde la perspectiva de María en ese instante, Giacomo, movido por un impulso desesperado, tomó un cuchillo de la mesa y, con una determinación nacida del miedo y la protección, lo hundió en el costado de su padre. Franco se giró, sorprendido, y cayó al suelo, su vida desvaneciéndose rápidamente.

María, horrorizada, corrió hacia Franco, intentando detener la hemorragia con sus manos temblorosas. Sus lágrimas caían sobre el rostro inerte de su esposo mientras murmuraba:

—¡Franco, no! ¡Por favor, no me dejes!

Giacomo, aun sosteniendo el cuchillo ensangrentado, observaba la escena con una mezcla de shock y confusión. María, alzando la vista hacia su hijo, vio el terror en sus ojos y comprendió que, a pesar de todo, había actuado para protegerla.

Con una resolución nacida del amor maternal, María se levantó y abrazó a Giacomo, susurrándole al oído:

—No te preocupes, mi amor. Todo estará bien.

Esa noche, María trabajó en silencio para ocultar el cuerpo de Franco y borrar cualquier rastro de lo sucedido. El peso de su acción los unió en un pacto silencioso, una carga que llevarían juntos por el resto de sus vidas.

Al amanecer, la casa estaba en orden, como si nada hubiera pasado. María, con una serenidad forzada, preparó el desayuno y llamó a Giacomo para que se sentara a la mesa. Mientras comían en silencio, ambos sabían que su vida había cambiado para siempre, pero también que, juntos, podrían enfrentar cualquier adversidad que el destino les deparara.

María, atrapada en un ciclo de violencia y sumisión, encarnaba la paradoja de la víctima que, aun sufriendo, busca preservar la unidad familiar. Su resistencia pasiva y su afán por mantener la armonía reflejaban una aceptación resignada de su destino, una suerte de complicidad con su propio verdugo. Esta actitud, lejos de ser una simple sumisión, era una forma de enfrentar el absurdo de su existencia, una lucha silenciosa por encontrar sentido en medio del caos.

Giacomo, testigo de la brutalidad infligida a su madre, se debatía entre el odio hacia su padre y la incomprensión del comportamiento de María. La aparente pasividad de su madre ante la violencia paterna le resultaba desconcertante, generando en él una confusión profunda. Esta dinámica familiar, marcada por la violencia y la sumisión, sumergía a Giacomo en una realidad absurda, donde las acciones carecían de lógica y las emociones se entrelazaban en una maraña indescifrable.

En este universo absurdo, María y Giacomo eran náufragos en busca de una tabla de salvación. Ella, aferrándose a la esperanza de redención de su esposo; él, tratando de comprender un mundo que se le presentaba incoherente y cruel. Ambos, en su soledad compartida, reflejaban la condición humana enfrentada al sinsentido de la existencia, luchando por encontrar una razón para seguir adelante en medio de la desesperanza.

# La Cueva del Silencio

Tomasso no comprendía qué había pasado, pero algo en él comenzó a apagarse en silencio. Los mensajes que quedaron sin respuesta, las llamadas que se perdieron en un vacío desconocido y la espera en la trattoria, cada detalle se sumaba en su mente como un eco repetitivo y doloroso. Sin explicación alguna, Pía había desaparecido de su vida justo cuando él comenzaba a creer en una conexión más profunda, en la posibilidad de algo real.

Para alguien como Tomasso, el silencio siempre había sido un refugio y una defensa. Había aprendido que, cuando uno es herido, a veces el mejor remedio es callar. No levantar la voz, no buscar culpables, simplemente alejarse. Permanecer amable, incluso cuando la tristeza amenaza con consumirlo desde dentro. Esta vez no fue diferente. Sentía que, sin entender bien cómo ni por qué, una parte de él se desmoronaba. No hubo escenas, no hubo reclamos, solo un silencio cada vez más denso que lo envolvía.

A medida que los días pasaban, la idea de alejarse de Pía empezó a tomar forma en su mente. Por fuera, seguía siendo el mismo hombre: sonriente y cortés, pero en su interior, algo comenzaba a romperse sin posibilidad de retorno. Sabía que podría seguir adelante, fingir que todo estaba bien, pero su alma reclamaba otra cosa. La distancia, el silencio, los intentos fallidos, todo lo llevaba a un punto de revelación dolorosa.

"¿Por qué sucede esto?" se preguntaba Tomasso en esos momentos de soledad. Sabía que había muchas razones para sentirse así, pero ninguna podía entenderse por completo. Estaba cansado de ofrecer tantas oportunidades; había esperado, había creído, y, sin embargo, siempre parecía quedarse solo en el intento. Al final, sintió que la vida le daba una lección silenciosa, pero poderosa: había llegado el momento de poner límites, de elegir su propio bienestar sobre las promesas inacabadas.

Alejarse no sería una huida; para él, era un acto de autoprotección. Era un acto de valentía y de respeto hacia sí mismo. Podía haberse quedado, podía esperar otra vez, pero ¿a qué costo? Decidió, entonces, que su amor propio no podía florecer si seguía atado a una espera sin respuesta. Y en silencio, empezó a despedirse de ese sentimiento.

Sin decir mucho, Tomasso se fue apartando poco a poco de ese vínculo que apenas había comenzado a formarse. Sabía lo fácil que habría sido quedarse, dejarse llevar por la posibilidad de un futuro, por la esperanza de que todo fuera un malentendido. Pero esta vez, no. Esta vez había decidido que alejarse era un acto de amor hacia sí mismo.

Al recordar la frase de Joseph Campbell, pensó en su propio viaje, en esa "cueva" a la que tanto temía entrar. Quizás el tesoro que buscaba no estaba en alguien más, sino en sí mismo, en aprender a poner límites, en aceptar el dolor sin quedarse atrapado en él. Con un último suspiro, Tomasso dejó que el eco de su propia decisión lo llenara de una calma inesperada. Su corazón, aunque dolido, comprendía que a veces, el amor más difícil de encontrar es el amor propio.

Ese domingo, el sol de media mañana se filtraba entre las antiguas fachadas del centro de Florencia, iluminando cada rincón con una calidez dorada. Alessia caminaba despreocupada por Via Roma, sus pasos resonando sobre las losas de piedra que habían soportado siglos de historia. Al doblar la esquina hacia Piazza della Repubblica, el bullicio del corazón de la ciudad la envolvió, con las risas y voces de turistas y florentinos entremezclándose en el aire. No era un lugar nuevo para ella, pero cada visita al centro le traía una emoción renovada, como si Florencia misma fuera una obra de arte viva, cambiando de matices con cada rayo de sol.

Justo al lado de una librería con volúmenes apilados hasta el techo y una pasticceria de tradición centenaria, Alessia divisó un café pintoresco, de toldo a rayas blancas y rojas, con mesas de hierro forjado que parecían sacadas de una postal antigua. El lugar daba una vista espléndida de la Piazza, enmarcando en la distancia la elegante estructura del Arco de Trionfo que se erguía como guardián silencioso del pasado. En las mesas cercanas, la gente sorbía sus cafés mientras disfrutaban de la vida que vibraba en las calles.

Fue allí donde vio a Tomasso, sentado junto a una de las ventanas, con la mirada perdida en su taza de café. Su figura, bañada por la luz de la mañana, parecía una pincelada melancólica en el bullicioso cuadro de la ciudad. Al notar a Alessia, levantó la vista y le dedicó una sonrisa suave, de esas que hacen parecer que el tiempo se detiene. Ella le devolvió la sonrisa y se acercó, sintiendo un pequeño hormigueo de emoción.

—¿Te importa si me uno? —preguntó Alessia con una mirada que mezclaba inocencia y picardía.

Tomasso asintió, y ella se sentó frente a él. Pidió un latte macchiato; Tomasso ya tenía un capuchino espumoso, con el aroma intenso del café llenando el aire entre ellos. El camarero les llevó un brioche para acompañar la charla. El ambiente era perfecto: la serenidad de la mañana, el murmullo de conversaciones en italiano y el aroma embriagador de café tostado.

Alessia tomó un sorbo de su latte macchiato y, entre

pausas deliberadas, dejó que su mirada se posara en Tomasso. La forma en que lo miraba no dejaba lugar a dudas; había un coqueteo en sus ojos, en la forma en que inclinaba ligeramente la cabeza mientras hablaba.

—Entonces, Tomasso… —dijo, sonriendo mientras jugueteaba con la cucharilla—.

¿Siempre tan pensativo un domingo en la mañana?

Tomasso soltó una risa breve, pero Alessia notó que su mirada seguía siendo distante, como si una sombra aún lo envolviera. Pero ella no iba a rendirse tan fácilmente. Le dedicó una sonrisa que escondía una chispa traviesa y se inclinó un poco hacia adelante, rompiendo la distancia entre ellos.

—Florencia es una ciudad para vivirla, no para perderse en pensamientos —murmuró ella, sus palabras llenas de un entusiasmo cálido—. Especialmente cuando tienes buena compañía.

Tomasso sonrió, aunque sus ojos parecían seguir luchando con pensamientos que no podía compartir. Alessia, sin embargo, tenía una manera de llenar el silencio, de hacer que cualquier espacio se sintiera menos pesado. La energía que irradiaba le daba a Tomasso un respiro de la carga emocional que llevaba encima, aunque solo fuera por unos momentos.

A su alrededor, Florencia seguía respirando vida: los sonidos de los tranvías en la lejanía, las risas de niños jugando en la plaza, y el murmullo de conversaciones despreocupadas llenaban el aire, envolviendo a los dos en una burbuja efímera de normalidad. Alessia tomó la última gota de su café, y con una última mirada coqueta, dejó claro que estaba disfrutando de esa mañana mucho más de lo que él imaginaba.

Alessia, notando la expresión taciturna de Tomasso, no pudo evitar soltar una risa suave, aunque un poco irónica.

—¿Qué te pasa hoy, Tomasso? —le preguntó, cruzando los brazos y mirándolo fijamente—. El día está hermoso, y tú con esa cara. ¿Dónde quedó el hombre animado del jueves por la noche?

Tomasso intentó esbozar una sonrisa, pero la preocupación aún se reflejaba en sus ojos. Alessia suspiró y, sin darle tiempo a excusas, le tomó la mano con decisión.

—Vamos, nada de caras largas. Hoy es un día para disfrutarlo, no para desperdiciarlo en pensamientos grises. Caminemos un poco, ¿te parece?

Él asintió casi por compromiso, dejando que ella lo guiara sin rumbo específico. Alessia lo llevó por las calles empedradas, en un recorrido que lentamente iba transformándose en un viaje por los rincones más emblemáticos de la ciudad. Se movieron por la Via dei Calzaiuoli, donde las tiendas y cafés ya estaban llenos de turistas y florentinos, y las fachadas antiguas proyectaban sombras alargadas sobre el suelo de piedra. Alessia hablaba sin cesar, bromeando y lanzándole miradas coquetas, esperando arrancarle una sonrisa más sincera.

Pronto, al girar una esquina, el imponente perfil de la Catedral di Santa María del Fiore se alzó ante ellos. La cúpula de Brunelleschi, majestuosa y monumental dominaba el horizonte, proyectando un aura de grandeza que solo un lugar como Florencia podía ofrecer. Alessia se detuvo un momento, observando a Tomasso para ver si esa maravilla arquitectónica lograba sacarlo de su ensimismamiento.

—Mira esta ciudad, Tomasso. ¿Cómo puedes estar tan silencioso con toda esta belleza a tu alrededor? —dijo Alessia, señalando la catedral con un gesto amplio.

Él sonrió levemente, y juntos continuaron su camino. Atravesaron las estrechas calles, donde los edificios parecían inclinarse unos hacia otros como viejos amigos compartiendo secretos, hasta que llegaron al Ponte Vecchio. El puente estaba salpicado de joyerías con vitrinas que reflejaban el sol en destellos dorados. A su alrededor, turistas y locales se detenían a admirar las vistas del río Arno, que fluía en calma, reflejando la imagen de los edificios antiguos en sus aguas.

Alessia aprovechó el momento para tomarlo del brazo, acercándose un poco más de lo habitual. Seguía hablando, a veces en voz baja y otras con una risa que resonaba en el aire, contándole historias de la ciudad, anécdotas de amigos y aventuras propias. Su voz y su energía llenaban el espacio, como si quisiera ocupar cada rincón del silencio que él insistía en mantener.

Finalmente, su caminata los llevó hasta el Piazzale Michelangelo. Desde allí, Florencia se extendía a sus pies, una vista panorámica de tejados rojos, torres antiguas y cúpulas que se perdían en el horizonte. Alessia respiró hondo, disfrutando del aire fresco y del espectáculo de la ciudad bajo el cielo abierto.

—¿Ves? —le dijo, dándole un ligero codazo—. Te lo dije, un día como este no se desperdicia con pensamientos oscuros. Florencia siempre te devuelve a la vida, incluso cuando no lo esperas.

Tomasso, aunque aún sumido en sus pensamientos, no pudo evitar sonreír un poco más genuinamente. La vista, el aire fresco y la insistente compañía de Alessia empezaban a relajar su mente.

Durante todo el trayecto, Alessia no dejó de coquetear, lanzándole miradas y risas, sin permitir que el peso de sus pensamientos dominara la atmósfera. Ella llenaba cada silencio con palabras, y aunque él no le respondiera mucho, ella parecía no necesitarlo; Alessia era su propio espectáculo, alguien que se movía a su propio ritmo, como si el mundo fuera una extensión de su energía contagiosa.

Alessia finalmente lo miró con una sonrisa traviesa mientras él contemplaba la ciudad desde el mirador, y dijo, en tono de broma, pero con un toque de sinceridad:

—Sabes, Tomasso, si no tuviera que hacerlo todo yo misma, creo que ya te habría conquistado.

Tomasso soltó una risa breve, y esta vez, la sonrisa fue sincera.

Parecía que Alessia lo tenía todo calculado. Mientras descendían por las colinas desde el Piazzale Michelangelo, Alessia lo guio con una facilidad natural, como si cada rincón de aquella parte de Florencia fuera una extensión de su propio hogar. Los rayos del sol otoñal pintaban las calles con tonos cálidos, y la brisa fresca llevaba consigo el aroma de los cipreses y del suelo húmedo por las lluvias recientes.

Bajaron por Via di San Miniato, una calle estrecha que serpenteaba entre muros de piedra cubiertos de musgo, mientras los árboles que bordeaban el camino dejaban caer sus hojas doradas. Al girar en una curva, tomaron Via San Niccolò, una calle pintoresca llena de edificios antiguos, con balcones de hierro forjado y persianas de madera que mostraban sus capas de historia. Al fondo, se vislumbraban pequeñas tiendas de artesanía y galerías, que atraían a locales y viajeros curiosos.

Finalmente, llegaron a un bar pequeño, ubicado justo al lado de una antigua puerta medieval que marcaba la entrada al vecindario. Era uno de esos lugares sin pretensiones, pero que exudaba un encanto acogedor. El bar, con paredes de ladrillo expuesto y mesas de madera desgastadas, era frecuentado por los locales, que charlaban animadamente mientras tomaban sus Spritz y aperitivos al caer la tarde.

Ambos pidieron un Aperol Spritz, y Alessia, con su energía característica, lo animaba a que se relajara y disfrutara del momento. Después de un rato, Alessia, sonriendo y fingiendo estirarse, comentó que la caminata hasta el Piazzale Michelangelo la había dejado con los pies agotados y que nada le vendría mejor que descansar en casa.

Usando esta excusa con una sonrisa juguetona, lo invitó a su apartamento, ubicado a solo unos pasos del bar, en uno de esos edificios que parecían atemporales, con fachadas cubiertas de plantas trepadoras que se mecían suavemente con la brisa.

El apartamento de Alessia era un estudio decorado con un gusto impecable, un espacio donde cada elemento parecía elegido con esmero. Al entrar, Tomasso se encontró con una amplia ventana que enmarcaba una vista impresionante de la ciudad; desde allí, se podían ver los tejados rojos de Florencia, la majestuosa cúpula de la catedral y, a lo lejos, el Arno serpenteando tranquilamente.

El estudio tenía un estilo minimalista, con tonos cálidos y suaves que creaban una atmósfera íntima. Un sofá color crema, lleno de cojines de lino y terciopelo, ocupaba un rincón cerca de la ventana, invitando a sentarse y contemplar la ciudad en silencio.

Frente al sofá, una mesa de centro de madera oscura sostenía algunos libros de arte, una vela perfumada y una copa de vino a medio beber, detalles que daban al lugar una calidez especial.

En un lado de la habitación, una pequeña cocina americana estaba perfectamente organizada, con estanterías abiertas que exhibían tazas de cerámica artesanal y tarros de especias. Una estantería alta, llena de libros y fotografías enmarcadas en blanco y negro, dominaba una pared cercana al sofá, mostrando los intereses eclécticos de Alessia.

Pero la verdadera joya del apartamento era el balcón estrecho al que se accedía a través de una puerta de cristal junto a la ventana. Alessia salió al balcón, tomando ahora una copa de prosecco de Conegliano, y miró la ciudad mientras el sol comenzaba a ponerse, proyectando tonos naranjas y dorados sobre los edificios.

—Este lugar tiene una magia especial, ¿no crees? —dijo, lanzándole una mirada insinuante a Tomasso—. Un sitio como este, con la vista adecuada, puede hacer que uno se olvide de cualquier tristeza.

Alessia le dedicó a Tomasso una sonrisa cálida y le hizo un gesto hacia el sofá, indicándole que se pusiera cómodo.

—Dame solo un minuto, ¿sí? —dijo con voz suave, casi un susurro—. Necesito refrescarme un poco después de nuestra caminata. Pero por favor, siéntete como en casa. —Hizo una pausa y señaló el pequeño bar en una esquina del apartamento, una elegante repisa llena de botellas con etiquetas cuidadosamente seleccionadas—.

Tienes total libertad para abrir lo que gustes. Mi bar es pequeño, pero está bien surtido. Un poco de todo, y todo de lo mejor —agregó, con un guiño cómplice.

Luego, desapareció tras una puerta, dejándolo a solas en la sala, rodeado de la cálida atmósfera que ella había creado. Tomasso, casi sin pensarlo, dejó que su mirada recorriera el lugar, capturando los detalles y sintiendo cómo el ambiente íntimo y acogedor parecía reflejar la esencia misma de Alessia.

Alessia entró en la sala como si hubiera nacido de las sombras que la rodeaban, con una seguridad y un misterio que parecían sacados de algún antiguo cuento caribeño.

Su piel, dorada como el ocaso, parecía contener el sol mismo en cada centímetro, un resplandor cálido y envolvente que transformaba la atmósfera del pequeño apartamento en un rincón perdido en el tiempo y el espacio. No había prisa ni vacilación en sus movimientos; avanzaba con la gracia de quien está en total armonía con su cuerpo, consciente de la admiración que su mera presencia provocaba.

Sus ojos, de un verde profundo y sereno, eran como espejos de selvas desconocidas, llenos de secretos que invitaban a perderse en ellos sin promesa alguna de regreso. Había una picardía eterna en su mirada, como si supiera que la vida es una obra en constante transformación y que ella, con sus ojos verdes y su sonrisa luminosa, tenía el papel principal. Esos ojos, enmarcados por largas pestañas negras, parecían capaces de ver más allá de lo visible, como si pudieran leer pensamientos o adentrarse en los rincones más oscuros del alma.

Su cabello, una cascada de ébano que caía en suaves ondas hasta sus pechos, absorbía la luz en un juego de claroscuros, recordando a una noche sin estrellas, donde los misterios dormitan en silencio. Cada hebra parecía tener su propia historia, su propio pasado, y al tocar su piel canela creaban un contraste de sombras que evocaban el paso del tiempo, como si en ella coexistieran todas las estaciones y todas las edades.

Alessia era una mezcla de gracia y salvaje libertad, con curvas que hablaban el lenguaje de la naturaleza, como las palmeras que se mecen al compás de una brisa suave. Sus senos, perfectos en su sencillez, parecían haber sido moldeados por la mano misma de la brisa caribeña, y su vientre plano y firme llevaba la promesa de juventud y fuerza, en perfecta armonía con sus caderas redondeadas que evocaban, sin decirlo, todos los sueños de tierras cálidas y mares profundos.

Cada parte de su cuerpo, suave y delicada, tenía la textura de la arena más fina, como si la misma tierra hubiera decidido esculpirla sin prisa, con una precisión milimétrica. En el centro de esa piel, sus pezones, de un tono rosado que contrastaba delicadamente, eran como el rubor de una flor tropical al despertar, una chispa de vida que permanecía oculta hasta el momento adecuado.

Alessia era una mujer esculpida en sueños y arenas movedizas, en sol y en sombra. Su belleza contenía la promesa de historias aún no contadas y de secretos solo compartidos en susurros bajo las estrellas. Ella era la personificación de la elegancia y de la pasión, una visión viva de la naturaleza en su estado más puro y sensual. Su sonrisa, que surgió lentamente al ver a Tomasso, era la llave a un mundo más profundo, un mundo donde el tiempo perdía sentido y solo quedaba el instante, el susurro del ahora, en el que su presencia parecía dominar toda la estancia.

Mientras Alessia avanzaba con la seguridad de quien

sabe que su cuerpo es una obra de arte, cada línea y cada curva hablaban en un lenguaje propio, lleno de sensualidad y misterio. Su vientre, liso y esculpido, tenía una suavidad impecable, libre de cualquier sombra o marca, como si la misma brisa del mar caribeño lo hubiera acariciado hasta dejarlo inmaculado. Su piel parecía haber sido cuidadosamente preparada por el sol y el tiempo, con una textura que invitaba al tacto, tersa y pulida, como la arena fina de una playa desierta. Esa superficie impecable añadía a su figura una elegancia natural, acentuando la gracia y la libertad que la definían. Alessia era una mujer que cuidaba de cada detalle, y su vientre, tan perfecto y liso, era un símbolo de la armonía entre su belleza exterior y la seguridad que irradiaba desde dentro.

## El Peso de los Recuerdos

El tren se había detenido, y el día apenas comenzaba a despuntar. Pía descendió en silencio, dejando que el aire fresco de Padua la envolviera. Cada paso que daba hacia la casa de sus padres era un viaje hacia el pasado, una reminiscencia de la vida que una vez tuvo y de la fortaleza que ahora necesitaba. La casa se erguía intacta, fiel a sus recuerdos, con sus paredes pintadas de un blanco cansado por el tiempo y la hiedra que trepaba hasta las ventanas, como si intentara abrazar lo que quedaba dentro.

Fue su madre, Nicoletta, quien le abrió la puerta. El peso de los años se reflejaba en su rostro y, aun así, había en ella una serenidad que solo el amor más profundo puede otorgar. Nicoletta la miró, y en ese instante no hubo palabras, solo el susurro de un vínculo indestructible, de una historia compartida que se contaba sin necesidad de voces. Pía simplemente murmuró:

—Mamá.

Y en ese instante se fundieron en un abrazo que parecía desafiar al tiempo.

Los brazos de Nicoletta la rodearon con ternura. Sus manos, ásperas y cansadas, recorrieron la espalda de su hija, como si con ese contacto quisiera borrar la distancia que el tiempo y la vida habían impuesto entre ellas. Se abrazaron con fuerza, intercambiando lágrimas silenciosas, y durante esos segundos el tiempo realmente pareció detenerse. Pía deseó, con todo su corazón, que aquella quietud fuera eterna, que nada la arrancara de ese momento en el que la paz y el consuelo de su madre eran suficientes para ahuyentar cualquier tristeza.

Pero la realidad volvió con una pregunta que Pía casi

temía pronunciar, como si al hacerlo rompiera el hechizo de aquel abrazo.

—¿Papá? —susurró, con la voz temblorosa.

Nicoletta suspiró, una exhalación que llevaba consigo el peso de sus preocupaciones, sus desvelos y sus miedos más profundos. Forzó una sonrisa, y su tono fue suave, pero cargado de una resignación que Pía percibió en sus entrañas.

—Allí está, guapeando, como siempre —respondió, tratando de mantener la fortaleza en sus palabras—. No lo dice, pero sé que no está bien.

Ambas se miraron, sabiendo que en esa afirmación yacía una verdad dolorosa que ninguna de las dos estaba lista para enfrentar. La fragilidad de Lucien, el hombre que había sido su ancla y guía, estaba cobrando una presencia palpable en la casa, una sombra que parecía alargarse por cada rincón. Nicoletta le explicó que había estado preparando comida, pues ese día muchos vendrían a ver a su padre, a ofrecerle el consuelo de la presencia y a celebrar la vida que él, obstinadamente, intentaba mantener en pie.

Pía caminó por las habitaciones como quien recorre un museo de su propia infancia, observando los recuerdos que aún colgaban de las paredes: fotografías de momentos felices, trofeos y diplomas, pequeñas huellas de las vidas que habían compartido bajo aquel techo. Pero ese día, incluso esos recuerdos parecían tener un tono más apagado, como si supieran que un ciclo estaba por cerrarse.

Entre los visitantes, esperaba también a Antonella, la hermana de Pía, que viajaba desde Nueva York para estar junto a él. Esa reunión, que en otros tiempos hubiera sido una celebración, ahora parecía revestida de una melancolía que ninguna palabra podría disipar.

Lucien era médico, un pediatra acostumbrado a diagnosticar, a observar los signos y prever lo inevitable. Sabía muy bien el curso de su enfermedad, y había enfrentado esa realidad con una dignidad silenciosa, sin cargar a sus seres queridos con la magnitud de su dolor. Pero, por mucho que intentara disimularlo, Nicoletta y Pía percibían en el ambiente algo indefinible, un cambio en el aire, como si la casa misma se preparara para despedirlo.

El hogar de Pía, que durante tanto tiempo había sido un refugio, ahora se sentía distinto. Había algo en la luz que atravesaba las ventanas, en el olor de las comidas familiares que Nicoletta preparaba, algo que sugería una última cena, un último abrazo. Las sombras parecían alargarse más, y cada rincón de la casa estaba impregnado de una quietud tensa, de esa calma previa a la tormenta que la vida se empeña en ignorar.

Nicoletta, mientras tanto, volvía a la cocina, donde el aroma de la comida llenaba el aire, como una especie de homenaje silencioso a la vida que tanto amaban. El sonido de las cacerolas y el hervir del agua parecían una melodía triste, una canción que contaba historias de amor y pérdida. La madre de Pía trabajaba con la serenidad de quien comprende que la vida se encuentra en los pequeños gestos, en los rituales cotidianos que, aunque parezcan insignificantes, tienen el poder de unir a las personas y de sellar los recuerdos en el alma.

—Siempre en esta época celebramos mi cumpleaños —dijo Nicoletta, sin apartar la mirada de la olla que removía—. Pero este año… —Hizo una pausa, dejando que las palabras se disolvieran en el aire, cargadas de un pesar que no necesitaba explicación.

Pía sintió un nudo en la garganta, una mezcla de tristeza y gratitud. Sabía que ese momento, por efímero que fuera, quedaría grabado en su memoria. La presencia de su madre, el aroma de la comida, la casa llena de ecos familiares… Todo aquello la envolvía en una sensación de despedida. Nada parecía haber cambiado, pero todo era diferente. Y en el fondo, ambas comprendían que, por más que Lucien intentara que las cosas parecieran normales, el aire estaba impregnado de una despedida silenciosa.

En ese momento, el timbre sonó, rompiendo el hechizo. Pía miró a su madre y ambas compartieron una última mirada, como si en ella se dijeran lo que las palabras no alcanzaban a expresar. Nicoletta se dirigió a la puerta, y Pía la siguió, preparándose para recibir a los visitantes que, al igual que ellas, habían venido a rendirle homenaje a Lucien, a estar junto a él en su última batalla.

Y aunque ese día transcurriría como otros, con abrazos, con risas y con lágrimas, ambas sabían que el tiempo no se había detenido. Estaban juntas, sí, pero bajo el peso de una certeza ineludible: el adiós se aproximaba, y con él, un vacío que ninguna comida, ningún ritual, ninguna palabra podría llenar.

# Sombras del Deseo

El beso se profundizó, la lengua de Alessia exploraba la boca de Tomasso con una urgencia que él no pudo igualar. Sus manos, ágiles y decididas, luchaban con el cinturón mientras él permanecía pasivo, su mente a kilómetros de distancia. A pesar de la pasión que ella irradiaba, una sombra de duda se instaló en su corazón. Sus labios se movían con una sincronía aprendida, pero faltaba algo: esa chispa que encendía su sangre, esa conexión que los hacía uno solo.

Se dejó guiar por ella, como una marioneta en manos de una experta titiritera. Atravesaron la sala a tropezones, sus cuerpos enredados en un baile torpe y apresurado. Los muebles, mudos testigos de su encuentro, parecían observarlos con reproche. Al llegar al dormitorio, él la arrojó sobre la cama con una brusquedad que la sorprendió. Alessia, con la respiración entrecortada y el deseo ardiendo en sus ojos, lo recibió con los brazos abiertos. Pero él, en lugar de responder a su pasión, se quedó mirándola con una expresión indescifrable en el rostro.

—Tomasso —susurró ella, con la voz cargada de deseo y una pizca de incertidumbre. Él parpadeó, como si despertara de un sueño, y se inclinó sobre ella. La besó de nuevo, esta vez con más fuerza, pero la distancia seguía allí, un muro invisible que los separaba. Sus manos recorrían su cuerpo con avidez, pero su mente vagaba por otros lugares, atormentada por recuerdos y dudas que no podía acallar.

Después de hacer el amor, la llevó a la ducha con la esperanza de que el agua fría apagara el fuego que lo consumía por dentro. Bajo el chorro de agua, se besaron con desesperación, aferrándose el uno al otro como a un clavo ardiendo. El vapor empañaba los espejos, reflejando una imagen distorsionada de su pasión. Pero ni siquiera el agua helada logró calmar la tormenta que se desataba en su interior.

Mientras Alessia se entregaba al placer del momento, sus gemidos llenando el espacio, Tomasso se sentía cada vez más distante, como un espectador de su propia vida. Su cuerpo respondió al deseo, pero su alma estaba ausente, perdida en un laberinto de emociones contradictorias.

Salieron de la ducha, con la piel enrojecida y el cabello húmedo. Alessia, envuelta en una toalla, se dirigió hacia el armario en busca de ropa limpia. Tomasso, sin embargo, se dejó caer en la cama desnudo, con la mirada perdida en el techo. Observaba cómo ella se movía por la habitación con esa gracia felina que tanto lo atraía, pero una punzada de culpa le oprimía el pecho. No podía corresponder a su entrega, no podía fingir una pasión que no sentía.

—Tomasso, ¿estás bien? —preguntó ella, con la preocupación reflejada en sus ojos verdes. Él forzó una sonrisa, tratando de ahuyentar las sombras que lo acechaban.

—Sí, estoy bien —mintió.

Alessia no se dejó convencer. Se sentó a su lado, acariciando su mejilla con ternura.

—¿Qué te pasa? Te noto distante.

Él apartó la mirada, incapaz de sostener la suya.

—No es nada, solo estoy cansado.

Ella lo abrazó, apoyando su cabeza en su pecho.

—Descansa, entonces —murmuró, besando su cabello. Tomasso cerró los ojos, aspirando el aroma a flores y mar que desprendía su piel. Por un instante, se dejó llevar por la calidez de su abrazo, deseando poder olvidar todo lo demás. Pero los fantasmas del pasado lo perseguían sin tregua, recordándole sus errores, sus miedos, sus dudas.

Se apartó de ella con brusquedad, levantándose de la cama.

—Necesito un poco de aire —dijo, dirigiéndose hacia el balcón.

Alessia lo siguió con la mirada, confundida y dolida. Lo vio apoyarse en la barandilla, contemplando la ciudad que se extendía a sus pies. Las luces nocturnas brillaban como un mar de estrellas, pero él solo veía la oscuridad que lo envolvía.

—¿Qué te ocurre, Tomasso? —insistió ella, acercándose a él.

Él la miró, con los ojos llenos de una tristeza que ella no comprendía.

—No puedo —susurró, con la voz quebrada.

—¿No puedes qué?

—No puedo estar contigo.

Las palabras cayeron como un jarro de agua fría, congelando el ambiente. Alessia lo miró, con el rostro pálido y los ojos llenos de incredulidad.

—¿Qué estás diciendo?

—Lo siento, Alessia —dijo él, con la voz llena de remordimiento—. No puedo darte lo que necesitas. No puedo darte lo que mereces.

Ella negó con la cabeza, sin poder creer lo que estaba escuchando.

—Pero… ¿por qué?

—Porque no estoy listo. Porque no soy el hombre

que tú crees que soy. Se giró, dándole la espalda.

—Por favor, vete.

Alessia se quedó allí, paralizada por el dolor. Las lágrimas brotaron de sus ojos, recorriendo sus mejillas como ríos de tristeza. Miró a Tomasso, con el corazón roto y la esperanza destrozada. Luego, sin decir una palabra, se dio la vuelta y salió de la habitación, dejándolo solo con sus demonios.

Alessia, sola en su apartamento, sintió cómo la tristeza y la frustración se entrelazaban en su pecho, oprimiéndola. El eco de las palabras de Tomasso aún resonaba en su mente, tan frías como la distancia que habia sentido entre ellos. Sabía, en lo profundo de su ser, que no se trataba solo de la despedida abrupta; era algo más, algo que le exigía mirar en su interior. Por un instante, su reflejo en el espejo le devolvió una imagen que había tratado de evitar: la de una mujer que, aun siendo segura de sí misma y radiante, había decidido usar su cuerpo como la llave para abrir puertas que buscaban permanecer cerradas.

Recordó un pensamiento que le había surgido en otra noche solitaria, cuando las luces de la ciudad titilaban y el silencio se convertía en un espejo de sus inquietudes:

"Atraes lo que usas para impresionar". Era una verdad tan simple como poderosa. Si había buscado la atención a través de la seducción, era natural que aquellos que se acercaban lo hicieran guiados solo por el deseo. Pero Alessia sabía que en su corazón anhelaba algo más profundo, más real, más duradero. Y ese anhelo la empujaba a reflexionar sobre sus elecciones.

El pensamiento la llevó a las ideas de Jean-Paul Sartre, quien postulaba que la existencia precede a la esencia; es decir, que no nacemos con una esencia predeterminada, sino que la vamos forjando a través de nuestras acciones y elecciones. Alessia comprendió entonces que había estado buscando llenar un vacío existencial con actos que no reflejaban su verdadera esencia, sino una fachada que ella misma había construido para obtener una aceptación inmediata. Esa era la trampa que Sartre denunciaba: la elección de vivir en la mala fe, adoptando roles que no nos representan, mintiéndonos a nosotros mismos para evitar la responsabilidad de ser auténticos.

Alessia se dio cuenta de que, al usar su cuerpo como vehículo para atraer a otros, había elegido un camino fácil, pero vacío, que le traía la atención momentánea, pero no la conexión profunda que ansiaba. En un mundo donde la autenticidad parecía cada vez más un acto de resistencia, ella entendió que tenía que dejar de lado la superficialidad, que debía comenzar a mostrar más de su verdadera esencia: su inteligencia, su pasión, su vulnerabilidad.

El problema, reflexionó Alessia, no era generacional ni de la naturaleza de los hombres y las mujeres. El problema residía en lo que ella, y tantos otros, elegían revelar al mundo. Y en esa elección, en esa responsabilidad de mostrarse tal y como era, estaba la clave para atraer a quienes valoraran su verdadera esencia, no solo su apariencia.

Alessia supo entonces que debía ser intencional, que cada acto y cada palabra importaban porque definían la dirección de su existencia.

Mirándose al espejo, con la piel aún húmeda por la ducha y el cabello desordenado, Alessia esbozó una sonrisa melancólica. Había fallado, sí, pero también había aprendido. Comprendió que no era demasiado tarde para cambiar, para ser más fiel a la persona que realmente quería ser. La elección de empezar a mostrar su verdadera esencia, en lugar de la máscara que había usado tantas veces, era su primer acto de libertad, un paso hacia un nuevo comienzo.

# La Luz de lo Irrepetible

Pía abrió la pesada puerta de la casa familiar y se quedó inmóvil al encontrarse con Dávide. Vestía una sonrisa que irradiaba seguridad, ese gesto relajado que había perfeccionado con los años. Su figura corpulenta, marcada por el paso del tiempo y los éxitos conquistados, se dibujaba bajo el abrigo oscuro que llevaba. Aún conservaba su cabellera ondulada y castaña, cayendo en cascada desordenada hasta los hombros, y sus ojos color miel, profundos y brillantes, parecían captar cada detalle, cada sombra de emoción en el rostro de Pía.

Ella no supo qué decir. Los pasos de su madre, Nicoletta, resonaron en el pasillo, acercándose lentamente. Pía intentó cerrar ligeramente la puerta, como si pudiera ocultar la presencia de Dávide, pero Nicoletta ya se había asomado, esbozando una sonrisa tranquila y sabia, esa mirada que parecía comprender todo sin necesidad de palabras.

—Pía, está bien, hazlo pasar —dijo, con un leve gesto de cabeza, otorgándole su permiso.

Dávide, divertido, arqueó una ceja y comentó entre risas: —Pensé que me ibas a dejar aquí, a la merced del viento.

Confundida y algo perpleja, Pía abrió la puerta de par en par, permitiendo a Dávide entrar. Con un ademán ceremonioso, extendió su brazo en una ligera reverencia, invitándolo a pasar. A sus pies, todavía esparcidos en la entrada, estaban su maleta y su bolso, testigos de un viaje largo y precipitado.

La casa, al igual que sus habitantes, parecía contener una paz profunda y antigua, pero estaba impregnada de la sencillez y sobriedad de Nicoletta. Las paredes eran de un tono marfil, adornadas con cuadros antiguos de paisajes italianos y retratos familiares, y el suelo, de madera pulida, crujía suavemente bajo el peso de los pasos. La entrada llevaba directamente a un salón acogedor, donde la luz se filtraba suavemente por las ventanas, iluminando las viejas estanterías llenas de libros y recuerdos. Allí, en la sala de estar, estaba Dávide, tomando asiento con naturalidad, hojeando un periódico de ayer o quizá de antier, mientras saboreaba un Grodino rojo, el aperitivo amargo que siempre servía Milena, la ayudante de Nicoletta, en ocasiones especiales. A su lado, un plato de aceitunas carnudas y brillantes, bien aderezadas, completaba la escena.

Sin decir palabra, Pía subió rápidamente las escaleras, y al llegar a la puerta del dormitorio principal, sus ojos se encontraron con los de su padre a través del espejo. Lucien, su rostro marcado por los signos de la enfermedad, le sonrió con ese gesto que antes hubiera sido contagioso. Pía, queriendo corresponderle con la misma calidez, solo pudo esbozar una leve sonrisa, intentando contener las lágrimas que amenazaban con escapar. Se acercó y lo abrazó, notando la fragilidad de su cuerpo, la forma en que cada movimiento parecía agotarlo. Sus respiraciones cortas y entrecortadas resonaban en el cuarto como un eco sutil, un recordatorio del desgaste que la vida había impreso en él.

Con delicadeza, Pía terminó de abotonarle la camisa, y Lucien, con un atisbo de humor en sus ojos cansados, comentó:

—Ahora te toca a ti ajustarme la camisa.

La fibrosis pulmonar lo había consumido lentamente, pero su mente seguía despierta, su espíritu intacto. Hablaron en voz baja, en murmullos casi imperceptibles, sobre la vida y su sentido, sobre aquello que perdura y lo que inevitablemente se desvanece. Desde la cocina les llegaban los aromas de la comida que Nicoletta preparaba, llenando el aire de promesas de sabores reconfortantes, y el hambre comenzó a despertar en ambos.

Antes de salir de la habitación, Pía, sin poder contener su curiosidad, preguntó:

—Papá, ¿qué hace Dávide aquí?

Lucien la miró con ternura y asintió, como si ya hubiera anticipado la pregunta.

—He hecho las paces con Dávide —respondió suavemente—. El resto te lo dirá él. Espero que puedas comprender.

Mientras descendían las escaleras, Lucien apoyaba una mano en la barandilla, bajando con paso lento, pero seguro. Al llegar al salón, Dávide se levantó y se acercó con respeto, saludando a Lucien con el cariño de otros tiempos.

—Buenos días, doctor. ¿Cómo se siente?

Lucien, con esa voz calmada y firme, respondió con una sonrisa:

—Como un roble.

Era una respuesta que no describía la realidad, sino cómo él deseaba que las cosas fueran.

La cocina de Nicoletta era un espacio modesto, pero lleno de vida. Las paredes, decoradas con azulejos antiguos de tonos cálidos, estaban impregnadas del aroma de décadas de preparaciones amorosas. Sobre la gran mesa de madera, pulida por los años y el uso, reposaban las preparaciones: un guiso de carne de res que emanaba un aroma profundo y especiado, y un ragú de codorniz, delicado y sabroso, ambos listos para ser servidos sobre una polenta cremosa y dorada. De contorno, un mixto de champiñones salteados con un toque de ajo y perejil completaba el banquete. En una esquina de la mesa, una selección de salamis, lonjas de prosciutto finamente cortadas, y trozos de Piave Vecchio, el queso de la región, aguardaban para ser degustados.

Milena había preparado la mesa con esmero, colocando copas y platos como si cada uno de ellos tuviera un lugar especial en este ritual de despedida. Para el aperitivo, servía un espumante Prosecco, burbujeante y fresco, ideal para preparar los paladares. Junto a los platos de carne, descansaban dos vinos tintos de carácter: un Valpolicella Ripasso, con sus notas de cereza y especias, y un robusto Amarone della Valpolicella, oscuro y profundo, capaz de abrazar los sabores intensos del guiso y el ragú. Para los más rebeldes, había también un vino blanco, un Soave Classico, ligero y refrescante, como un suspiro entre la riqueza de los tintos.

Mientras todos se reunían en la sala, el ambiente adquiría un tono de nostalgia, como si cada rincón de la casa estuviera consciente de la importancia de este momento.

Dávide, en un rincón, observaba a Lucien y a Nicoletta con respeto y algo más, algo que solo él entendía. Pía, por su parte, no podía evitar sentir que este encuentro, esta reunión familiar, era una despedida tácita, una especie de adiós envuelto en sonrisas y miradas compartidas.

La llegada de Antonella llenó la casa de una energía vibrante e imponente. Era una mujer que no pasaba desapercibida. Alta, de porte elegante y con una belleza imponente, Antonella había logrado establecerse en Nueva York como abogada en una de las firmas más prestigiosas y reconocidas a nivel mundial. Su presencia era tan dominante como su voz, que siempre resonaba con claridad y fuerza. Antonella no se andaba con rodeos; su personalidad fuerte y segura de sí misma era, para algunos, intimidante.

Aunque mantenía una buena relación con su hermana, las largas horas y la intensidad de su trabajo habían puesto una distancia que, en momentos como estos, se sentía como un peso en el ambiente. Llegó lo más rápido que pudo después de leer la carta de su padre, sabiendo que en ese hogar siempre habría un lugar para ella, aunque sus visitas fueran escasas y esporádicas. Se decía que su carácter fuerte espantaba a los hombres, pero, en realidad, era su amor por el trabajo lo que dejaba poco espacio para relaciones amorosas.

Attilio, el hermano de Lucien llegó poco después. Era un hombre de rostro afable y expresión calmada, con el porte de alguien que ha vivido sin prisa, degustando cada momento. Entre Lucien y Attilio había un vínculo más allá de la hermandad; eran amigos, confidentes, y compartían una pasión inquebrantable por la música y el cine. Con una sonrisa cómplice, Attilio abrazó a su hermano, y juntos intercambiaron una mirada que contenía años de recuerdos compartidos y silencios cómplices.

La casa, que ya albergaba más de veinte personas entre familiares y amigos, estaba impregnada de una atmósfera especial. Entre el suave tintineo de copas y el murmullo de voces mezcladas con risas, el ambiente se tornó casi festivo. Lucien, con una vitalidad inusitada para alguien en su condición, se movía entre sus seres queridos, transmitiendo una alegría contagiosa que transformó el encuentro en una celebración de vida. Parecía que, por un instante, la enfermedad y el tiempo se habían colgado, permitiendo que todos disfrutaran de un momento de pura felicidad.

Era un instante suspendido en el tiempo, como si los recuerdos, las palabras no dichas y las emociones contenidas llenaran cada rincón de aquella casa. Y mientras se acomodaban alrededor de la mesa, con el aroma de la comida y el vino envolviéndolos, todos sabían que estaban compartiendo algo más que una simple comida. Estaban compartiendo el peso de los recuerdos, la historia de una familia, de un amor y de una despedida que quedaría para siempre grabada en sus corazones.

La mesa del comedor dominaba la habitación con una presencia majestuosa. Era una pieza inmensa de roble macizo, pulido a mano hasta revelar la rica profundidad de sus vetas. Solo había sillas en los extremos, que eran de respaldo alto y tapizadas en cuero oscuro, mientras que, a los lados, dos grandes bancos de la misma madera permitían que la familia y los amigos se acomodaran con facilidad. Podía albergar cómodamente a treinta comensales, un detalle que Lucien había planeado con la esperanza de que sus hijas, Antonella y Pía, llenaran algún día la casa de nietos y prolongaran el legado de su familia en festines pantagruélicos.

La vajilla, de un azul vibrante de Delft, había llegado desde los Países Bajos, sus diseños delicados de flores y paisajes parecían bailar sobre el blanco reluciente de los platos. Contrastaban perfectamente con la mantelería de lino blanco, tejida con la precisión y maestría que solo los artesanos de Venecia sabían brindar. Los bordes estaban adornados con encajes intrincados, un toque de opulencia sutil que hablaba del refinado gusto de Nicoletta. La cubertería de plata, comprada en Toledo, España, relucía bajo la luz cálida de los candelabros antiguos que colgaban del techo, iluminando cada rincón de la estancia y reflejando un brillo suave y elegante en cada utensilio. Parecía que cada pieza, cada detalle, había sido escogido con amor y dedicación, como si la mesa misma fuera una obra de arte que homenajeaba las generaciones de su familia.

El comedor era amplio y acogedor, con paredes en tonos cálidos y cuadros de paisajes rurales italianos colgados estratégicamente, evocando la sencillez y la belleza de la vida en el campo. Estanterías con botellas de vino bien seleccionadas bordeaban una de las paredes, y los aromas de la comida recién servida —el guiso de carne de res y el ragú de codorniz, la polenta servida con el mixto de champiñones salteados con ajo y perejil— llenaban el aire, invitando a cada uno de los presentes a disfrutar de ese momento único. Había algo ceremonial en cada plato que llegaba a la mesa, una celebración de la buena comida, pero, sobre todo, del tiempo compartido.

Al pasar de las horas, cuando los platos habían sido recogidos y el último sorbo de vino Amarone della Valpolicella había sido saboreado, Attilio se levantó con una sonrisa, tomó su guitarra y comenzó a rasgar las cuerdas con suavidad. Una nota nostálgica flotó en el aire, y uno a uno, todos los presentes se unieron en un canto improvisado, interpretando las melodías de Lucio Dalla, Battisti y Adriano Celentano. Las canciones llenaban la sala de una alegría contagiosa, y el dolor que habitaba en sus corazones pareció disiparse, como si la música anestesiara momentáneamente la tristeza.

La risa y el amor por Lucien transformaban el ambiente. La despedida comenzó a teñirse de una luz diferente: no era el adiós doloroso y sombrío que habían temido, sino una celebración de la vida que él había vivido, de los momentos compartidos y del amor que él había sembrado en cada uno de ellos.

# Un Lugar para Volver

El amanecer del lunes iluminaba el horizonte con una serenidad que contrastaba con la noche anterior, un recordatorio cruel de que el mundo, ajeno al dolor y al júbilo de los mortales, siempre continúa su curso. La casa de Lucien, que apenas unas horas antes había sido un refugio de risas, canciones y amor, ahora era un espacio suspendido en una quietud que solo el alba podía subrayar. Las ciudades despertaban, la vida seguía y los relojes marcaban el tiempo con indiferencia, dejando atrás a aquellos que no podían mantener el ritmo.

Lucien, todavía lleno de una energía casi mística, le cantó a Nicoletta junto a los comensales el "feliz cumpleaños", una canción cargada de emociones que resonó con una ternura inédita. Cuando los primeros rayos del sol se colaron por las ventanas, los invitados comenzaron a despedirse, llevándose consigo una esperanza tenue: la de ver a Lucien una vez más. El eco de las últimas risas aún flotaba en el aire cuando Milena llegó a la casa para ayudar a Nicoletta con los vestigios del festín nocturno.

En la intimidad del hogar, Lucien abrazó a sus hijas y besó a su esposa con un amor que parecía no tener fin. Tomándola de la mano y haciendo una ligera reverencia, sacó del bolsillo una pequeña caja de terciopelo rojo y se la entregó. Dentro, un dije con el símbolo del infinito brillaba a la tenue luz de la mañana, un recordatorio de su promesa eterna.

—Nico, he sido el hombre más privilegiado del mundo. No sería quien soy sin ti a mi lado. Gracias, infinitamente, por ser mi compañera, mi fuerza, mi amor. Si hay vida después de la vida, quiero que sea contigo.

El rostro de Nicoletta se iluminó, y en ese instante,

la casa se llenó de una mezcla de amor y resignación, como si todos supieran, en lo profundo de sus corazones, que ese gesto era una despedida disfrazada de celebración. Lucien les dijo a todos que deseaba hacer una siesta, y tanto Nicoletta como Pía y Antonella, agotadas, se dirigieron también a sus habitaciones para descansar.

Pero antes de dormir, las dos hermanas decidieron pasar por el dormitorio principal. Abrieron la puerta y encontraron a su padre acostado, con los ojos cerrados y una sonrisa leve, como si su alma reconociera la presencia de sus hijas. Nicoletta, acostada a su lado, acariciaba suavemente su cabellera blanca como la seda, un gesto cargado de amor y ternura que las palabras no podían contener. Fue al mediodía cuando Nicoletta escuchó lo que sería el último suspiro de Lucien. Él, que tanto había dado sin pedir nada a cambio, se había ido en silencio, con la misma paz que había cultivado en vida.

Nicoletta despertó a sus hijas con la voz quebrada y el dolor evidente en cada gesto.

—Papá ha partido —dijo, y esas palabras, aunque esperadas, se clavaron en sus corazones con la fuerza de lo irremediable.

# El Diario de Pía

***Lunes, 17 de octubre, 2022***

*Hay un misterio insondable en que hayas elegido, si es que acaso pudiste, marcharte un 17 de octubre, el mismo día del aniversario de mamá. Como en los relatos de Borges, el tiempo se despliega en un laberinto de posibilidades, y el final, aunque inevitable, siempre llega como un golpe que me toma por sorpresa. La vida no se presenta con garantías ni veredictos. Nadie llega al mundo con una etiqueta que diga "tienes setenta años" o "te corresponden ochenta y cinco". Solo nos otorga la certeza de existir, y en esa incertidumbre radica su trágica belleza.*

*El tiempo contigo, papá, fue una paradoja: fugaz y, sin embargo, profundo. Solo ahora comprendo la magnitud de su valor, la riqueza de esos momentos que, aunque efímeros, son eternos en mi memoria. La vida me ha enseñado, con no pocos tropiezos, que el amor, como todo en este mundo absurdo, se transforma. Y, aun así, ¿quién puede decir que alguien verdaderamente muere? Te tuve en carne y hueso, te abracé, te viví, y aunque ahora no estés físicamente, tu esencia sigue habitando en mí. Como los personajes de Camus, desafiabas la aparente falta de sentido de la existencia y, en ese desafío, convertías las sombras en luz. Nos protegías de tus propias tragedias, mostrándome que la verdadera felicidad es una elección, un acto de rebelión ante lo inevitable.*

*Eras un alquimista de la cotidianidad, un hombre sencillo que encontraba alegría en la inocencia de lo pequeño, que vivía sin lujos ni las ataduras de las expectativas ajenas. Entendías que lo esencial estaba en el ahora, en la gestión sabia de las emociones y las pasiones. Ese fue tu verdadero legado, el que permanece vivo en quienes tuvimos el privilegio de conocerte.*

*Papá, como enseñó Carl Jung, fuiste fiel a tu propósito, y esa fidelidad fue tu mayor triunfo: "El privilegio de una vida es convertirse en quien realmente eres". Tu amor por la pediatría y por nosotros, tu familia, fue tu norte, el centro que le dio sentido a todo. Por eso, tu partida no es solo una pérdida; es una lección sobre lo que significa vivir con autenticidad y amor incondicional.*

*Y es cierto lo que dijo Chaplin: "Canta, ríe, baila, llora y vive cada momento de tu vida antes de que el telón baje y la obra termine sin aplausos". Con amor y con la certeza de que tu legado sigue latiendo en mí, me despido de ti, papá. Porque, aunque el telón hoy cayó para ti, tu presencia seguirá siendo el aplauso silencioso que resuena en nuestras vidas.*

*Te amo, Pía.*

# El Eco de un Beso Incierto

El sol de la primavera brillaba sobre las aguas del Lago di Braies, que reflejaban los picos majestuosos del Croda del Becco como si fuesen guardianes de un cuento antiguo. Turistas de todas partes del mundo se maravillaban ante la vista: un grupo de austríacos con un fuerte acento vienés intercambiaban comentarios animados, una pareja japonesa caminaba en silencio, admirando el paisaje, y una mujer siciliana, con su dialecto palermitano, exclamaba sobre la belleza del lugar, haciendo gestos apasionados con las manos.

Pía y Dávide, emocionados y llenos de esa curiosidad propia de la juventud, habían bordeado casi todo el lago, siguiendo el Seerundwanderweg, el sendero circular que los llevaba cada vez más lejos. La escalinata panorámica que debía guiarlos al reencuentro con el grupo se quedó atrás, y ellos, sin darse cuenta, se desviaron. Frente a ellos, el Hotel Lago di Braies se erguía a la distancia, con su fachada de madera que invitaba al descanso. Pensaron, por un momento, que nadando podrían llegar, pero sabían que debían regresar.

En su camino de vuelta, el sonido de la Cascata Ghiacciata di Braies rompía el silencio con un eco refrescante. Las gotas que salpicaban el aire hacían que la brisa se sintiera más fría, y las risas que intercambiaban se mezclaban con el murmullo del agua. Fue en ese momento cuando Pía, al dar un paso en falso sobre una roca húmeda, resbaló y cayó. Un grito ahogado escapó de sus labios, y el dolor la hizo cerrar los ojos con fuerza.

—¡Pía! —Dávide se arrodilló rápidamente a su lado, la preocupación marcada en sus ojos.

Ella trató de contener las lágrimas mientras él le quitaba con cuidado la bota de senderismo y la media, revelando un tobillo enrojecido e hinchado. Dávide no pudo evitar notar la fragilidad de su pie, pequeño y perfecto, un reflejo de la misma delicadeza que veía en Pía.

—Tendremos que volver. No puedes caminar así —dijo, decidido.

Pía asintió, aun mordiéndose los labios para no llorar. Dávide le ofreció su espalda y, sin dudarlo, la cargó. Sus brazos fuertes la sujetaban con cuidado mientras sentía cada paso bajo el peso compartido de sus cuerpos. El sendero de regreso se volvió un reto bajo el cielo que comenzaba a teñirse de tonos anaranjados y rosados. Los turistas que los cruzaban, entre ellos la mujer siciliana y la pareja japonesa, se detenían a mirarlos con sorpresa y sonrisas de aprobación. Pasaron más de treinta minutos hasta que lograron ver al grupo escolar, que ya había empezado a inquietarse por su ausencia.

Mientras Dávide caminaba con Pía a cuestas, los turistas a su alrededor no pudieron evitar detenerse y observar la escena con asombro. La mujer siciliana, que llevaba un pañuelo de colores vivos anudado a la cabeza, exclamó con su fuerte acento palermitano:

—*Ma guarda, che ragazzo coraggioso! Chistu sì ca è un vero gentiluomo!* —dijo, con una mezcla de admiración y orgullo en la voz, mientras sus manos hacían un gesto enfático que subrayaba sus palabras. [11]

---

[1] Comentario de la siciliana: —Ma guarda, che ragazzo coraggioso! Chistu sì ca è un vero gentiluomo! — "¡Mira, qué chico valiente! ¡Este sí que es un verdadero caballero!"
Comentarios de los austríacos: —Schau, er trägt sie wie ein Held!

Un grupo de austríacos, con un marcado acento vienés y ojos curiosos, comentaban entre ellos:

*—Schau, er trägt sie wie ein Held! Solche Dinge sieht man selten heutzutage,* —decía uno de los hombres, impresionado, mientras otro asentía y agregaba:

*—Ein junger Mann mit Herz, das muss man ihm lassen.*

La pareja japonesa, discretos, pero observadores, intercambió unas palabras con ternura. La mujer, con una sonrisa leve, susurró en su lengua:

*—Subarashii desu ne. Wakai ai no chikara wa donna konnan mo norikoerare yō ni miemasu.*

Su compañero asintió, con los ojos brillando por la conmovedora imagen que tenían ante ellos, y respondió:

*—Hontō ni, kokoro ga atatamarimasu.*

Las palabras de admiración flotaron en el aire como ecos, acompañando a Dávide mientras avanzaba con cada

---

Solche Dinge sieht man selten heutzutage. —"Mira, la lleva como un héroe. Es raro ver cosas así hoy en día."
—Ein junger Mann mit Herz, das muss man ihm lassen. —"Un joven con corazón, eso hay que reconocérselo."

Comentarios de la pareja japonesa: —素晴らしいですね。若い愛の力はどんな困難も乗り越えられるように見えます。(Subarashii desu ne. Wakai ai no chikara wa donna konnan mo norikoerare yō ni miemasu.) —"Es maravilloso, ¿no? El poder del amor joven parece capaz de superar cualquier dificultad."

—本当に、心が温まります。(Hontō ni, kokoro ga atatamarimasu.) —"De verdad, esto calienta el corazón."

paso más difícil. Y aunque el sudor perlaba su frente y sus brazos se tensaban por el esfuerzo, una determinación tranquila lo empujaba a seguir. Pía, sintiendo todo el calor y la fuerza de Dávide, le apretó suavemente el hombro, en un gesto de agradecimiento silencioso, mientras el paisaje alrededor se llenaba de tonos dorados y la admiración de aquellos testigos se convertía en un telón de fondo para su heroica marcha.

El esfuerzo dejó los brazos de Dávide dormidos, pero no se quejó ni una sola vez. Cuando por fin llegaron, las miradas de los profesores eran una mezcla de preocupación y alivio. Pía fue llevada a descansar y su tobillo fue revisado con más cuidado, mientras Dávide se dejaba caer en un banco, exhausto, pero con una sonrisa de satisfacción por haberla traído de vuelta.

A la mañana siguiente, la actividad del grupo era un paseo en botes de remo. Los profesores, con el fin de evitar otra aventura, decidieron separar a Pía y Dávide. Pía, aunque cojeaba un poco, insistió en participar. Desde su bote, Dávide la observaba, sus miradas se cruzaban cada tanto, llenas de una complicidad que las palabras no podían explicar. Pino, el compañero de remo de Dávide, notó la distracción y le dio un codazo.

—¿Sigues pensando en tu heroína de ayer, eh? —bromeó, sin esperar respuesta.

Pía, sentada al otro lado del lago, también buscaba a Dávide entre los reflejos del agua, con el corazón latiendo al ritmo de los remos que cortaban la superficie. Aunque estaban en botes diferentes, en ese momento compartían algo más profundo que los separaba del resto: la aventura, la inocencia y un lazo que empezaba a atarse con los hilos invisibles de la juventud y la primavera.

Cuando los botes de Dávide y Pino avanzaban en dirección opuesta a las instrucciones del profesor Tolo y ya estaban casi paralelos, a unos dos metros de distancia, el grupo miraba con expectación. Las risas y los murmullos corrían entre los estudiantes, y la atención se centraba en la pequeña rebelión de los dos amigos. De pronto, Pino, con su humor habitual y una sonrisa que iluminaba su rostro, gritó en dirección a Pía:

—¡Roxane, aquí viene tu Christian, guiado por el verdadero Cyrano! —exclamó, señalando a Dávide con el remo y tratando de imitar un gesto dramático, como si se encontrara en el escenario de un teatro.

Las risas estallaron entre los compañeros, llenando el aire fresco del lago con una alegría despreocupada. Incluso Pía, que aún sentía un leve dolor en su pie, no pudo evitar reír ante la ocurrencia de Pino. Dávide, por otro lado, sintió que un rubor le subía por las mejillas, un poco avergonzado por ser comparado con Cyrano, el héroe romántico y poeta que escribía en secreto las cartas de amor para otro.

El profesor Tolo, que había estado observando la escena con una mezcla de exasperación y diversión, dejó que su severa expresión se relajara al escuchar la referencia literaria. Amante de las grandes obras, no pudo evitar una sonrisa que se dibujó en sus labios.

Pino, sin poder contener su entusiasmo y ya imbuido en su papel de galán improvisado, seguía recitando con dramatismo exagerado, levantando los brazos al cielo como si fuera el mismo Cyrano:

—¡"Sí, te he amado siempre, ¡te amo todavía!"!

Dávide, que trataba de taparle la boca antes de que

siguiera con su actuación, se inclinó peligrosamente hacia Pino. El bote comenzó a tambalearse, moviéndose de un lado a otro mientras los otros estudiantes abrían los ojos con preocupación. Las carcajadas resonaban entre las aguas del lago y, a unos metros de distancia, el profesor Tolo, que observaba todo con una mezcla de incredulidad y desesperación, exclamó:

—¡Basta, muchachos! ¡Nos van a tirar al agua!

Pino y Dávide, atrapados en un ataque de risa que los hacía temblar, ignoraron la advertencia. Dávide, de repente, con una sonrisa traviesa y un brillo en los ojos, saltó en el aire como si estuviera haciendo un movimiento de lucha escénica y se lanzó contra Pino. Ambos cayeron al lago con un gran chapoteo, salpicando agua por todos lados y provocando un estallido de risas en el bote.

El rostro de Tolo pasó de la preocupación al terror en un instante, su boca abierta en un grito que se ahogó al ver cómo los dos estudiantes emergían de las aguas riendo a carcajadas. Su expresión de miedo, combinada con el constante tambaleo del bote, hizo que los demás estudiantes rieran aún más fuerte. La seriedad que había intentado mantener el profesor se desvaneció en la hilaridad general, mientras se esforzaba por mantener el equilibrio en la embarcación.

Algunos botes cercanos comenzaron a acercarse, atraídos por el alboroto y las carcajadas que resonaban por el lago. Los turistas que pasaban miraban la escena con sonrisas curiosas, algunos incluso aplaudiendo la ocurrencia de los chicos.

—Pino, nunca imaginé que pudieras citar a Rostand —dijo Tolo, asintiendo con aprobación, mientras el resto de los estudiantes reía aún más fuerte. La escena quedó marcada por la risa y las bromas, como un pequeño fragmento de alegría en la memoria de todos, bajo el cielo despejado de las Dolomitas.

Era domingo por la mañana cuando el profesor Tolo reunió a los estudiantes frente a la Capella Lago di Braies. La luz suave del amanecer bañaba la capilla y el entorno con un resplandor dorado, mientras el aire fresco traía consigo el susurro del lago y el aroma de los pinos cercanos. La capilla, humilde, pero solemne, se erguía como un centinela atemporal en el corazón de las Dolomitas, testigo mudo de historias que parecían perderse en la bruma de la historia.

Tolo, con su característico tono grave y su pasión por la historia, comenzó a hablar mientras los estudiantes formaban un semicírculo a su alrededor.

—Esta capilla —dijo, con una pausa cargada de significado— ha presenciado más de lo que parece. En 1945, en los días finales de la Segunda Guerra Mundial, esta región se convirtió en un escenario inesperado para un capítulo poco conocido de la historia. Un comandante alemán de la Schutzstaffel, la temida SS, trajo aquí a un grupo de prisioneros prominentes. Su intención era utilizarlos como moneda de cambio si la guerra giraba en contra de Alemania.

El silencio se apoderó del grupo mientras Tolo hablaba. Pía y Dávide, de pie uno al lado del otro, sentían la gravedad del momento, como si las piedras mismas de la capilla guardaran el eco de aquella época.

—El comandante —prosiguió Tolo— era un hombre dividido entre la lealtad al régimen y el peso de su propia conciencia. En una noche fría de abril, cuando la derrota alemana era inevitable y los aliados se acercaban, tomó una decisión que cambiaría el destino de todos los presentes:

liberó a los prisioneros y renunció a su cargo. Algunos dicen que pasó esa última noche sentado frente al lago, contemplando el agua, esperando el amanecer y aceptando lo que fuera a venir.

Los primeros rayos del sol iluminaban la superficie del lago, creando destellos que hacían que las aguas parecieran susurrar secretos del pasado. La voz de Tolo resonó con un eco sutil, como si la historia misma quisiera reafirmarse.

—La capilla, queridos estudiantes, es un recordatorio de que incluso en medio de la oscuridad más profunda, el alma humana puede hallar un atisbo de redención. Aquí, en este rincón del mundo, la guerra encontró un respiro, y un hombre, en su último acto, dejó un legado de esperanza.

El grupo permaneció en silencio, dejando que la historia se asentara en ellos como el rocío sobre la hierba. Dávide miró a Pía, y ella le devolvió la mirada con un leve asentimiento, reconociendo que la memoria, el arrepentimiento y la redención eran cosas tan profundas y enigmáticas como el lago que los rodeaba.

La tarde de ese domingo se teñía con la suave melancolía de un día que llega a su fin. Pía y Dávide se sentaron juntos en el autobús, sus cuerpos apenas separados por el estrecho asiento. Sus manos se encontraron de manera natural y se entrelazaron, compartiendo un gesto silencioso que hablaba de complicidad y un cariño profundo.

Mientras el vehículo se ponía en marcha y tomaba la autopista en dirección a Padua, los estudiantes comenzaron a cantar "Baciami Ancora" de Jovanotti, sus voces jóvenes y risueñas llenando el espacio con una energía vibrante y ligera.

Pía y Dávide se miraron a los ojos, las risas y la música envolviéndolos como una manta invisible. En esa mirada, que no necesitaba palabras, se escondía una promesa; una invitación silenciosa a un primer beso que aún no habían compartido, pero que parecía inevitable. Era como si sus corazones ya hubieran dado ese paso, enredándose entre los compases de la canción, entre las notas y las emociones que flotaban en el aire.

El autobús avanzaba, el paisaje se desdibujaba con la velocidad, pero en ese instante, el mundo entero parecía detenerse solo para ellos dos.

# La Reverberación del Adiós

Lucien fue velado al siguiente día con una solemnidad que parecía extenderse más allá de los muros del salón, como si el tiempo mismo se hubiera detenido para contemplar aquel momento. El sepelio, fijado para el miércoles 19 de octubre, congregó a una multitud que superó cualquier expectativa: figuras de renombre de la región, familiares que habían recorrido largas distancias, amigos de la infancia y compañeros de trabajo. Algunos conocidos de la universidad y hasta del colegio se presentaron, como si la historia de Lucien se desplegara en un tapiz invisible de recuerdos compartidos.

La ceremonia se celebró en la majestuosa Basílica de San Antonio de Padua, un lugar que en sí mismo parecía resonar con ecos de lo eterno. La basílica es una fusión de estilos que reflejan siglos de historia: el sólido y sobrio estilo románico que da una sensación de profundidad y peso; los arcos apuntados y las altas bóvedas góticas que elevan la mirada hacia el cielo, otorgando un aire de espiritualidad infinita; los detalles renacentistas que aportan armonía y equilibrio; y, finalmente, los adornos barrocos, ricos y rebosantes de detalles, que capturan la energía y el drama de la vida humana. Era un lugar donde la arquitectura parecía narrar las luchas, las esperanzas y las devociones de generaciones.

Al entrar, los asistentes se encontraron con la nave principal, imponente y grandiosa, donde la luz caía a través de los vitrales, creando un juego de colores que danzaba suavemente sobre el suelo de mármol. Al fondo, el órgano monumental aguardaba en silencio, como si respetara la solemnidad de aquel momento. Los tubos del órgano se erguían en orden, un ejército de plata y oro que podía, con el más leve toque, llenar el espacio con sonidos que hacían vibrar las paredes de la basílica y tocaban las fibras más profundas del alma. Para muchos, era como si el espíritu de Lucien se fundiera con cada rincón de la iglesia, en un último acto de presencia.

Fuera de la basílica, las calles circundantes, como la Via del Santo y la Via Cesarotti, se llenaban de personas que, aunque no pudieron ingresar, se congregaron en un gesto de respeto y admiración. Entre la multitud, varios colegas de la Facultad de Filosofía y Letras de la Universidad de Florencia trataban de acercarse a la entrada, esperando ingresar para rendir homenaje a Lucien. Aunque pertenecía a la Facultad de Tecnología de la Información, Giacomo, un viejo conocido de la familia, también se encontraba allí, observando con su habitual mirada reservada.

Alessia, que no pertenecía a la universidad, pero compartía lazos profundos con algunos de los presentes, también estaba en las cercanías de la basílica. Oculta en las sombras de una columna y con una expresión pensativa, evitaba ser vista por Giacomo, manteniéndose distante. Su presencia era un eco silencioso de emociones pasadas y secretos compartidos, una figura más en el tapiz de vidas entrelazadas que honraban a Lucien en aquel día.

La solemnidad del momento se extendía incluso hasta la Piazza del Santo, donde grupos de personas permanecían en silencio o murmuraban entre ellos, recordando a Lucien con expresiones de nostalgia y cariño. Los rostros eran variados: desde los más ancianos, que parecían llevar consigo toda una vida de memorias, hasta jóvenes estudiantes de medicina que veían en Lucien un ejemplo a seguir.

Era una despedida que, por su magnitud y su carga

emocional, se sentía como una reverberación, una onda que se extendía no solo por las calles de Padua, sino en el recuerdo de todos aquellos que lo habían conocido.

En la penumbra de la iglesia, donde las sombras de las columnas parecían murmurar secretos antiguos, Pía recibía las condolencias de aquellos que venían a rendir homenaje a su padre. Era una procesión de palabras repetidas y miradas cargadas de respeto y tristeza. A Dávide le había costado muchísimo llegar hasta donde estaba Pía, cada paso había sido una proeza, un acto de valentía forjado entre la multitud y el peso de sus propias emociones. Sin embargo, al abrirse paso entre la gente, tropezó y, sin querer, pisó a Giacomo. Este reaccionó de inmediato, con una expresión de indignación, su rostro encendido por una ira contenida. Dávide, sin perder la calma, le sonrió y unió las palmas de sus manos en un gesto de disculpa y paz, mientras continuaba avanzando y murmuraba disculpas a los demás presentes para que le abrieran el paso.

Giacomo, incapaz de entender el momento, estaba completamente disociado de la solemnidad que lo rodeaba. Sabía de Dávide por las palabras de Pía, pero no tenía forma de identificarlo en aquel instante. Sin embargo, sintiendo que la disculpa de Dávide había sido insuficiente, se llenó de rabia y comenzó a seguirlo entre la multitud, esperando una respuesta más formal. Observaba con desconfianza cómo Dávide avanzaba con determinación, como si aquel acto de disculpa hubiese sido demasiado leve para el agravio que él había sentido.

De pronto, Giacomo se detuvo. Vio que Dávide había llegado hasta donde estaban Nicoletta y sus hijas, Antonella y Pía. La mirada de Dávide, antes serena y concentrada, se tornó suave y respetuosa al encontrarse frente a ellas. En ese momento, Giacomo entendió, aunque solo en parte, que estaba fuera de lugar, descolocado en medio de una escena que no alcanzaba a comprender en su totalidad. Prefirió entonces derretirse entre la gente, fundirse con el murmullo y el vaivén de quienes aguardaban su turno para ofrecer sus respetos, en lugar de acercarse y saludar a la familia directamente.

Desde lejos, Alessia observó parcialmente la escena, luchando contra la marea de gente que dificultaba ver todo con claridad. Se preguntaba por qué Giacomo, tan cerca, no se acercaba a saludar a Pía ni a expresar sus condolencias a la familia. La incomprensión y la curiosidad la invadieron, mientras mantenía la distancia, evitando que Giacomo la viera en medio del gentío.

Dávide avanzó con pasos firmes, pero respetuosos hacia Nicoletta, su rostro marcado por una tristeza auténtica. Al verlo, Nicoletta dejó a un lado cualquier rencor pasado y lo recibió con un abrazo que contenía años de historias, de recuerdos compartidos y de reconciliación tácita. Sus ojos se llenaron de lágrimas mientras Dávide le susurraba su más sentido pésame.

—Lo siento mucho, señora Nicoletta —dijo, con una voz suave que contrastaba con su habitual tono despreocupado.

Nicoletta asintió en silencio, agradecida, sin decir más; el gesto hablaba por sí mismo.

Antonella, siempre observadora, fue la siguiente en recibirlo, y aunque su relación con Dávide había sido más distante, en ese momento lo rodeó con el mismo cariño. Lo abrazó de una manera sincera y cálida, y Dávide sintió que, al menos por ese instante, las barreras de los años y los prejuicios se desvanecían.

—Gracias, Dávide —dijo Antonella, mirándolo con una expresión de respeto—. Sabemos cuánto significaba él para ti también.

Pía observó el intercambio desde unos pasos de distancia, sorprendida por la familiaridad de su familia hacia Dávide. Algo en esa escena le pareció extraño, como si se tratara de una pequeña rendija abierta en el tiempo, un eco de lo que alguna vez fue. Sin embargo, rápidamente desechó esa sensación; había demasiadas emociones acumuladas, y en el fondo, quería dejar de lado las inquietudes por un momento.

Finalmente, Dávide se acercó a ella, su mirada cargada de una mezcla de ternura y dolor.

—Buenos días, Pía. ¿Cómo has estado? —comenzó, el tono de su voz bajo y pausado—. Recibe mis condolencias. Lamento mucho tu pérdida.

Pía, agotada y aún inmersa en el torbellino de emociones, lo miró con una leve sonrisa de gratitud. No sabía exactamente qué decir, ni siquiera cómo sostener el peso de las palabras en ese momento. Sin embargo, el simple hecho de tenerlo allí, ofreciendo su apoyo en silencio, era suficiente.

—Pía —dijo en voz baja, apenas un susurro que solo ella pudo escuchar—. ¿Cuáles son tus planes inmediatos?

Ella levantó la mirada, sus ojos opacos por la fatiga y el dolor, y se tomó un instante antes de responder. En esa pausa, el mundo pareció contraerse, como si toda la atención de los recuerdos y las emociones se concentrara en ese espacio entre ellos.

—Lo único que sé es que quiero dormir, Dávide —

respondió, su voz teñida de un cansancio que parecía no solo físico, sino espiritual—. Dormir y no despertar, al menos hasta que llegue el fin de semana.

Dávide bajó la mirada, comprendiendo la profundidad de esas palabras. Tragó saliva, como si intentara formar una respuesta que no llegaba.

—Entiendo —dijo finalmente, con un leve asentimiento—. Me gustaría hablar contigo antes de que te vayas.

Pía frunció los labios en una mueca leve, y movió la cabeza en un gesto que era tanto un rechazo como una súplica.

—Déjalo así, Dávide. Ahora no.

Los ecos de sus palabras resonaron en el silencio de la iglesia, un silencio cargado de todo lo que no se decía. Dávide, un buen entendedor del lenguaje de las miradas y los gestos asintió de nuevo, esta vez con un toque de resignación. Retrocedió unos pasos y se retiró, dejando a Pía sola en el umbral de un dolor que aún no comprendía del todo. La iglesia, con su aroma a cera y recuerdos, los envolvía a ambos, como si fuera un testigo mudo de historias que ni siquiera el tiempo se atrevería a olvidar.

Mientras Dávide se retiraba con pasos lentos y controlados, Giacomo se mantuvo en su lugar, apenas visible entre la multitud. Desde la penumbra, su mirada seguía cada movimiento de Dávide con una mezcla de desconfianza e incomodidad. Había algo en la forma en que la familia lo había recibido que despertaba en él una espina de duda.

Observaba cómo Nicoletta y Antonella lo abrazaban

con una familiaridad que para él resultaba desconcertante, y la frialdad con la que Pía le había hablado solo aumentaba su intriga.

¿Quién era este hombre?, se preguntaba Giacomo, mientras su mente empezaba a entretejer hipótesis y suposiciones, cada una más inquietante que la anterior. Había reconocido en Pía un tono distinto, un gesto reservado, algo que solo alguien que la conocía bien podía percibir. Sabía que cuando Pía evitaba un contacto prolongado con alguien, era porque guardaba sentimientos complejos o quizá, resentimientos no resueltos.

La intriga comenzaba a dominarlo. Cambiando su estrategia, decidió mezclarse entre los asistentes que aún permanecían en la iglesia. Su objetivo era claro: averiguar quién era ese hombre que había recibido un trato tan afectuoso de la familia de Lucien y que, al mismo tiempo, había provocado una reacción de distancia en Pía. No era solo un amigo cualquiera, eso podía percibirlo en las miradas de los familiares.

Sin que nadie lo notara, Giacomo se acercó a algunos conocidos en el salón de la iglesia, escuchando conversaciones en susurros, capturando fragmentos de palabras. Su mente, ansiosa, recolectaba cualquier indicio que pudiera confirmar sus sospechas, como un cazador que acecha en silencio, atento a cada detalle. La ansiedad le quemaba por dentro, cada vez más intensa, como si el peso de la verdad fuera a revelarse en cualquier momento. Pero Giacomo no estaba solo en sus observaciones.

Alessia, que había seguido sus movimientos desde la distancia, notó la forma en que él evitaba acercarse a la familia de Pía. Su retirada repentina después de haber estado tan cerca y su manera furtiva de seguir a Dávide encendieron en ella una chispa de inquietud. Conocía a Giacomo lo suficiente para saber que algo tramaba, y sus instintos le decían que esa intriga podría llevarlo a un terreno peligroso. Recordó entonces las pocas veces en que Pía había mencionado a Dávide, siempre con una incomodidad velada, como alguien que pertenecía a un capítulo de su vida que prefería dejar cerrado. Alessia se preguntaba qué estaba buscando Giacomo y por qué se sentía tan atraído hacia un hombre que, aunque desconocido para ellos, parecía guardar ecos de un pasado que Pía no deseaba recordar.

# El Peso de los Sueños

El regreso del viaje a las Dolomitas marcó un antes y un después en la vida de Pía y Dávide. Aquellos días en los que compartieron risas y miradas furtivas a orillas del lago, donde sus manos se entrelazaron y sus corazones latieron al mismo ritmo, quedaron grabados en sus recuerdos con una intensidad que solo el primer amor puede ofrecer. Era como si, en esos momentos de pura inocencia y aventura, el mundo entero se hubiera detenido para ellos.

A partir de aquel viaje, el amor entre Pía y Dávide floreció con una intensidad digna de las novelas que Pía tanto amaba. Su relación era como un capítulo robado de un libro que narraba el amor en su forma más pura y desenfrenada: un amor libre de ataduras y responsabilidades, en el que los días parecían eternos y el futuro no tenía prisa en alcanzarlos. Eran dos almas jóvenes, descubriendo cada rincón del otro, perdidos en esa burbuja en la que solo existían ellos dos.

Dávide, con su risa contagiosa y su chispa de vida, se convirtió en el centro del universo de Pía. Él la hacía reír como nadie, con esa despreocupación que lo caracterizaba y una inteligencia natural que desbordaba creatividad, aunque pocas veces se adaptaba a los límites de la escuela. Pía lo amaba precisamente por eso: por su autenticidad, por su rebeldía, por esa libertad que parecía fluir de él como un río que se niega a ser contenido. A su lado, Pía experimentó la vida de una forma que nunca había imaginado, riendo a carcajadas bajo el sol, compartiendo secretos bajo las estrellas y soñando juntos un futuro que parecía eterno.

Pero si el amor florecía en sus corazones, las preocupaciones también comenzaron a germinar en el hogar de Pía. Lucien y Nicoletta, sus padres, veían con creciente inquietud cómo el entusiasmo y la determinación que Pía siempre había mostrado por su futuro comenzaban a desdibujarse. Lucien, protector y preocupado, recordaba con nostalgia aquellos días en que su hija hablaba con pasión sobre estudiar Letras y Filosofía en la Universidad de Milán, donde soñaba con desentrañar las grandes obras de la literatura y la filosofía. Pero ahora, aquella chispa en sus ojos parecía apagarse poco a poco, y las conversaciones sobre el futuro se volvían cada vez más evasivas.

La influencia de Dávide, aunque indudablemente llena de amor, también traía consigo una sombra de despreocupación que comenzaba a teñir los sueños de Pía. Lucien veía a Dávide como un joven brillante, pero sin dirección, alguien cuya falta de compromiso y de planes claros podría arrastrar a su hija hacia un camino incierto. Por más encantador y divertido que Dávide fuera, Lucien temía que el amor que compartían los dos jóvenes se convirtiera en un ancla que impediría a Pía alcanzar su verdadero potencial.

Nicoletta, por su parte, observaba la situación con un dolor silencioso, sintiendo cómo el vínculo con su hija se transformaba en un tira y afloja entre el presente y el futuro. En su corazón, comprendía el amor de Pía y Dávide, pero también sufría al ver cómo su hija, que antes soñaba con volar alto, parecía cada vez más atrapada en el momento, dejando de lado los sueños que alguna vez habían sido su guía.

Las tensiones en el hogar de Pía aumentaron con el paso del tiempo. Las discusiones con sus padres se volvieron frecuentes, especialmente cuando Lucien, con su amor desesperado, intentaba advertirle sobre los peligros de entregarse por completo a alguien que no tenía un propósito claro en la vida. Para Pía, estas advertencias eran incomprensibles, como si sus padres no pudieran ver lo que ella veía en Dávide: esa libertad innata, esa alegría desenfrenada que la hacía sentirse viva. Cuanto más intentaban alejarla de él, más se aferraba ella a su amor, como si desafiar a sus padres fuera una prueba de la fuerza de sus sentimientos.

La relación de Dávide con la familia de Pía se deterioró rápidamente. Los silencios incómodos y las miradas de desaprobación se convirtieron en puertas cerradas.

Finalmente, Lucien y Nicoletta decidieron que Dávide ya no sería bienvenido en su hogar. Sin embargo, esta prohibición, lejos de separarlos, solo reforzó el vínculo entre Pía y Dávide, quienes se unieron en un pacto tácito de amor desafiante. Dávide, aunque herido por el rechazo, continuó siendo él mismo: el joven despreocupado, con su risa siempre lista para disipar cualquier preocupación.

Sin embargo, Pía comenzó a notar algo diferente en sus propios sentimientos. Al principio, se dejaba contagiar por la despreocupación de Dávide, su espíritu libre que parecía flotar sobre las preocupaciones del mundo. Pero en su interior, una inquietud silenciosa empezó a surgir. Esa chispa de ambición, que alguna vez la impulsaba hacia un futuro brillante, comenzaba a luchar por reaparecer. Sus sueños de Milán, sus planes de estudiar en la universidad se volvían un eco distante, una melodía lejana que seguía resonando en algún rincón de su corazón.

El amor entre Pía y Dávide seguía siendo fuerte y apasionado, pero la realidad empezaba a filtrarse en sus momentos de ensueño. Los límites de la adolescencia, aquella época en la que los errores parecían perdonables y las decisiones reversibles, comenzaban a mostrar sus primeras grietas. Pía lo sabía, lo sentía en su interior, en esos momentos de silencio en los que el peso de sus propios deseos y su amor por Dávide se enfrentaban como fuerzas opuestas.

Una tarde, mientras caminaban juntos bajo el cielo estrellado, Pía le confesó a Dávide sus dudas, sus miedos. Él la miró, intentando comprenderla, pero sus mundos, aunque unidos por el amor, comenzaban a mostrar sus diferencias. Dávide no comprendía por qué Pía seguía aferrada a esos sueños de estudio y de un futuro más allá de su pequeño mundo. Para él, el presente era suficiente; el ahora, con ella a su lado, lo llenaba completamente.

Pía, en cambio, empezaba a ver la vida de una manera diferente. Su amor por Dávide era intenso y real, pero la vida le susurraba al oído otros caminos, otras posibilidades que no podía ignorar. Y en la penumbra de esa noche, bajo el manto estrellado que alguna vez los había unido, Pía comprendió que el amor, aunque poderoso, no siempre era suficiente para ahogar la voz de su propio ser.

La historia de Pía y Dávide, en ese capítulo de sus vidas, era hermosa y ardiente, pero también fugaz, como las chispas que saltan de una hoguera en la oscuridad. La joven, atrapada entre el amor que la consumía y el deseo de un futuro que se desdibujaba en sus sueños, se encontró en un cruce de caminos. Sabía que algún día tendría que tomar una decisión, que su vida no podría ser siempre una danza despreocupada bajo el sol y la luna.

Dávide, con su voz suave y cargada de ese tono encantadoramente despreocupado que tanto desarmaba a Pía, comenzó a relatar sus recuerdos de los viajes, no solo como un simple recuento, sino como una declaración de todo lo que habían vivido juntos, en un intento de mantenerla anclada en sus recuerdos compartidos.

—¿Recuerdas Salzburgo, Pía? —dijo Dávide, como quien desentierra un tesoro de entre los pliegues del tiempo—. Esa ciudad que parecía salida de un cuento de hadas antiguo, con sus fachadas medievales y ese aire de misterio que flotaba en cada rincón. Paseábamos por la calle Getreidegasse, donde hasta los letreros parecían piezas de arte. Te vi frente a la casa de Mozart, con los ojos brillantes de emoción, y pensé que esa ciudad, con su historia y su música, estaba hecha para ti. Me llevaste al palacio de Hellbrunn, donde nos divertimos como niños entre las fuentes que brotaban sin aviso, y esa risa tuya... aún puedo escucharla. Probamos juntos los palatschinken, esas crepes suaves que se deshacían en la boca, y luego las Mozartkugeln, que tú tradujiste como 'bolitas de Mozart'. Intenté hacerme el serio, pero era imposible con el tono de doble sentido de aquella traducción, y al final terminamos riéndonos como dos niños en medio de ese instante mágico.

Pía lo miraba con una mezcla de nostalgia y ternura, mientras él continuaba, dibujando con palabras un mapa de sus recuerdos.

—Y Munich… —prosiguió Dávide, con una sonrisa pícara—. Esa plaza gótica que parecía hecha para héroes de leyendas, Marienplatz, donde las torres apuntan al cielo como si quisieran alcanzarlo. Te recuerdo maravillada, como si estuvieras viviendo en un capítulo de uno de esos libros tuyos. Nos sentamos en el mercado, en esos bancos de madera, y probamos pretzels calientes y salchichas bratwurst mientras la gente brindaba a nuestro alrededor, y por un momento, fue como si fuéramos parte de esa vida bulliciosa y eterna. Ese recuerdo, bajo las estrellas bávaras, siempre será nuestro, Pía. El mundo nos pertenecía esa noche.

Pía cerró los ojos un instante, dejando que las

palabras de Dávide la transportaran, mientras él la observaba con una mezcla de orgullo y devoción, queriendo asegurarle que esos recuerdos eran reales, tan reales como el amor que sentía por ella.

—¿Y París? —continuó, como quien desvela el capítulo más preciado de una historia—

La ciudad que tanto amas… Nos perdimos en Montmartre, entre los ecos de artistas y soñadores, donde imaginabas que en cada esquina aún latía el espíritu de Picasso y Toulouse-Lautrec. Y cuando nos sentamos junto al Sena, frente al Louvre, compartiendo una simple baguette con camembert y uvas, fue como si la ciudad entera conspirara para hacernos sentir que estábamos en el centro de algo eterno. Te escuchaba hablar sobre Notre Dame, y en ese momento, Pía, eras tú la poesía de París. Cada palabra tuya era un verso, y yo estaba feliz de ser el lector en ese libro.

Dávide entrelazó sus dedos con los de Pía, apretándolos ligeramente, antes de continuar, su voz ahora susurrante, como si temiera que los recuerdos escaparan si hablaba demasiado alto.

—Luego fuimos a Barcelona, ¿te acuerdas? Nos adentramos en el caos colorido del Parque Güell y parecía que caminábamos dentro de un sueño que Gaudí había creado solo para nosotros. Reímos y nos maravillamos como si el tiempo no existiera, y luego, en La Rambla, probamos las tapas de jamón ibérico, y yo, que nunca entendí mucho de comida, sentí que todo en ese momento tenía sentido. La Sagrada Familia se elevaba sobre nosotros como un recordatorio de que algunas cosas toman toda una vida, y aun así, valen la pena. Así era mi amor por ti, Pía: algo que ni el tiempo ni la distancia podían borrar.

Pía sentía cómo cada palabra de Dávide la envolvía, y en su interior comenzaba a preguntarse si algún recuerdo en el futuro podría compararse a lo que él le estaba describiendo, a lo que había compartido con ella.

—Dubrovnik, Pía... esa ciudad que parecía escondida del mundo, suspendida entre el cielo y el mar. Caminamos sobre esas murallas antiguas, observando el Adriático, y recuerdo cómo bromeaba diciendo que era un caballero medieval. Nos reímos hasta que el sol comenzó a esconderse, y en ese pequeño restaurante, compartimos una Peka de mariscos. Te miré, y no había ninguna duda en mi corazón. Estabas ahí, conmigo, y no necesitaba más. Era como si la puesta de sol supiera que nosotros éramos el secreto mejor guardado de esa ciudad.

Dávide hizo una pausa, mirando el cielo como si pudiera ver el reflejo de esos días en las nubes.

—Y Lucerna, con su puente de madera, el Kapellbrücke, donde nos detuvimos a ver el lago, con las montañas reflejándose en el agua, recordándonos lo pequeños que somos en comparación con el mundo. Probamos fondue, y tú me dijiste que ese queso tenía el sabor de un momento perfecto. Y yo... yo me quedé callado, porque supe que tenías razón. Fue perfecto, Pía. Todo fue perfecto porque estabas tú, porque estábamos juntos.

Dávide se inclinó un poco, sus ojos fijos en los de ella, y continuó, suavemente.

—Cada una de esas ciudades, cada uno de esos momentos... me enseñaron que el amor, el verdadero amor, es ese que compartimos en los lugares más simples y también en los más grandiosos. Y Pía, aunque el mundo sea vasto y lleno de posibilidades, yo sé que la única que quiero explorar es contigo. No dejes que el peso de los sueños que otros tienen para ti te haga olvidar lo que realmente queremos, lo que realmente somos. No somos solo recuerdos ni promesas. Somos la suma de todas esas risas, de cada mirada y cada instante en el que supimos que esto, lo nuestro, es lo más real que tenemos.

Pía, conmovida, sintió cómo los muros de sus dudas se desmoronaban ante las palabras de Dávide. Su amor, en ese momento, era tan tangible como el aire que respiraban. Y mientras la noche se cerraba a su alrededor, ella supo que, al menos por ahora, no necesitaba respuestas, porque él era la única certeza que deseaba.

Mientras observaba a Pía en ese momento de vulnerabilidad, sintió un peso que no había querido reconocer hasta ahora. Su amor por ella era profundo y sincero, pero, en el fondo, Dávide sabía que algo debía cambiar. La libertad despreocupada con la que vivían, esa burbuja en la que se refugiaban comenzaba a mostrar sus propias fisuras. Y él, aunque se esforzaba en aferrarse a la simplicidad de sus días juntos, sentía cómo algo indefinible lo empujaba hacia la realidad que intentaba esquivar.

En su bolsillo, el peso de un mensaje sin responder parecía arder. Días atrás, Lucien, el padre de Pía, le había enviado un mensaje de texto inesperado: "Dávide, debemos hablar. A solas. Pía no puede ni debe saber de este mensaje." Desde entonces, aquellas palabras se habían convertido en un susurro constante en su mente, una advertencia que se mezclaba con la melancolía de saber que su amor por Pía, tan inmenso, podría no ser suficiente para protegerla de todo.

Dávide miró a Pía, quien parecía perderse en los recuerdos de sus viajes, con la mirada nostálgica y la sonrisa aún suspendida en los labios. La amaba. La amaba con todo lo que tenía, y cada palabra que le había dicho era real. Sin embargo, sabía que la conversación que había pospuesto no podría esperar mucho más. Lucien deseaba verlo a solas, y aunque la idea de enfrentar a su padre lo inquietaba, Dávide comenzaba a entender que aquella reunión quizás era inevitable.

Apretó la mano de Pía, como queriendo reafirmar su promesa de amor, de aquellos momentos perfectos compartidos. Pero en el fondo, un murmullo de incertidumbre lo acompañaba. ¿Podría proteger su amor de las realidades que los rodeaban? ¿O era el mensaje de Lucien una señal de que todo estaba a punto de cambiar?

Y así, mientras el amor continuaba floreciendo, las primeras sombras del adiós empezaban a proyectarse en su camino.

# Las Sombras de Santa María Novella

En el bullicioso barrio de Santa María Novella, donde la estación de tren atraía a una multitud constante de viajeros y el eco de pasos se perdía entre los callejones y el ruido de las motocicletas, Alessia se encontró caminando con una mezcla de ansiedad y expectación. Había planeado esta visita cuidadosamente, había dejado a una amiga en la estación central y, aprovechando la excusa de sentir miedo de cruzar sola las calles llenas de timadores y carteristas, le pidió a Giacomo que la fuera a buscar. "Sé que vives cerca", agregó, con una sonrisa y un tono de voz que insinuaba una petición sutil. Cuando él accedió, notó la chispa en su voz y sintió que su plan marchaba como debía.

Mientras caminaban por el Vialle Francesco Redi, Alessia comentó sobre el vecindario de Santa María Novella con un aire de falsa inocencia, haciendo preguntas sobre los callejones y las multitudes. Luego, sin rodeos, le confesó: "En realidad, Giacomo, tengo curiosidad por ver tu apartamento". Él, sorprendido por la franqueza, le devolvió una sonrisa ambigua, como si ya esperara que ella dijera algo así. Sin dudar, la invitó, advirtiéndole con un tono de broma que el lugar estaba un poco desordenado.

No era el tipo de lugar al que Alessia estaba acostumbrada. Ella venía de una familia acomodada, con una fachada de opulencia que pocas veces había cuestionado. Y, sin embargo, había algo fascinante en este vecindario que parecía poseer una vida propia, con sus timadores y carteristas moviéndose como sombras entre el gentío. Cada esquina revelaba una historia en sus paredes desgastadas y grafitis. Para Alessia, ir al apartamento de Giacomo era una puerta a un mundo al que no pertenecía, pero al que, de alguna manera, se sentía atraída. Siguiendo su marcha acelerada por la Via delle Ghiacciaie, su mirada se extravió en los recovecos de un callejón oscuro, donde el eco de sus pasos se mezclaba con el ruido de la estación de tren cercana y el constante ir y venir de transeúntes.

Cuando finalmente cruzó el umbral del edificio, el aroma a humedad y tabaco viejo la envolvió, y subió por la escalera hasta el pequeño estudio en el segundo piso. El apartamento de Giacomo era como una extensión de su personalidad: desordenado, enigmático y caótico, pero con un encanto oscuro que Alessia encontraba irresistible. Con movimientos calculados, dejó caer su bolso en una esquina, permitiendo que sus ojos recorrieran la estancia con detenimiento, notando cada detalle: los libros apilados descuidadamente, un cuadro torcido en la pared, y una ventana que daba a un panorama urbano impreciso y gris.

Alessia, curtida en las artes de la seducción, se ve envuelta en un juego prohibido con Giacomo, la pareja de su amiga Pía. Un juego que despierta en ella la misma fascinación que la serpiente ejerce sobre el pájaro, una mezcla de atracción y temor.

¿Es Giacomo el verdadero objeto de su deseo o es Pía, con su sombra de rivalidad, la que alimenta esta danza en la cuerda floja?

El primer encuentro ocurre en un apartamento bañado por la luz crepuscular, donde las palabras sobran. Alessia, experta en el lenguaje del silencio, teje su hechizo con miradas que hablan y gestos que prometen. Giacomo, atrapado en la ambigüedad de su juego, se debate entre el arrepentimiento y la tentación, como un marinero seducido por el canto de las sirenas.

Cada encuentro en Santa María Novella es un ritual donde los límites se desdibujan. Alessia y Giacomo se convierten en sombras que se buscan y se esquivan en un laberinto de deseos y secretos. Pero el miedo al descubrimiento acecha como un tigre en la selva, y Alessia teme que Giacomo se convierta en su verdugo.

La traición, ese espejo donde Alessia se ve reflejado su propio rostro deformado, la consume. Admira su capacidad de seducción, pero al mismo tiempo se desprecia por ello. Giacomo no es solo un hombre, sino un símbolo de sus propias inseguridades, un eco de sus miedos más profundos.

En el apartamento de Santa María Novella, Alessia y Giacomo exploran las sombras de su propia identidad, pero cada encuentro deja en Alessia la sensación de haber perdido un pedazo de su alma. La verdadera traición, se da cuenta, es hacia sí misma, y Giacomo es el reflejo de ese abismo interior que la amenaza con engullirla.

Ese sábado 19 de marzo, la tarde caía sobre el vecindario de Santa María Novella con una penumbra pesada, casi premonitoria. Alessia llegó al apartamento de Giacomo después de recibir su llamada, una voz que había sonado más urgente y necesitada de lo habitual. No había dado muchas explicaciones, solo insistió en que era urgente y que ella debía venir de inmediato.

Al entrar, la encontró con una mezcla de ansiedad y determinación en los ojos. Sin rodeos, Giacomo se acercó a ella, sosteniéndola por los hombros, como si la noticia fuera un golpe que él necesitaba compartir físicamente para aliviarse.

—Se acabó con Pía —le susurró, como si en esa confesión pudiera encontrar una especie de liberación, de oportunidad. Sus palabras colgaban en el aire, expectantes, esperando quizás una respuesta de entusiasmo de Alessia, una promesa de que ahora serían libres, sin secretos, sin barreras. Pero nada más lejos de la realidad.

A medida que Giacomo hablaba, Alessia se daba cuenta de que algo en ella se había apagado. Las palabras que él pronunciaba, cargadas de expectativa y deseo, resonaban huecas en sus oídos. Lo miraba sin emoción, sin aquel fuego inicial que la había llevado a transitar el filo de lo prohibido junto a él. En el fondo, ella lo sabía, lo que le había atraído era el riesgo, la audacia de desafiar límites, no Giacomo en sí.

Él, sin percibir la frialdad que se instalaba en su mirada, se acercó aún más, tratando de besarla, de hacerla partícipe de su emoción. Pero Alessia se retiró, esquivando su intento, y entonces, casi de manera inconsciente, un sentimiento de desprecio empezó a arraigarse en su pecho. Un asco, como un frío reptante que iba envolviéndola, hasta que cada roce de Giacomo se volvía insoportable.

—¿Qué pasa, Alessia? —dijo Giacomo, frunciendo el ceño, su voz cargada de incredulidad y celos—. ¿Le has dicho algo a Pía de lo nuestro? — Inquirió con una mirada centelleante de reproche y furia.

Alessia negó, firme y rotunda, pero el tono de sus palabras parecía más una declaración final que una defensa.

—No le dije nada a Pía. Esto entre nosotros... — Alessia vaciló, pero finalmente encontró la fuerza en su interior—. Esto se acabó, Giacomo. Lo nuestro nunca fue real, solo fue un error.

Pero Giacomo no aceptó su rechazo. Desesperado, con un ardor que ya rozaba la violencia, la tomó por los brazos, acercándose con intensidad para sellar su posesión. Alessia sintió la fuerza de su agarre, y por un instante, el miedo cruzó por su rostro.

Intentó zafarse, pero Giacomo la mantenía sujeta, sus labios acercándose en un intento de besarla a la fuerza, una demostración de poder que ya no tenía lugar.

—Giacomo, ¡suéltame! —dijo Alessia, su voz cortante, cargada de una rabia que nunca antes había sentido.

La lucha fue breve, pero brutal. Alessia, en un último intento de liberarse, lo golpeó con una bofetada sonora, que reverberó en el pequeño estudio como una sentencia.

Giacomo, sorprendido y herido en su orgullo, la soltó, y en ese segundo de desconcierto, Alessia aprovechó para retroceder, su respiración entrecortada con su blusa rasgada, el brasier roto, y sus senos expuestos, eran el reflejo de una batalla perdida, pero digna.

Sin mirar atrás, Alessia huyó del apartamento, descendiendo las escaleras con pasos rápidos, como si escapara de un abismo oscuro que había estado al borde de consumirla. Sentía el peso del rechazo y la culpa, pero también una liberación, una conciencia renovada de que el peligro y la atracción prohibida habían perdido todo encanto.

Al salir a la calle, la brisa fría le dio en el rostro y, por primera vez en mucho tiempo, sintió que podía respirar. Atrás quedaba Giacomo, el error, y la sed de transgredir. No sabía si podría enfrentar a Pía o si algún día confesaría lo sucedido, pero en ese momento, lo único que tenía claro era que algo en ella había cambiado, como si finalmente entendiera el precio de sus propias decisiones.

# El Amor en el Umbral del Abismo

Dávide llegó al pequeño bar junto al hospital, donde Lucien lo esperaba con la paciencia de quien ha vivido suficiente para entender la importancia del tiempo. Era un lugar discreto, de luces cálidas y sillas de madera oscura, gastadas por años de conversaciones. En una esquina, un par de hombres discutían en voz baja, mientras el camarero secaba copas con la concentración de alguien que conoce bien su oficio. Las paredes estaban decoradas con fotografías antiguas de Padua, y una estantería tras la barra exhibía botellas de vino y licores locales, alineadas como soldados en formación.

Lucien lo observaba desde una mesa en el rincón, su Grodino en la mano, y alzó ligeramente la otra para que Dávide lo viera. Cuando Dávide se acercó, su sonrisa era amplia y despreocupada, la misma sonrisa con la que había ganado el corazón de Pía y que Lucien conocía tan bien. Tomó asiento frente a Lucien, sin perder su aire de jovialidad, pero en su mirada había una pizca de inquietud.

Después de unos minutos de cortesía, Lucien, con su habitual calma, rompió el hielo sin rodeos.

—Dávide, quería hablar contigo a solas porque hay algo que debes comprender sobre Pía… y sobre el amor que dices sentir por ella.

La sonrisa de Dávide se desvaneció un poco, y miró a Lucien con atención, sintiendo que aquel encuentro estaba cargado de una gravedad que aún no comprendía del todo.

—¿Sabes, Dávide? Desde pequeña, Pía era diferente. Recuerdo cómo se sumergía en los libros, cómo exploraba el mundo con la imaginación antes de poder hacerlo con los pies. Las letras siempre fueron su refugio y su guía. Soñaba con desentrañar los misterios del mundo, con entender la profundidad de la naturaleza humana. Y en esos sueños, yo veía a una niña que ya sabía que su vida estaba destinada a algo más grande que ella misma. Ese propósito es lo que le da sentido a su vida, Dávide. No hay nada más importante para un individuo que conocer su propósito y perseguirlo, aunque el camino sea difícil.

Dávide asintió, sintiendo un respeto genuino por la visión que Lucien tenía de su hija. Sin embargo, en el fondo de su ser, una inquietud comenzaba a arraigarse. Sabía que Pía tenía un brillo especial, un fuego interno que siempre lo había atraído, pero ahora entendía que ese fuego podía consumir cualquier cosa que se interpusiera en su camino, incluso él mismo.

Lucien dio un sorbo a su bebida y luego lo miró con la intensidad de alguien que lleva mucho tiempo meditando sus palabras.

—El amor, Dávide… —continuó, con una voz que parecía arrastrar ecos de experiencias pasadas—. En el absurdo de nuestras relaciones, lo que más las daña no es lo que el otro hace, sino la quimera, la utopía, o la fantasía de lo que esperamos que haga. Construimos un amor idealizado, exigiendo que el otro sea, tenga, o me dé... y al hacerlo, lo recortamos, lo fragmentamos, lo convertimos en una proyección de nuestras propias expectativas. Nos negamos a verlo en su totalidad, en su individualidad contradictoria y hermosa. Caemos en el absurdo de buscar la perfección en un mundo imperfecto.

Dávide bajó la mirada, y sus manos jugueteaban con el borde de su vaso. Cada palabra de Lucien calaba hondo, como una revelación que no había pedido, pero que necesitaba escuchar.

—Olvidemos la comodidad de la conformidad, la ilusión de que alguien llegará a completarnos —continuó Lucien, su tono suave, pero implacable—. No somos piezas de un rompecabezas, sino universos enteros, con nuestras propias sombras y abismos. Amar no es pedir, Dávide, es aceptar. Aceptar la libertad del otro, su derecho a ser auténtico, a contradecir nuestras fantasías. Amar es abrazar la oscuridad junto con la luz, rebelándonos contra la idealización del amor romántico.

Las palabras de Lucien parecían retumbar en el pequeño bar. Dávide, incapaz de responder, lo miró, sintiendo cómo cada idea se filtraba en su mente como el eco de una verdad que nunca había considerado. Lucien continuó, con un aire casi filosófico:

—Construyamos un amor libre, donde la negociación sea el lenguaje de la autenticidad. Un amor donde la individualidad se respete, donde la vulnerabilidad sea bienvenida, y donde nadie pretenda ser el salvador del otro. Desde esa libertad, podremos crear un equilibrio dinámico: sostener, acompañar, dar y recibir, encontrar la paz en el silencio y en la cercanía, discutir sin herir, perdonar y crecer juntos. Conectar y desconectar, sin dejar de ser quienes somos, sin exigir que el otro sea quien no es.

Dávide cerró los ojos un instante, procesando la magnitud de aquellas palabras, que iban en contra de todo lo que él había creído sobre el amor. Era una visión que lo desafiaba, una idea de amor sin posesión, sin promesas vacías.

Lucien se inclinó un poco hacia él, bajando el tono de voz, como si estuviera compartiendo un secreto:

—En un mundo absurdo, donde la búsqueda de sentido a menudo nos lleva a la frustración, amar al otro en su totalidad es un acto de rebeldía. Es desafiar la lógica, abrazar la contradicción, encontrar la belleza en lo imperfecto. Es una afirmación de la vida, una forma de crear nuestro propio sentido, en medio del caos. Un amor libre, consciente, auténtico. Un amor que florece en la aceptación de lo absurdo.

El silencio que siguió fue pesado y lleno de significado. Lucien lo observaba con una mirada serena, pero en sus ojos había algo más, algo que se asemejaba a la compasión.

—Si verdaderamente quieres a Pía, Dávide —dijo finalmente, con una voz cargada de emoción contenida—, aléjate de ella y déjala ser.

La declaración cayó como una sentencia. Dávide sintió cómo cada palabra se clavaba en su pecho, un golpe inesperado que le quitaba el aire. La súplica en la voz de Lucien, tan profunda y auténtica, lo desarmó por completo. Nunca había considerado la idea de que, quizás, su amor no era lo mejor para Pía. La posibilidad de alejarse de ella era un abismo que jamás había estado dispuesto a mirar.

—Trabaja en tu futuro, Dávide —agregó Lucien, en un tono más suave—. La adolescencia, esa época que perdona los errores y las malas decisiones, se está quedando atrás. Ya es hora de que pienses en lo que vas a hacer, en lo que necesitas para construir tu vida. Piensa en lo que puedes ofrecer… y en lo que necesitas ser para ella, para cualquier familia que puedas tener algún día.

Dávide apenas podía sostener la mirada de Lucien, sintiéndose diminuto, vulnerable, como si la fuerza que lo había impulsado hasta entonces se estuviera desmoronando frente a él. Sabía que las palabras de Lucien eran una llamada a crecer, a enfrentar la realidad con una madurez que hasta ahora había evitado. En su corazón, amaba a Pía con una intensidad que había creído inquebrantable, pero ahora, por primera vez, empezaba a cuestionarse si ese amor era suficiente, si era justo para ella.

Finalmente, asintió, incapaz de encontrar las palabras adecuadas. El peso de aquel mensaje, tan esperado como inesperado, le había arrancado la certeza de sus propios sentimientos, dejándolo a solas con una verdad que lo sobrepasaba.

Lucien lo observó en silencio, comprendiendo el impacto de sus palabras, y con una última mirada de compasión, se alzó, dio un paso y colocando su mano en el hombro.

—Recuerda, Dávide —dijo con una sonrisa triste—, el amor verdadero no ata. Y si algún día decides regresar, hazlo siendo el hombre que Pía merece.

Lucien, se despidió del camarero por su nombre, y le dejo un billete de diez euros en la barra y se marchó.

Dávide salió del bar, sin saber qué dirección iba a tomar en la Via Gattamelata, ahora con el peso de las palabras de Lucien anclado en el pecho, como si una sombra invisible lo persiguiera. El aire nocturno, fresco y cargado de humedad, acariciaba su rostro, pero no lograba disipar la sensación de inquietud que lo consumía. Por primera vez, Dávide, el eterno optimista, se enfrentaba a un abismo que no había contemplado antes: el futuro.

Cada paso resonaba sobre los adoquines, amplificando la conversación que acababa de tener. Las frases de Lucien seguían en su mente, repitiéndose como un eco implacable: "La adolescencia, esa etapa que perdona las malas decisiones, se está quedando atrás." Aunque simples, esas palabras llevaban un peso abrumador, un recordatorio de que el tiempo, que siempre había sentido como un aliado, ahora parecía volverse en su contra.

Las enseñanzas de Lucien no solo habían sido sobre el amor, sino sobre la vida misma. "El amor verdadero no ata," había dicho con una serenidad que solo alguien con un profundo entendimiento de la existencia podía transmitir. Dávide sabía que aquellas palabras no eran una condena, sino una invitación a reflexionar, a crecer. Sin embargo, el mensaje era claro: si realmente amaba a Pía, debía dejarla ser, incluso si eso significaba apartarse de su vida.

Se detuvo un momento al llegar a la Via Ospedale Civile, mirando los faroles que arrojaban su luz cálida sobre las paredes de piedra. Allí, los sueños comenzaron a invadirlo. Pensó en este verano en el que él y Pía cruzarían América desde Nueva York hasta San Francisco, sabía que la emoción de ese viaje marcaria cada kilómetro. Todo sería perfecto porque vivirían en el presente, sin preocuparse por el mañana.

Sin embargo, por primera vez, Dávide entendió lo que no había querido ver antes. Su amor por Pía había sido una sucesión de momentos hermosos, pero también efímeros. Mientras ella siempre había tenido un norte, un propósito que la guiaba, él había flotado sin rumbo, aferrándose a la idea de que el presente era suficiente.

A medida que avanzaba hacia la Piazza Eremitani, su mente se sumergía más en las palabras de Lucien. "Cuando el fundamento de una relación de pareja se sostiene en lo que quiero, necesito, exijo que el otro sea, tenga, o me dé, lo que estamos haciendo es recortarlo en trocitos." Dávide se detuvo a mirar las ventanas iluminadas de un edificio cercano. ¿Había hecho eso con Pía? ¿La había moldeado según sus deseos, ignorando quién era realmente?

Por primera vez, cuestionó los cimientos de su relación. Recordó el inicio, esa pasión intensa que los consumía, la certeza de que Pía era la pieza que le faltaba. Pero ahora, bajo las luces tenues y con el peso de las palabras de Lucien, entendió que nunca había mirado a Pía en toda su complejidad. La había visto como una extensión de sus propias necesidades.

Continuó caminando hacia la Via Altinate, una calle silenciosa que parecía contener siglos de historias no contadas. Sus pasos eran lentos, como si estuviera midiendo cada uno de ellos contra las preguntas que lo acosaban. Finalmente, llegó al Prato della Valle, una plaza que siempre había sentido infinita, pero que esa noche parecía pequeña frente a la inmensidad de su incertidumbre.

Frente al reflejo de la luna en el agua del canal, Dávide hizo una pausa. ¿Realmente había permitido que Pía fuera libre? La respuesta le golpeó con una fuerza que casi lo hizo tambalearse. Su amor había sido profundo, pero también egoísta, porque no había comprendido lo que significaba dejarla volar, ser quien estaba destinada a ser.

El silencio de la plaza lo envolvía, y con un suspiro, Dávide tomó una decisión. Adelantaría su viaje a América. Sabía que, si permanecía en Padua, o incluso en Italia, terminaría buscando a Pía, incapaz de resistir la tentación de aferrarse a lo que compartían. Pero ya no se trataba de lo que él quería; se trataba de darle a Pía la libertad que merecía.

No tuvo el valor de decirle a Pía que su relación debía terminar. Las palabras de Lucien seguían pesando como una promesa: "No le digas nada a Pía sobre este encuentro." Por respeto a Lucien y al amor que sentía por Pía, decidió cumplir esa promesa.

Al amanecer, Dávide abordó un vuelo a Nueva York.

Mientras el avión despegaba, miró por la ventanilla, viendo cómo Italia se desvanecía bajo las nubes. Por primera vez, no sintió emoción, sino una melancolía profunda. Sabía que este viaje no sería como los otros; no sería una aventura, sino una confrontación consigo mismo. El Dávide despreocupado de antaño había quedado atrás. Ahora enfrentaba un futuro lleno de incertidumbre, lejos de Pía, pero quizás más cerca de encontrar su verdadero propósito.

# El Peón en el Tablero

Giacomo, desgastado en su ansiedad, había logrado averiguar lo que tanto lo atormentaba: el hombre que lo había tropezado no era otro que el famoso Dávide, aquel nombre que tantas veces había surgido en las palabras y los silencios de Pía. La revelación lo dejó sin aliento, no solo por la certeza de que ese era el hombre del pasado de Pía, sino también porque su propia paranoia parecía haber encontrado un nuevo objetivo. Con la ceremonia llegando a su fin, Giacomo decidió que era el momento de actuar. Sin pensarlo demasiado, se dirigió hacia la familia para expresar sus condolencias, pero con un propósito más profundo: estar cerca de Pía y confirmar sus sospechas.

Cuando llegó a donde estaban Nicoletta y Antonella, se encontró con una presencia inesperada. Alessia, de pie junto a las dos mujeres, lo miró directamente a los ojos, clavándole una mirada punzante y llena de advertencia. Fue un momento electrizante, un intercambio silencioso en el que ambos se reconocieron como cómplices de un secreto que ninguno estaba dispuesto a revelar. Era como si el aire entre ellos se hubiera cargado de tensión, y aunque no se dijeron palabra, ambos entendieron que aquel encuentro era un campo de batalla invisible donde sus temores y culpas se enfrentaban.

Giacomo, recuperando la compostura, expresó su pesar con una voz medida y respetuosa. Primero habló con Nicoletta y Antonella, quienes agradecieron su presencia con una formalidad tranquila. Pero cuando llegó el turno de Pía, el ambiente cambió. Giacomo, intentando sonar casual, dijo:

—Pía, lamento mucho tu pérdida. Me gustaría hablar contigo más adelante, cuando tengas un momento.

Pía, agotada tanto física como emocionalmente, apenas pudo responder con un tono apaciguador:

—Gracias, Giacomo. Quizás cuando regrese a Florencia podamos hablar. Ahora debo quedarme un tiempo aquí ayudando a mamá.

La invitación, aunque inocente, no pasó desapercibida para Alessia. Como si un instinto de alerta se activara en su interior, lo pellizcó sutilmente mientras escuchaba las palabras de Giacomo. No podía evitar preguntarse qué pretendía él con esa conversación, qué secretos podía estar intentando desenterrar o qué intenciones ocultaba detrás de su aparente cordialidad.

El momento de cerrar el féretro y partir al cementerio estaba cerca, y la familia comenzó a movilizarse entre los asistentes. Aprovechando la confusión del momento, Alessia decidió retirarse con Giacomo. No podía dejar pasar la oportunidad de enfrentarlo y asegurarse de que lo que fuera a decirle a Pía no pusiera en peligro su propio secreto.

A solas, en un rincón apartado de la iglesia, Alessia lo detuvo, su tono frío y calculador:

—Giacomo, no sé qué estás planeando con Pía, pero será mejor que no hagas nada que pueda complicar las cosas para ti.

Giacomo la miró con una mezcla de incredulidad y desafío, pero Alessia continuó, con una sonrisa ligera, pero amenazante:

—Sé lo suficiente de ti como para saber que no te conviene jugar conmigo. Puede que no tenga todos los detalles de lo que pasó con tu padre… —su voz bajó hasta convertirse en un susurro—, pero lo que sé es suficiente para hacerte la vida imposible. Así que será mejor que me cuentes exactamente qué piensas hablar con Pía.

La mirada de Giacomo se endureció. Por un momento pareció a punto de responder, pero algo en los ojos de Alessia lo detuvo. Eran los ojos de alguien que estaba dispuesto a usar cualquier arma a su disposición para protegerse, alguien que entendía el poder del chantaje y no dudaba en utilizarlo. Giacomo, consciente de que estaba en una posición delicada, optó por guardar silencio, midiendo cada palabra antes de responder.

—Lo que hablo con Pía no es asunto tuyo —dijo finalmente, con un tono más firme de lo que se sentía en realidad.

Alessia soltó una risa breve, cargada de sarcasmo.

—Tal vez no ahora, pero asegúrate de que siga siendo así. No querrás que los secretos que tanto te esfuerzas por ocultar vean la luz del día, ¿verdad?

El intercambio terminó con un silencio tenso, mientras ambos se miraban como adversarios que se medían en un tablero de ajedrez invisible. Alessia se retiró primero, con la cabeza en alto, sabiendo que había sembrado la semilla de la duda en Giacomo. Mientras tanto, él se quedó inmóvil, con el corazón latiendo con fuerza y la certeza de que Alessia no era una adversaria fácil de manejar. Sus intenciones hacia Pía, ahora, estaban bajo el escrutinio de alguien que tenía tanto que perder como él mismo.

Alessia, antes de marcharse, se detuvo por un momento y giró ligeramente la cabeza hacia Giacomo, clavándole una mirada afilada que mezclaba desprecio y advertencia. Con voz baja, pero cargada de intención, le dijo:

—Lo que hables con Pía, desde ahora en adelante, es asunto mío. No te equivoques, Giacomo. Yo siempre estoy un paso adelante.

Sin esperar respuesta, lo escaneó de arriba a abajo, como si estuviera evaluando su posición en un juego que ella ya daba por ganado. Esa mirada final lo redujo, haciéndolo sentir más pequeño, más vulnerable. Alessia sabía que tenía la ventaja y que Giacomo estaba atrapado en su propia maraña de ansiedad y remordimientos.

Mientras Alessia comenzaba a alejarse, sus tacones resonando contra el suelo de mármol de la iglesia, Giacomo, en un arranque de desesperación, levantó la voz con una mezcla de súplica y determinación:

—¡Solo quiero pedirle a Pía que vuelva conmigo!

Alessia no se detuvo ni se giró. Mantuvo su paso firme y su mirada fija en el horizonte, pero una sonrisa casi imperceptible se dibujó en sus labios. Por dentro, disfrutaba de la situación, sabiendo que tenía el control. "Te tengo, pendejo," pensó, sintiendo que las piezas del tablero se movían a su favor.

Giacomo permaneció inmóvil, paralizado, con la mirada fija en el suelo. Las palabras que acababa de pronunciar seguían resonando en su mente, pero la respuesta de Alessia, o más bien su ausencia, le dejó un vacío. Era como si todo el peso de su pasado se hubiera materializado en ese momento, como un espectro que no lo dejaría escapar.

El fantasma de su padre, que Alessia había despertado con solo un susurro, volvía a ocupar un lugar central en su mente. Giacomo sintió cómo el pasado lo envolvía, como un laberinto oscuro y claustrofóbico en el que las salidas se cerraban una a una. El recuerdo de Franco, su temperamento explosivo y la noche que lo había cambiado todo, se mezclaba ahora con la ansiedad de perder a Pía y la amenaza velada de Alessia.

Se llevó las manos a la cabeza, tratando de calmar el torbellino de pensamientos que lo invadía. Pero era inútil. Alessia no solo había tocado una herida abierta, sino que había manipulado su ansiedad con una precisión quirúrgica. Giacomo se sintió atrapado, incapaz de moverse, como si las palabras que quería decir y las acciones que deseaba tomar estuvieran atadas por un nudo invisible.

El eco de los pasos de Alessia se desvaneció en la distancia, dejando a Giacomo solo en el rincón oscuro de la iglesia. La soledad lo golpeó con fuerza, y por un instante, el silencio fue más ensordecedor que cualquier palabra que Alessia pudiera haber pronunciado. "¿Qué estoy haciendo?" se preguntó, sintiendo que cada decisión lo empujaba más cerca del abismo.

Pero incluso en su parálisis emocional, había algo que no podía ignorar: el deseo de recuperar a Pía. No sabía cómo, ni siquiera si era posible, pero esa idea persistía, como una llama débil que se negaba a extinguirse. Lo que no podía ver aún era que su mayor obstáculo no era Alessia ni el pasado, sino él mismo.

Giacomo respiró profundamente, intentando recuperar algo de compostura. Sabía que debía tomar una decisión, pero en el fondo, también entendía que el camino que eligiera no sería fácil. Por ahora, todo lo que podía hacer era dar un paso, cualquier paso, fuera del caos que lo mantenía atrapado.

Mientras la noche caía sobre Padua y las luces de la iglesia se apagaban una a una, Giacomo salió al aire frío, sintiendo cómo la ciudad, indiferente a su tormento, continuaba con su vida. Sin rumbo fijo, comenzó a caminar, buscando en las sombras de las calles algún indicio de claridad, alguna señal que le mostrara el camino de regreso a sí mismo.

## La Despedida Silenciosa

Dávide había desaparecido sin dejar rastro, dejando tras de sí un vacío lleno de preguntas y angustias. En su prisa por marcharse, ni siquiera llevó su celular, como si quisiera borrar cualquier vínculo con el mundo que había dejado atrás. La única prueba de su partida era una nota apresurada dirigida a su madre, Paola:

"Mamá, he adelantado mi viaje de verano a los Estados Unidos. No te preocupes por mí, estoy bien. Tan pronto como pueda, me comunicaré contigo. Te quiero. Nos vemos en el otoño."

Lo que más inquietaba a Paola era el teléfono de Dávide. La pantalla rota le complicaba leer, pero alcanzó a notar decenas de mensajes de texto y llamadas perdidas de Pía. Había urgencia en ellos, palabras cortas, pero cargadas de desesperación:

"Dávide, por favor, respóndeme." "¿Dónde estás?"

"Llámame, estoy preocupada."

Ahora, con el teléfono sin batería y una nota que no respondía a ninguna de las preguntas que se acumulaban en su mente, Paola se sentía completamente perdida.

Paola había leído esas palabras varias veces desde que las encontró esa mañana. Cada vez que las releía, su mal presentimiento se hacía más fuerte. Recordaba cómo la noche anterior Dávide había llegado tarde, sin su habitual Vespa, y con un aire sombrío que no era propio de él. Apenas había cruzado palabras con ella antes de encerrarse en su habitación. Ahora, la incertidumbre y el miedo llenaban los espacios de la casa.

Paola era una mujer de mediana edad, con un rostro amable y ojos castaños que habían perdido algo de brillo con los años. Su cabello, largo y ligeramente ondulado, comenzaba a mostrar mechones de plata, pero ella los llevaba con dignidad. Siempre había sido una madre dedicada, firme, pero cariñosa, que entendía a Dávide mejor que nadie. Su esposo, Giorgio, era un abogado respetado, exfiscal del Ministerio Público, conocido por su carácter analítico y su compromiso con la justicia. Aunque había dejado su cargo en el ministerio para dedicarse a la práctica privada, su personalidad meticulosa y su fuerte sentido de la ética permanecían intactos.

Giorgio tenía una relación distante, pero cordial con Dávide. Aunque lo amaba profundamente, su enfoque pragmático sobre la vida a menudo chocaba con la naturaleza soñadora de su hijo. Sus conversaciones a menudo giraban en torno a la responsabilidad y las expectativas, lo que hacía que Dávide se sintiera incomprendido y, a veces, juzgado. Giorgio, sin embargo, siempre veía en Dávide un potencial que aún no había descubierto.

La casa de la familia, ubicada en Città Giardino, era una vivienda elegante, pero modesta, con detalles que reflejaban el gusto refinado de Paola y el orden metódico de Giorgio. En el despacho de Giorgio, junto al salón principal, los estantes estaban llenos de libros legales, expedientes bien organizados y una pequeña colección de películas clásicas italianas, su única indulgencia fuera del trabajo. En contraste, el cuarto de Dávide era un caos creativo: posters de bandas de rock y mapas de lugares que soñaba visitar cubrían las paredes, mientras una estantería desordenada albergaba libros de viajes, cuadernos llenos de anotaciones y recuerdos de sus aventuras con Pía.

Era un espacio que gritaba juventud y libertad, un reflejo de su personalidad despreocupada.

# La Llegada de Pía

La noche avanzaba rápidamente cuando Pía, montada en su Vespa, se dirigió a la casa de Dávide. El viento golpeaba su rostro mientras atravesaba las calles de Padua, desde Arcella hasta Città Giardino. La preocupación la empujaba a conducir con temeridad, ignorando señales de tráfico y bocinas de automóviles que reclamaban su atención. La angustia crecía con cada kilómetro que la acercaba a su destino, y su mente no dejaba de imaginar escenarios que explicaran el silencio de Dávide.

Finalmente, llegó a la casa y, sin apagar el motor, tocó la bocina varias veces. Paola apareció rápidamente en la puerta, con una expresión de sorpresa y preocupación. Antes de que pudiera pronunciar palabra, Pía se apresuró a entrar, llamando a Dávide por su nombre mientras subía las escaleras.

—¡Dávide! —gritaba—. ¡¿Dónde estás?! ¡Responde!

Paola, siguiéndola de cerca, intentaba explicarle lo poco que sabía.

—Pía, por favor, escúchame un momento. Ven, te prepararé un té —dijo, con voz tranquila, pero firme.

Pía, al borde del colapso, se detuvo en el pasillo, girándose hacia Paola.

—¿Dónde está? ¿Qué le pasó? —preguntó, su voz quebrada.

Paola la condujo hacia la cocina, donde comenzó a preparar el té mientras trataba de ordenar sus pensamientos.

—Ayer en la tarde salió, diciendo que iba a encontrarse con alguien. Me dijo que cenaría con nosotros al volver, pero nunca regresó. Lo llamé varias veces, pero no respondió. Le guardé su lasaña favorita en el horno, pensando que volvería tarde, como hacía a veces.

Pía escuchaba en silencio, con las manos temblando. Paola continuó:

—Lo escuché entrar a la casa, pero no lo vi. Esta mañana, cuando desperté, no estaba. Pensé que era su hermano Armando quien había salido temprano, pero luego vi que todas las fotos tuyas y de él estaban guardadas, y su celular, apagado, estaba sobre el escritorio. Y encontré esto…

Paola sacó la nota que Dávide había dejado y se la entregó a Pía. Ella la leyó rápidamente, sus ojos llenándose de lágrimas.

—No puede ser —susurró, dejando que la nota cayera al suelo.

Se dejó caer en el borde de la cama de Dávide, incapaz de contener el llanto.

—Me dejó… —dijo entre sollozos—. No me dijo nada. No lo puedo creer.

Paola, apoyada contra el marco de la puerta, la miraba con tristeza. Quería consolarla, pero sabía que cualquier palabra sería insuficiente en ese momento.

—Pía, Dávide tiene un espíritu inquieto, pero sé que te quiere mucho. Quizás necesitaba tiempo para entenderse a sí mismo.

Pía levantó la vista, con el rostro empapado en lágrimas.

—¿Por qué no me lo dijo? ¿Por qué no confió en mí?

Paola se acercó lentamente, sentándose junto a ella.

—No tengo las respuestas, querida, pero estoy segura de que esto no tiene nada que ver contigo. Dávide está buscando algo… algo que quizás ni él mismo comprende todavía.

Ambas se quedaron en silencio, compartiendo un momento de dolor y comprensión. La habitación de Dávide, llena de sus recuerdos y sueños, parecía ahora un lugar vacío, un reflejo de la ausencia que había dejado en sus vidas.

Mientras las lágrimas de Pía continuaban cayendo, Paola la abrazó suavemente, intentando transmitirle algo de calma.

—Él volverá, Pía. Sé que volverá. Pero hasta entonces, tenemos que ser fuertes. Nota de Dávide:

*"Mamá,*

*He adelantado mi viaje. No quiero que te preocupes, estoy bien. Este verano será diferente, y necesito este tiempo para mí. Cuida de todos. Nos veremos en otoño. Te quiero.*

*Dávide"*

Pía se tumbó en la cama de Dávide, buscando desesperadamente algo que la conectara con él. Hundió el rostro en la almohada, respirando profundamente, tratando de encontrar su aroma. Su mente se negaba a aceptar la ausencia, como si aún pudiera sentirlo cerca, cuantas veces hicieron el amor entre esas sabanas y ahora los días de risas y promesas no fueran ahora solo un eco. En posición fetal, abrazó la almohada, cerrando los ojos mientras las lágrimas rodaban por sus mejillas.

Paola, desde la puerta, observó en silencio, su corazón dividido entre la compasión por Pía y la preocupación por Dávide. No podía quitarse de la mente los mensajes y llamadas perdidas que había visto en el teléfono de su hijo. Tomó el teléfono de la cocina, marcando el número de los padres de Pía.

—Nicoletta, soy Paola —dijo con voz cansada, pero firme—. Necesito hablar contigo y con Lucien.

Al otro lado de la línea, Nicoletta llamó a Lucien, que estaba en la biblioteca revisando unos documentos. Ambos escucharon con atención mientras Paola les explicaba lo ocurrido.

—Dávide se ha ido. Se adelantó al viaje que tenía planeado con Pía y dejó una nota diciendo que se iba a América. No dijo nada más. Pía está aquí… devastada. Creo que sería mejor que pasara la noche conmigo. No quiero que esté sola ahora.

Lucien y Nicoletta compartieron una mirada silenciosa, cómplice. Había una mezcla de emociones en ambos: tristeza por el dolor de su hija, pero también un alivio sutil. Por un lado, sentían que este podría ser un paso necesario para que Pía recuperara su camino, aquel que sentían que había abandonado por seguir el ritmo despreocupado de Dávide. Por otro, sabían que el amor entre los jóvenes no era algo que ellos pudieran controlar. Habían intervenido de una manera que ahora les parecía invasiva, y aunque tenían buenas intenciones, no podían evitar sentir cierto remordimiento.

—Claro, Paola. Que Pía se quede contigo esta noche —dijo Nicoletta con un tono calmado, casi maternal—. Dile que puede contar con nosotros para lo que necesite.

Lucien, mientras escuchaba la conversación, no pudo evitar que una sombra de duda se apoderara de él. Había insistido en hablar con Dávide porque estaba convencido de que la relación entre él y Pía la estaba alejando de sus sueños. No porque Dávide fuera un mal muchacho, sino porque su falta de dirección amenazaba con arrastrar a Pía a un terreno de incertidumbre. Pero ahora, viendo las consecuencias de sus palabras, no podía evitar preguntarse si había cruzado un límite.

Después de colgar el teléfono, Lucien volvió a sentarse en la butaca de la biblioteca. La luz cálida de la lámpara iluminaba los libros que había acumulado durante años, pero esa noche se sintió vacío, incapaz de encontrar consuelo en las páginas que solían ser su refugio.

—¿Hice lo correcto? —murmuró en voz baja, sin esperar respuesta.

Nicoletta, entrando en la habitación con una taza de té para ambos, lo miró con ternura.

—Hiciste lo que creíste mejor para ella. Pía es joven, Lucien. Y el amor a su edad es intenso, pero también transitorio.

Lucien suspiró, tomando un sorbo de té.

—No lo sé, Nicoletta. Dávide no es un mal muchacho. Quizás fui demasiado duro con él.

Nicoletta lo miró, dejando que sus palabras se asentaran.

—Lucien, no podemos decidir por ellos. Pía y Dávide tienen que encontrar su propio camino, aunque eso implique equivocarse.

Mientras tanto, en la casa de Dávide, Pía no podía dormir. Su mente repasaba una y otra vez los últimos días, buscando señales que le hubieran advertido de lo que estaba por venir. Recordó la forma en que Dávide la miraba cuando hablaban de sus sueños, esa mezcla de admiración y algo más, algo que ahora entendía como miedo. Él había sentido que no podía ser suficiente para ella, y eso la desgarraba.

Paola, desde el pasillo, escuchaba los sollozos de Pía. Aunque sabía que no podía hacer mucho para aliviar su dolor, decidió quedarse cerca, como una presencia silenciosa, pero reconfortante. Sentada en una silla junto a la puerta del cuarto de Dávide, rezó en voz baja, pidiendo que su hijo encontrara lo que buscaba, pero también que no olvidara el camino de regreso a casa.

La intervención de Lucien, aunque nacida de la mejor intención, se perfilaba como un acto de control sobre una relación que no le correspondía manejar. Su preocupación por el futuro de Pía, siempre presente como un peso silencioso, lo llevó a actuar de una manera que, sin proponérselo, socavó la autonomía de los jóvenes. Al enfrentarse a Dávide, sus palabras parecieron empujarlo hacia una decisión abrupta, una salida forzada por la sensación de insuficiencia y culpa que las palabras de Lucien, cargadas de autoridad, dejaron en él.

Nicoletta, por su parte, se movía en una línea más comprensiva, aunque no exenta de la misma preocupación que su esposo. Ella también veía en la relación con Dávide un posible obstáculo para los sueños de su hija, un vínculo que, aunque lleno de amor, parecía desviar a Pía de los caminos que ella y Lucien habían imaginado para ella. Las decisiones de ambos, aunque motivadas por el amor y la protección, trazaban una línea delicada que podría fracturar la confianza entre padres e hija, generando un resentimiento que, en el peor de los casos, sería difícil de reparar.

En contraste, Paola adoptó una postura más neutral, sintiendo en su interior el conflicto de madre que comprende sin juzgar. Su enfoque no buscaba intervenir ni modificar el curso de la relación, sino brindar apoyo tanto a Dávide como a Pía en medio del caos emocional que les envolvía. A pesar de su angustia por no entender completamente las razones detrás de la partida de su hijo, Paola se mantuvo como una figura de calma y empatía. Su disposición a consolar a Pía, ofreciéndole un refugio en la tormenta, mostró una perspectiva más equilibrada, menos invasiva, que ponía el bienestar emocional de ambos jóvenes por encima de cualquier intento de control o dirección.

## Soledad en la Ciudad que Nunca Duerme

Dávide llegó al aeropuerto JFK con su mochila cargada de ropa, libros y recuerdos, pero con el corazón vacío de certezas. La inmensidad de Nueva York lo recibió con un bullicio que contrastaba con el silencio ensordecedor de sus pensamientos. Su inglés, rudimentario y teñido de un fuerte acento italiano, era su único recurso para orientarse en un sistema de transporte que parecía un laberinto interminable. Sin embargo, su sonrisa, aunque débil, consiguió despertar la empatía de varios transeúntes, empleados del aeropuerto, del Metro y policías.

El primer desafío fue encontrar el AirTrain, el monorraíl que conecta las terminales del aeropuerto JFK con las estaciones de metro y tren de la ciudad. Dávide observaba los letreros con una mezcla de concentración y ansiedad, tratando de descifrar los mapas con las pocas palabras de inglés que conocía. Finalmente, un empleado del aeropuerto, con un gesto amable, lo dirigió hacia la plataforma correcta. Subió al AirTrain con una sensación de pequeño logro, observando el paisaje industrial que se desplegaba a su alrededor mientras se acercaba a Jamaica Station.

En Jamaica Station, su siguiente paso era conectar con la línea E del metro, que lo llevaría hacia Manhattan. Comprar la tarjeta MetroCard fue una tarea llena de mímicas y señalamientos, pero finalmente lo consiguió. Descendió por las escaleras hacia el corazón del sistema de metro de Nueva York, un mundo subterráneo que se movía con una energía caótica, llena de rostros indiferentes y sonidos constantes de trenes llegando y partiendo.

El vagón del metro estaba abarrotado, y Dávide, con su mochila sobre los hombros, intentaba no molestar a nadie mientras observaba el mapa de líneas en la pared del vagón. El plan era claro: tomar la línea E en dirección a World Trade Center y bajarse en la estación de Canal Street, donde debía hacer un transbordo a la línea J. Sin embargo, las paradas pasaban rápidamente, y las señales en inglés le resultaban un enigma que debía descifrar a medida que avanzaba. Una señora mayor, al notar su expresión de confusión, se acercó para ayudarlo y le indicó con gestos el momento exacto en que debía bajarse.

Al llegar a Canal Street, Dávide siguió las indicaciones hacia la línea J, subiendo y bajando escaleras con su mochila que parecía pesar más con cada paso. Tomó el tren en dirección a Essex Street, y mientras el vagón recorría los puentes y túneles que conectaban Manhattan con Brooklyn, se permitió un momento de respiro. Las luces intermitentes del metro iluminaban brevemente su rostro cansado, y aunque la tristeza seguía presente, algo en el movimiento constante de la ciudad le dio una sensación de propósito.

Finalmente, el tren llegó a Essex Street. Dávide descendió con un suspiro de alivio, sintiendo el aire fresco de la noche neoyorquina al salir a la superficie. Frente a él, la esquina de Rivington y Essex lo esperaba con la promesa de un nuevo comienzo. El edificio que sería su hogar temporal tenía una fachada desgastada, con ventanas que parecían haber visto mejores días y un letrero medio descolorido que anunciaba la entrada. No era precisamente acogedor, pero para Dávide, representaba un refugio en la vasta y abrumadora ciudad.

Con cada paso que lo acercaba a la puerta, Dávide entendía que este viaje sería diferente a cualquier otro que había hecho. Ahora estaba solo, enfrentando una ciudad que no conocía, con un idioma que apenas podía hablar y un itinerario que debía reconstruir desde cero. Pero, en el fondo, algo en él sabía que esta experiencia, por dura que fuera, lo moldearía de maneras que aún no podía comprender. Y así, con la mochila aún sobre los hombros y el eco del tren resonando en sus oídos, Dávide subió las escaleras del edificio, preparado para enfrentarse a lo desconocido.

Dávide llegó al edificio en la esquina de Rivington con Essex con la mochila pesada sobre sus hombros y una mezcla de fatiga y nerviosismo en su rostro. La fachada del edificio, con su pintura descascarada y grafitis dispersos, parecía una reliquia de tiempos mejores. La planta baja albergaba un bar de aspecto dudoso, un lugar que, a primera vista, podría intimidar a cualquier recién llegado. La luz de neón parpadeaba con la promesa de cervezas baratas y tragos fuertes, mientras una jukebox en una esquina reproducía canciones clásicas de rock en un volumen casi ensordecedor.

El interior era tan peculiar como su fachada. Las mesas estaban decoradas con manteles de plástico a cuadros, muchas de ellas con quemaduras de cigarrillos o manchas de años de descuido. Las paredes estaban adornadas con una colección ecléctica de póster desgastados, algunos de bandas olvidadas, otros de películas de culto de los años ochenta. Un viejo sofá con los cojines hundidos estaba colocado junto a una mesa de billar, cuyas esquinas estaban desgastadas y los tacos maltratados.

El aire estaba cargado del olor a cerveza derramada y tabaco añejo, mezclado con un toque de humedad. Los pocos clientes parecían tan desgastados como el lugar mismo, bebiendo en silencio o intercambiando palabras con el barman. Sin embargo, había algo acogedor en ese caos. Tal vez era la luz cálida que caía de las lámparas colgantes o la energía indolente que emanaba del lugar, como si se negara a ser algo más de lo que era.

Detrás de la barra, un hombre apuesto y sonriente secaba un vaso con un trapo que había visto días mejores. Su cabello negro caía en mechones suaves sobre su frente, y sus ojos, de un marrón profundo, destilaban una amabilidad que contrastaba con el entorno. Jack, como se llamaba, era claramente el alma del lugar. Su rostro llevaba las marcas de una vida llena de historias, pero su sonrisa abierta y su tono amistoso parecían invitar a cualquiera a compartir un trago y una conversación.

Cuando Dávide cruzó la puerta, cargado con su mochila y con el aspecto de alguien que había cruzado un océano en más de un sentido, Jack lo saludó con un gesto.

—¿Dávide? —preguntó en un inglés claro, pero con un ligero acento latino que delataba sus raíces. Al ver la expresión perpleja de Dávide, repitió su nombre con un gesto alentador, esta vez agregando una sonrisa que parecía tener la capacidad de poner a cualquiera a gusto.

Dávide, agradecido por la calidez inesperada, asintió, y Jack sacó una llave de debajo del mostrador, entregándosela con un guiño.

—Tu compañero de cuarto me dejó esto para ti. Bienvenido a Nueva York. Y si necesitas algo… bueno, ya sabes dónde encontrarme.

Dávide tomó la llave, sintiendo un extraño alivio en medio de su caos interno. Este pequeño acto de bondad, en un lugar tan rudo como el bar y tan vasto como Nueva York, le dio un atisbo de esperanza. Jack, con su simpatía y su evidente capacidad para leer a las personas, era el primer rostro amigable en una ciudad que prometía ser tan imponente como fascinante.

Dávide despertó al amanecer, confundido por la luz tenue que se filtraba a través de las cortinas deshilachadas de su nueva habitación. Por un instante, no supo dónde estaba. El bullicio de la ciudad aún resonaba a lo lejos, pero ahora era más un susurro constante que un alboroto. Se incorporó lentamente, con la espalda tensa por el colchón viejo y hundido. Miró la foto de Pía que había colocado la noche anterior sobre la improvisada mesa de noche. Su mirada se detuvo en ella, y una oleada de melancolía lo golpeó de lleno.

Se sentía atrapado entre dos mundos: el que había dejado atrás y el que estaba comenzando a explorar. La decisión de marcharse, que en un principio le había parecido un acto de sacrificio y amor, ahora comenzaba a pesarle como un acto de abandono y huida. Sabía que había lastimado a Pía, pero también estaba empezando a comprender cuánto se estaba lastimando a sí mismo.

Decidió salir a caminar, esperando que el aire fresco de la mañana lo ayudara a despejar sus pensamientos. Se puso una chaqueta ligera y bajó los cinco pisos del edificio, con cada crujido de los escalones desvencijados por el tiempo, recordándole la precariedad de su nueva realidad. Al salir, el aire fresco de Nueva York lo golpeó con fuerza, llenando sus pulmones de una mezcla de humo, café y el aroma metálico del concreto mojado.

Sin rumbo fijo, Dávide comenzó a explorar las calles del Lower East Side. Las primeras luces del día iluminaban los grafitis en las paredes y los escaparates de las tiendas aún cerradas. Pasó por una cafetería que apenas abría sus puertas, y el olor del café recién hecho lo invitó a entrar. En el mostrador, un hombre mayor con el cabello blanco y una sonrisa amable le dio la bienvenida.

—¿Qué te sirvo, chico? —preguntó el barista con un marcado acento neoyorquino.

—Un espresso, por favor —respondió Dávide, intentando esconder su acento italiano, aunque sabía que era inútil.

El café era fuerte y amargo, pero le dio la energía suficiente para seguir caminando. Mientras recorría las calles, pensaba en Pía, en su sonrisa, en sus sueños y en cómo él había decidido apartarse de su vida. Las palabras de Lucien seguían resonando en su cabeza, recordándole que su partida no había sido un acto de valentía, sino una mezcla de miedo e inseguridad.

Sin embargo, había algo que comenzaba a cambiar en Dávide. La vastedad de Nueva York, con su caos y su energía inagotable, le daba una nueva perspectiva. Por primera vez, se permitió pensar en sí mismo fuera de la sombra de Pía. Se preguntó qué quería lograr, qué era lo que realmente deseaba hacer con su vida. La idea de reinventarse, de construir algo propio, comenzó a tomar forma en su mente.

De regreso al apartamento, Dávide se detuvo frente a un pequeño parque. Observó a un grupo de niños jugando al baloncesto en una cancha, sus risas resonando en el aire. Se preguntó si alguna vez podría sentir esa ligereza de nuevo, esa despreocupación que parecía haberse esfumado con el peso de sus decisiones.

Al llegar al edificio, subió lentamente las escaleras, sintiendo cómo el cansancio físico se mezclaba con el emocional. Entró a su habitación, donde la foto de Pía lo esperaba como un recordatorio constante de lo que había dejado atrás. Pero esta vez, en lugar de hundirse en la melancolía, decidió escribirle una carta. No sabía si la enviaría, pero necesitaba expresar lo que sentía.

"Querida Pía,

No sé por dónde empezar, porque ni siquiera sé cómo justificar lo que he hecho. Solo sé que me siento perdido. Dejé todo atrás porque pensé que era lo correcto, pero ahora me doy cuenta de que no huí solo de ti, sino también de mí mismo. Quería darte libertad, pero en el proceso, siento que me he encadenado a mis propias dudas y miedos…"

Las palabras fluían mientras Dávide intentaba poner en papel la maraña de emociones que lo consumía. Escribir le daba un extraño consuelo, como si al plasmar sus pensamientos pudiera encontrar algo de claridad en medio del caos.

Esa noche, mientras las luces de Manhattan parpadeaban a lo lejos y el ruido de la ciudad se filtraba por las ventanas, Dávide decidió que no podía seguir viviendo en la sombra de lo que había dejado atrás. Si realmente quería ser digno del amor que había sentido por Pía, primero tendría que aprender a amarse a sí mismo. Y aunque el camino hacia esa comprensión se veía largo e incierto, estaba dispuesto a recorrerlo.

Dávide, nuevamente tumbado en su cama, observaba la luz tenue que se filtraba a través de la ventana mientras el bullicio de Nueva York resonaba como un eco lejano. En aquel momento de quietud, su mente no cesaba de revisitar las palabras de Lucien, palabras que habían actuado como una especie de detonador emocional, desatando en él una tormenta de reflexiones y dudas que lo llevaron a cruzar un océano en busca de algo que aún no podía nombrar.

El acto de marcharse, tan abrupto como decidido, había sido un movimiento cargado de contradicciones. Por un lado, era un gesto que podría interpretarse como valentía, el coraje de reconocer que su presencia podía estar limitando a Pía, de entender que a veces el amor requiere sacrificios, incluso si ello conlleva su propia soledad. Había querido liberarla, permitirle volar, como tantas veces había escuchado en las palabras de Lucien. Sin embargo, ese mismo acto cargaba también el peso de la cobardía.

Dávide había huido, incapaz de enfrentar directamente las preguntas y los conflictos de su relación. En lugar de confrontar sus propios sentimientos de insuficiencia, de asumir la responsabilidad emocional que implicaba su vínculo con Pía, optó por desaparecer, dejando a ambos en el vacío de la incertidumbre.

La imagen de Pía, sonriente y vital, seguía presente en la fotografía que había colocado en la mesa de noche, un símbolo tangible de lo que había dejado atrás. Sin embargo, en el fondo de su mente, comenzaba a vislumbrar una verdad que no se había atrevido a aceptar. Su partida no solo había sido un intento de proteger a Pía, sino también una manera de huir de sí mismo. Lucien, con sus palabras aparentemente sabias y calmadas, había despertado en Dávide un espejo implacable que reflejaba todas sus inseguridades: la falta de propósito, la sensación de ser un peso más que un apoyo, el temor de no ser suficiente.

Las calles de Nueva York, con su caos ordenado y su energía incesante, eran ahora el escenario de su reinvención. Cada rincón de la ciudad le presentaba un desafío, pero también una oportunidad. Aunque su decisión había sido impulsiva y cargada de emoción, el hecho de encontrarse solo en una ciudad tan inmensa lo obligaba a enfrentarse consigo mismo, a mirar de frente las inseguridades que lo habían perseguido desde Italia. Pero, a pesar de las posibilidades que la ciudad ofrecía, Dávide no podía escapar de su dilema emocional.

Por un lado, había llegado a Nueva York con la esperanza de encontrar un nuevo camino, de construir algo propio. Por otro, la melancolía lo invadía cada vez que pensaba en Pía. Colocar su foto al lado de su cama era un gesto que reflejaba su amor, pero también su incapacidad de dejar ir. La nostalgia era un hilo invisible que lo mantenía atado a su vida anterior, mientras el peso de las expectativas no cumplidas y los sueños compartidos aún colgaba sobre él como una nube pesada.

En el fondo, Dávide sabía que su partida había sido tanto un acto de amor como de miedo. Amaba a Pía, pero no estaba listo para ser el hombre que ella merecía. Lucien no se lo había dicho directamente, pero sus palabras habían sembrado en él la idea de que el verdadero amor no se trata solo de estar presente, sino de ser alguien que pueda sostenerse por sí mismo. Dávide, en su estado actual, no se veía capaz de ser esa persona.

En su pequeño apartamento con vista a la intersección de calles Essex y Delancey, Dávide se encontraba en un punto de inflexión. La ciudad le presentaba dos caminos: quedarse, enfrentarse a sí mismo y trabajar para convertirse en alguien mejor, o dejarse consumir por la nostalgia, permitiendo que el arrepentimiento lo paralizara.

Sabía que su viaje, aunque ahora estuviera cargado de soledad, era también una metáfora de su crecimiento. Nueva York, con todo su caos y posibilidades, no era solo un lugar, sino un reflejo de la lucha interna que estaba viviendo.

Mientras se arropaba con las sábanas desgastadas,

Dávide entendió que el camino hacia la madurez era más complicado de lo que había imaginado. Había querido proteger a Pía, pero ahora se daba cuenta de que también necesitaba protegerse a sí mismo. Lejos de casa, lejos de Pía, y enfrentado a sus propios miedos, Dávide tenía que decidir si iba a seguir huyendo o si, por primera vez, iba a quedarse quieto y enfrentar todo lo que lo aterrorizaba. La batalla entre su amor por Pía, su deseo de ser alguien mejor y su miedo al fracaso definiría no solo su tiempo en Nueva York, sino también el hombre que estaba destinado a ser.

## Lecciones en el Exilio

En Padua, el tiempo pasaba lentamente para Pía. Las semanas se acumulaban, y con ellas crecía el peso de la incertidumbre. ¿Qué había pasado con Dávide? Su última despedida había sido perfecta, una de esas memorias que se llevan en el corazón para siempre. ¿Por qué, entonces, todo cambió de manera tan abrupta? Las preguntas la atormentaban. En las noches, su mente se llenaba de posibles razones: ¿Acaso había hecho algo mal? ¿Había algo en ella que lo había empujado a tomar esa decisión tan drástica? La falta de respuestas era un veneno lento que la mantenía atrapada en su tristeza.

Lucien, por su parte, no podía escapar del remordimiento que lo perseguía. Había actuado con la intención de proteger a su hija, pero ahora veía con dolor las consecuencias de sus palabras. El vacío en los ojos de Pía lo carcomía, y cada día que pasaba se preguntaba si había tomado la decisión correcta. Dávide, después de todo, no parecía ser un mal muchacho. Tal vez había juzgado mal, tal vez se había apresurado en intervenir en un asunto que, en retrospectiva, no le pertenecía.

Una mañana, cuando los rayos de sol comenzaban a perder la intensidad del verano y anunciaban la llegada del otoño, Pía tomó una decisión. Estaba cansada de vivir entre los recuerdos, de permitir que su espacio se convirtiera en un santuario de lo que ya no era. Empezó a redecorar su cuarto, retirando cuidadosamente cada objeto, cada fotografía, cada pequeño detalle que le recordara a Dávide. Quería recuperar el control de su vida. Con determinación, le pidió a Lucien que la ayudara a buscar un cupo en la facultad de Letras y Filosofía de la Universidad de Florencia. Quería alejarse, empezar de nuevo en un lugar donde el eco de Dávide no la persiguiera en cada esquina.

Mientras tanto, en Nueva York, Dávide enfrentaba sus propios desafíos. Había conseguido trabajo en un pequeño local de comida venezolana, donde pasaba sus días friendo tequeños. Los tequeños, unos pequeños rollos de masa rellenos de queso y fritos hasta quedar dorados y crujientes, eran una de las delicias que Dávide aprendió a preparar con destreza. Cada día, mientras colocaba cuidadosamente las piezas en el aceite caliente, el aroma le traía un extraño consuelo, una rutina que, aunque humilde, lo mantenía en movimiento.

Sin embargo, Dávide sabía que no podía quedarse mucho tiempo en esa situación. La vida en Nueva York era cara, y el salario que ganaba apenas le alcanzaba para cubrir sus necesidades básicas. Más allá de las lecciones que había aprendido en su breve estadía en América, había comprendido que su trabajo actual no era sostenible, y mucho menos si algún día quería formar una familia. Aquella experiencia le abrió los ojos a la necesidad de buscar algo más, algo que le ofreciera estabilidad y una dirección clara.

La decisión que tomó fue tan inesperada como drástica: se enlistaría en el servicio militar. Para alguien como Dávide, cuya naturaleza siempre había sido más persuasiva que impositiva, más inclinada a la reflexión que a la obediencia ciega, la vida militar no parecía encajar con su personalidad. Pero precisamente por eso lo eligió. Sabía que el régimen estricto y la disciplina que encontraría allí serían el antídoto perfecto contra cualquier debilidad, contra cualquier impulso que lo llevara a buscar a Pía. En el fondo, sentía que este encierro era una forma de protegerse a sí mismo de su propio corazón.

Aunque la idea de quedarse en Estados Unidos cruzó por su mente, Dávide sabía que no tenía los recursos ni las herramientas para hacerlo. Su trabajo mal pagado le había enseñado una dura lección sobre la realidad económica, y ahora entendía que quedarse en América solo lo mantendría atrapado en una vida de precariedad. Su partida al servicio militar era, en parte, un intento de escapar de esa inseguridad, pero también una decisión profundamente influida por su sentido de insuficiencia. En el fondo, Dávide seguía luchando con la idea de que no era lo suficientemente bueno para Pía, de que su amor no era suficiente para ofrecerle el futuro que ella merecía.

Esa noche, mientras terminaba su turno en el pequeño local, Dávide miró al horizonte de Nueva York con una mezcla de determinación y tristeza. Sabía que estaba tomando un camino difícil, uno que lo llevaría aún más lejos de Pía. Pero también entendía que, para crecer, para convertirse en alguien mejor, debía enfrentarse a sí mismo en los términos más duros posibles. La incertidumbre de su futuro lo acompañaba, pero también un leve atisbo de esperanza. Tal vez, en el encierro y la disciplina del régimen militar, encontraría las respuestas que tanto necesitaba.

# Renacer en la Tempestad

Hoy, Dávide era una figura destacada en la industria de los anteojos, un joven emprendedor que transformaba con su ingenio y visión el modo en que las personas veían el mundo. Su emprendimiento tenía sus raíces en el Véneto, una región italiana que, al igual que él, era rica en tradición y resiliencia. Había establecido su taller en Belluno, un enclave reconocido como uno de los epicentros de la industria óptica en Italia, donde se diseñaban y fabricaban algunos de los anteojos más célebres del mundo.

Pero ¿quién habría podido adivinarlo? En su adolescencia, Dávide era el chico rebelde del vecindario, un espíritu ingobernable que irradiaba una energía burlona y desinhibida. Extremadamente inteligente, se ganaba a los demás con su agudeza y su humor irónico, mientras rehuía las expectativas impuestas por una vida que le parecía pequeña y carente de propósito.

La vida, sin embargo, tenía otros planes. Durante el servicio militar voluntario en la marina, una bala perdida le perforó el abdomen en una práctica de tiro. Allí, en el suelo de aquel campo de entrenamiento, comenzó una transformación que lo llevaría a las profundidades de su propia existencia. Los meses de hospitalización fueron una confrontación constante con la fragilidad de la vida. Salió del hospital con una nueva perspectiva, aunque marcado para siempre por aquella experiencia cercana a la muerte. Había entrado siendo un muchacho y salió con un peso existencial que redefinía cada uno de sus pasos.

La baja militar lo dejó con un vacío, pero también con un impulso por reinventarse. Decidió inscribirse en la Universidad Ca' Foscari en Venecia para estudiar mercadeo y negocios, como si al comprender las dinámicas del mercado pudiera también descifrar el propósito detrás de las decisiones humanas. En las aulas de Ca' Foscari, su inteligencia, intuición y visión sorprendieron tanto a sus compañeros como a sus profesores. Era evidente que no era un estudiante común; sus respuestas siempre iban más allá de lo esperado, revelando una profundidad que desconcertaba y fascinaba a la vez.

Una vez graduado, Dávide entró a la industria de la óptica como un simple vendedor. Pero su perspicacia y capacidad para entender las sutilezas de los deseos de los clientes lo impulsaron rápidamente. Su ascenso fue meteórico, cada logro reflejaba su transformación: de aquel joven rebelde y sarcástico a un hombre que, habiendo conocido los límites de la existencia, había aprendido a jugar con sus propias reglas. Fue ese mismo sentido de propósito —una especie de compromiso silencioso con la vida— lo que lo llevó a fundar su propia empresa de anteojos en Belluno, en el corazón del Véneto.

La experiencia cercana a la muerte había impregnado su vida de un significado que sus compañeros y amigos difícilmente comprendían. Su miedo a la muerte se había desvanecido, y en su lugar, emergió una apreciación casi reverente por cada instante.

Dávide ya no trabajaba por ambición desmedida; cada diseño, cada decisión empresarial era una afirmación de su renacimiento, un eco de su propósito. Él mismo era un producto de aquella bala perdida y de la frágil línea que divide la vida de la muerte.

En su travesía, Dávide encontró algo que pocos logran: un equilibrio entre el impulso de alcanzar el éxito y la paz que surge de no temer al fracaso. Para él, el negocio no era solo una carrera, sino una expresión de gratitud hacia la vida que, de algún modo incomprensible, le había dado una segunda oportunidad. Su fe en una conexión divina era un susurro constante, una sensación que lo impulsaba a creer que había sido preservado para algo más, que la vida no era un capricho vacío, sino un espacio donde él podía dejar una huella.

Y en cada paso de su carrera, en cada reunión y en cada creación, Dávide se recordaba a sí mismo su propósito, cultivando una atención plena al presente, como si en cada momento se jugara algo irremediable. Había encontrado su tesoro en aquella cueva oscura y dolorosa de su pasado, y ahora, como un auténtico emprendedor existencialista, le daba forma y sentido en un mundo que, en el fondo, aún le parecía absurdo.

# Bajo las Sombras de las Torres Dolomíticas I

El viernes 28 de octubre amaneció con un sol tibio que parecía acariciar con nostalgia las hojas caídas sobre las calles de Belluno. Dávide, sentado detrás de su escritorio de madera oscura, miraba sin ver los papeles apilados frente a él. La voz de Beatrice, su secretaria, lo sacó de sus pensamientos.

—Dávide, perdóname, pero cancelar la reunión con los clientes japoneses no será fácil. No estarán contentos, sabes lo importante que es cerrar este trato. —Su tono era firme, aunque mantenía una profesionalidad impecable.

Dávide, sin apartar la mirada del ventanal, respondió con calma, pero con una convicción inusual:

—Beatrice, Piero está preparado. Confié en él desde que lo contraté. Sé que puede manejarlo.

Beatrice frunció el ceño, pero insistió:

—No es que dude de Piero, pero los clientes esperan hablar contigo directamente. Este tipo de reuniones siempre tienen tu sello.

Dávide giró en su silla, con una serenidad que desarmaba cualquier argumento.

—Beatrice, este día es distinto. Hay algo que he postergado por demasiado tiempo, un asunto que nunca resolví. Hoy debo hacerlo. Confía en mí, por favor.

Beatrice lo miró fijamente, tratando de descifrarlo. Finalmente, asintió, aunque su inquietud era evidente.

—Está bien, Dávide, haré las cancelaciones. Pero promete que, si algo se complica, responderás el teléfono.

Dávide sonrió, tomando las llaves de su Porsche Cayman.

—Prometido, aunque no será necesario. Gracias, Beatrice.

El rugido del motor resonaba mientras Dávide recorría la autopista A27 hacia Padua, con el volante firme entre sus manos, pero su mente divagando entre paisajes y recuerdos. El camino serpenteaba a través de las colinas del Véneto, donde el otoño pintaba los viñedos y los árboles con tonos de oro, cobre y rojo sangre. El viaje, aunque breve en distancia, era interminable en emociones. Cada kilómetro lo acercaba más a Arcella, al barrio donde los ecos de su pasado aún vibraban.

Cuando Dávide dejó atrás la autopista y tomó la Via Venezia hacia Padua, el aire de la ciudad lo recibió con una mezcla de melancolía y ansiedad. Las calles angostas y los edificios de tonos apagados parecían custodiar los secretos de su juventud. Giró en la Via Tiziano Aspetti y luego hacia Arcella, donde las casas sencillas y los jardines modestos le daban la bienvenida a un barrio que parecía no haber cambiado en una década.

El Porsche se detuvo frente a la casa de Pía, y el ronquido del motor se hizo eco en la tranquila calle. Milena, la ayudante de Nicoletta, se asomó por la ventana, y en pocos segundos, la noticia recorrió la casa.

—Es Dávide —anunció con un tono entre curioso y

alarmado.

Nicoletta, que ya estaba ocupada en la cocina, escuchó el comentario mientras Pía, desde las escaleras, gritaba:

—¡Un momento! No le abras la puerta, mamá. Explícame qué está pasando con Dávide. ¿Por qué ahora frecuenta esta casa? Sabes el daño que me hizo ese hombre, ¡y ahora ustedes son mejores amigos!

Nicoletta salió de la cocina, secándose las manos en el delantal, con una expresión de calma calculada.

—Pía, por favor, escúchalo. Después juntas decidiremos qué hacer. Tu padre te lo pidió, ¿recuerdas sus palabras?

Pía, aún molesta, bajó lentamente las escaleras, pero su expresión cambió a una mezcla de desconcierto y resignación.

—Lo recuerdo, mamá. Pero esto no significa que deba aceptar todo.

Mientras tanto, el timbre resonó en la casa, rompiendo el breve silencio. Pía se quedó inmóvil unos segundos, mirando hacia la puerta de la cocina. Finalmente, con pasos lentos y desganados, se dirigió a la entrada. Quería hacerlo esperar, como un pequeño castigo por todo lo que él había causado.

Cuando Pía abrió la puerta, Dávide estaba allí, sosteniendo un ramo de rosas rojas y blancas.

—Buenos días, Pía —dijo con una voz suave, casi tímida, mientras extendía las flores hacia ella.

Pía lo miró con una mezcla de desdén y curiosidad, y sin responder, señaló con un movimiento de brazo hacia la sala. Dávide avanzó mientras Nicoletta aparecía desde la cocina, secándose las manos.

—Gracias, Nicoletta —dijo Dávide, entregándole el ramo con una sonrisa que parecía buscar su aprobación.

Nicoletta lo miró con una calidez que contrastaba con la tensión en el aire.

—Son hermosas, Dávide. Gracias.

Milena, desde la cocina, asomó la cabeza con disimulo, observando la escena con una mezcla de interés y cautela.

Dávide se volvió hacia Pía, quien permanecía de pie, con los brazos cruzados.

—Pía, te lo pido con toda la humildad del mundo. Regálame este día. Déjame explicarte algo que debí decirte hace muchos años. Cuando termine de hablar, te traeré de vuelta a casa o al lugar que desees.

Pía, con una expresión entre indiferente y desafiante, respondió:

—Solo lo haré por la memoria de mi padre. Pero que quede claro: no lo hago por ti.

Dávide asintió, juntando las palmas en un gesto de gratitud.

—Gracias, Pía.

Pía suspiró con cansancio, mirando a Nicoletta antes de hablar de nuevo.

—Debo arreglarme. Apenas me he levantado.

Mientras subía las escaleras con desgano, lanzó una última pregunta desde el pasillo.

—¿A dónde vamos?

—Hacia el norte —respondió Dávide—, a donde nos lleve el día. Pía se detuvo un momento, mirándolo desde el rellano.

—Típico de ti. Aún no has cambiado.

Nicoletta intervino suavemente:

—Pía, dale una oportunidad.

Pía vestía una delicada bata de seda que parecía fluir como agua sobre su figura. Los colores pastel secos, una mezcla de tonos lavanda, beige y un tenue verde menta, le conferían un aire de sutil elegancia y tranquilidad, aunque su rostro reflejaba emociones encontradas. La bata, con mangas largas y un cinturón que acentuaba su silueta, combinaba armoniosamente con el pantalón de pijama y una blusa ligera en tonos neutros.

Habían pasado diez años, pero Pía parecía haber desafiado al tiempo. Su cabello, fino y liso, de un castaño oscuro con reflejos dorados que capturaban la luz de la mañana, caía en suaves cascadas sobre sus hombros. Sus ojos marrones, intensos y profundos, llevaban ese día el eco de una furia contenida, una chispa que contrastaba con su apariencia serena. La forma de su nariz, perfectamente delineada, pero con una pequeña hendidura que la hacía única, y sus labios rojos finos resaltaban la singularidad de su belleza.

Sus manos y pies, siempre impecablemente cuidados, hablaban de una atención al detalle que definía su personalidad. Sus uñas, pulidas y de un tono natural, completaban la imagen de una mujer y las emociones que la embargaban, seguía irradiando una elegancia innata y una fuerza inquebrantable.

Pía no respondió, pero continuó subiendo las escaleras mientras Dávide, en la sala, tomaba un espresso que Milena había preparado. Se sentó junto a la ventana, mirando las hojas que caían lentamente al otro lado del cristal, mientras el aroma del café y los recuerdos del pasado llenaban el aire.

Este día no era como cualquier otro. Era un encuentro con el tiempo perdido, con las palabras no dichas, con las culpas y los anhelos que aún pesaban en su alma.

Pía bajó las escaleras con paso firme, pero lento, como si cada escalón marcara un momento entre el pasado y el presente. Dávide, sentado en la sala, no podía apartar la mirada. La luz tenue de la mañana resaltaba su figura, vestida con un atuendo sencillo, pero perfectamente acorde al otoño: un suéter de punto fino en un tono crema, que caía con elegancia sobre sus caderas, acompañado por unos pantalones ajustados en un cálido tono caramelo. Botines marrones con un ligero tacón complementaban el conjunto, mientras un abrigo ligero en tono avellana descansaba sobre su brazo. Era una imagen que combinaba sobriedad y belleza natural, enfatizando su resistencia al tiempo y a las modas. Enemiga del maquillaje, Pía apenas se había delineado los ojos, y un labial en un tono natural daba un toque de color a su rostro, que reflejaba emociones contenidas. Para Dávide, verla así era como observar un cuadro en movimiento, una obra de arte que resistía el paso del tiempo.

# Sombras de Celos Bajo las Cumbres Dolomíticas I

Giacomo, envuelto en la penumbra de la madrugada, aguardaba en su desvencijado FIAT 500 rojo, oculto entre sombras y dudas. La escarcha de la noche había tejido un velo en los cristales, mientras su aliento, cálido y efímero, intentaba insuflar vida a sus manos entumecidas. Desde su escondite, sus ojos, dos abismos de anhelo y celos, se clavaban en la morada de Lucien y Nicoletta, esperando que el destino le brindara un instante para acercarse a Pía, sin atreverse a forjarlo por sí mismo.

De repente, un Porsche blanco, cual relámpago en la noche, surcó el camino y se detuvo frente a la casa de Pía. Giacomo reconoció al instante a Dávide, y una tormenta de ira y desasosiego se desató en su interior. La ansiedad lo consumía; cada intento de hallar una excusa para acercarse a Pía se desvanecía como humo en el viento. El temor de que Dávide le arrebatara lo que consideraba suyo lo empujó a salir del vehículo. Su aspecto era el de un náufrago del tiempo: barba descuidada, cabellos grasientos y un aliento que delataba noches de insomnio. Cerró la puerta y, con paso vacilante, se encaminó hacia la casa de Pía. Pero el rugido del motor del Porsche Cayman, potente y desafiante, lo detuvo en seco. El sonido, como un rugido de bestia herida, resonó en su pecho, recordándole su propia insignificancia. Giacomo, sintiéndose derrotado, dio media vuelta y regresó a su coche, consciente de la distancia insalvable que lo separaba de Pía.

Giacomo, con el alma en vilo y el corazón encendido por los celos, decidió seguir a la pareja. se deslizó entre las sombras de Padua, una ciudad donde los susurros del pasado se entrelazan con el murmullo de los canales. Las calles, vestidas con el manto del amanecer, reflejaban en sus adoquines la inquietud de un hombre consumido por los celos. A lo lejos, la Basílica de San Antonio se erguía majestuosa, sus cúpulas recortándose contra el cielo estrellado, mientras las estatuas de Prato della Valle parecían observar, impasibles, el tormento de Giacomo. La bruma que ascendía de los ríos envolvía la ciudad en un abrazo frío, intensificando la soledad que calaba en su alma. El camino desde Padua se extendía ante él como una serpiente de asfalto, flanqueada por campos verdes y dorados que se mecían bajo la caricia del viento. A medida que avanzaba, los paisajes de Padua se desplegaban en su memoria: las amplias extensiones de campos interrumpidas por campanarios y villas antiguas, los ríos y canales que atravesaban la región, y las colinas suaves que abrazaban la ciudad.

Al salir de Padua, la autovía se extendía como una serpiente de asfalto entre campos silenciosos y colinas que susurraban historias antiguas. Giacomo en una persecución ciega, mientras su Fiat 500 rojo, descuidado y fatigado, avanzaba con esfuerzo. Cada kilómetro recorrido era una punzada de incertidumbre, con el indicador de combustible descendiendo y la angustia ascendiendo en su pecho.

# Bajo las Sombras de las Torres Dolomíticas II

En el auto, el silencio se apoderó de los primeros minutos del viaje. Dávide maniobraba con calma, dirigiéndose al norte. El ronroneo del motor y el crujir de las hojas secas bajo las ruedas eran los únicos sonidos que los acompañaban. Pía, sin embargo, rompió el silencio de manera abrupta.

—Quiero que sepas algo antes de que sigamos con esta locura —dijo ella, cruzando los brazos y fijando la mirada en el horizonte—. Estoy bien, Dávide. He estado bien todos estos años. Y no voy a permitir que vengas ahora a revolver mi vida.

Dávide, sin apartar la vista de la carretera, asintió con una calma que solo parecía irritarla más.

—Pía… —comenzó, pero ella lo interrumpió, su tono lleno de una mezcla de determinación y dolor.

—No. Déjame hablar. Estoy bien. De verdad lo estoy. Es más, acabo de conocer a alguien. Estoy entusiasmada con él. No necesito que vengas a frenar mi vida o a ponerme en esta montaña rusa otra vez.

Mientras pronunciaba esas palabras, Pía se dio cuenta de algo. Había olvidado por completo a Tomasso. Por un instante, su mente vagó hacia esa relación, hacia lo que realmente sentía por él. Pero la imagen de Dávide, a su lado, conduciendo hacia las montañas, volvió a dominar su pensamiento.

—Sigue —dijo Dávide suavemente, sin apartar la vista del camino.

—¿Sigue? ¿Eso es todo lo que tienes que decir? —explotó Pía, girando hacia él. Su voz se quebró al continuar, luchando por mantener la compostura—. ¿Sabes por cuánto tiempo te esperé? ¿Cuántas veces soñé que aparecieras en mi cuarto, en mi puerta, en el aula, en el café, en el comedor de la universidad? Por años, Dávide, años, seguí con la mirada a hombres que tenían tu contextura, que caminaban como tú, esperando… esperando que fueras tú. Y siempre terminaba con el mismo vacío.

Dávide apretó los labios, sus manos firmes en el volante y la palanca de cambio. Su semblante sereno escondía el torbellino de emociones que Pía estaba desatando.

—¿Y sabes qué era lo peor? —continuó ella, su voz al borde de quebrarse—. Que no sabía qué había hecho. ¿Qué hice, Dávide? ¿Qué coño hice para que me dejaras así, como si no fuera nada? Dime, ¿qué me podrías decir hoy para borrar todos estos años de dolor? Porque… porque lo que me hiciste no se olvida. No se perdona tan fácilmente.

Pía giró su rostro hacia la ventana, apretando los labios para contener las lágrimas. Dávide, por su parte, seguía conduciendo en silencio, dejando que ella ventilara todo lo que llevaba dentro. Sabía que interrumpirla sería un error. Sabía que tenía que escuchar, absorber cada palabra antes de decir algo.

—Pía —dijo finalmente, su voz calmada y profunda—. ¿Recuerdas la última vez que nos vimos?

Ella giró bruscamente hacia él, sus ojos marrones llenos de ira y tristeza.

—¡Claro que lo recuerdo! —exclamó, con una risa amarga—. Esa es la maldición contigo, Dávide. Que, aunque quisiera, nunca pude olvidarlo. ¿Sabes lo que es vivir con ese recuerdo todos los días, con esa maldita imagen de ti diciéndome adiós sin siquiera explicarme por qué? Porque si te hubieras muerto no me hubiera dolido tanto.

Dávide apretó un poco más el volante, su mirada fija en la carretera mientras su voz bajaba a un tono casi susurrante.

—Pía, no te dije todo en ese momento. No porque no quisiera, sino porque no podía. Ese día… tu padre me pidió que hablara con él. Me pidió que me encontrara con él, a solas.

El aire en el auto pareció detenerse. Pía frunció el ceño, confundida.

—¿Mi padre? —preguntó, su tono lleno de incredulidad—. ¿Qué tiene que ver él con todo esto?

Dávide tragó saliva, su mirada reflejando la mezcla de culpa y resolución que sentía al confesar algo que había guardado por tanto tiempo.

—Pía, él me pidió algo que en ese momento no entendí del todo, pero que acepté porque lo respetaba. Me pidió que me alejara de ti. Me dijo que tú tenías un futuro brillante, un propósito que no debía ser interrumpido. Y yo… yo lo creí. Creí que al alejarme te estaba liberando, dándote la oportunidad de ser todo lo que podías ser.

Pía lo miró, su rostro una mezcla de incredulidad y rabia.

—¿Y nunca pensaste en hablar conmigo? ¿En preguntarme si yo quería que te fueras?

¿En darle a mi opinión un mínimo de importancia?

Dávide asintió lentamente, sus labios temblando levemente mientras pronunciaba su siguiente confesión.

—Lo pensé, Pía. Pero también pensé que, si te miraba a los ojos, si escuchaba tu voz, nunca sería capaz de irme. Y sabía que me necesitabas lejos para ser libre, aunque eso significara perderte para siempre.

El silencio volvió a reinar en el auto. Pía, mirando las montañas que comenzaban a aparecer en el horizonte, sintió que su corazón se dividía entre la furia y una comprensión dolorosa. El hombre que había amado la había dejado porque pensó que era lo mejor para ella. Pero ¿quién le dio a Dávide el derecho de decidir eso por ella?

—Lo que me hiciste fue cruel, Dávide —dijo finalmente, su voz temblorosa—. Pero si crees que este viaje va a arreglar todo, estás equivocado.

Dávide respiró hondo, reuniendo el valor para hacer algo que había postergado por años. Con una mano firme en el volante, estiró su brazo derecho hacia el asiento trasero, donde había colocado una carpeta gruesa, llena de papeles amarillentos por el tiempo. Su gesto era medido, pero a los ojos de Pía, parecía otra cosa. Ella, aún sumida en su mezcla de furia y nostalgia, lo miró de reojo, sintiendo un torrente de emociones que no lograba contener.

—No se te ocurra tocarme, Dávide —dijo en voz firme, casi como una advertencia, mientras su postura se tensaba.

Dávide detuvo su movimiento, giró su rostro hacia ella con calma y, con una voz serena, pero cargada de emoción, respondió:

—No voy a tocarte, Pía. Jamás haría algo que tú no quisieras. Solo quiero darte algo… algo que he guardado por mucho tiempo.

Con cuidado, tomó la carpeta y la colocó sobre el tablero entre ellos. Era gruesa, con hojas que sobresalían desordenadas y cubiertas por una ligera capa de polvo, como si hubieran estado olvidadas en un rincón oscuro de su vida. Pía la miró con desconfianza, pero también con una curiosidad inevitable.

—¿Qué es esto? —preguntó, aunque su tono denotaba más irritación que interés real.

Dávide, con las manos nuevamente en el volante, mantuvo los ojos en la carretera mientras hablaba.

—Son cartas, Pía. Más de cien. Las escribí para ti en los últimos diez años. Nunca las envié, porque no sabía si tenía el derecho de hacerlo… no sabía si tenías que leerlas. Pero ahora… creo que debes tenerlas.

El silencio se apoderó del auto. Pía tomó la carpeta con manos temblorosas, su corazón latiendo con fuerza. La abrió y vio las fechas en las esquinas superiores de las hojas, cada una marcando un momento diferente en la ausencia de Dávide. Su caligrafía era elegante, casi artística, y en la primera carta encontró algo que la dejó sin aliento: el inicio de un monólogo que le resultaba familiar.

—¿Qué es esto? —repitió, pero esta vez su tono era más suave, casi un susurro.

Dávide tragó saliva antes de responder.

—Es lo que me dijo tu padre aquel día, en el bar. Esas palabras nunca dejaron de perseguirme, Pía. Pensé que quizás, si las escribía, podría encontrar algo de paz. Pero nunca lo logré.

Pía comenzó a leer en voz alta, su tono tembloroso al principio, pero luego firme, como si quisiera exorcizar los fantasmas que Dávide había traído consigo.

—"En el absurdo de nuestras relaciones, lo que más las daña no es lo que el otro hace, sino la quimera de lo que esperamos que haga. Construimos un amor idealizado, exigiendo que el otro sea, tenga, me dé... y al hacerlo, lo recortamos, lo fragmentamos, lo convertimos en una proyección de nuestras propias expectativas. Nos negamos a verlo en su totalidad, en su individualidad contradictoria y hermosa."

Pía hizo una pausa, cerrando los ojos por un instante.

—¿Por qué me estás mostrando esto ahora, Dávide? —preguntó, con una mezcla de rabia y tristeza en su voz—. ¿Crees que repetir las palabras de mi padre va a justificar lo que hiciste?

Dávide suspiró profundamente, sus ojos fijos en la carretera mientras respondía.

—No, Pía. No intento justificarme. Pero quiero que entiendas lo que estaba pasando por mi cabeza en ese momento. Tu padre me dijo esas palabras, y yo… yo las tomé como un mandato. Como una verdad absoluta. No me di cuenta de que estaba huyendo, no solo de ti, sino también de mí mismo.

Pía cerró la carpeta de golpe, con un gesto que denotaba frustración.

—Diez años, Dávide. Diez años y más de cien cartas,

y tú nunca tuviste el valor de decirme nada. ¿Sabes lo que significa eso para mí? Significa que fui invisible para ti. Que no te importé lo suficiente como para enfrentarme.

Dávide asintió lentamente, sin intentar defenderse.

—Tienes razón, Pía. Fui un cobarde. Pero cada una de esas cartas fue un intento de reconciliarme con lo que hice, de entender por qué tomé esa decisión. Y ahora… ahora quiero que las tengas, porque son parte de nuestra historia, aunque esté llena de errores.

El auto continuó su marcha hacia el norte, mientras el paisaje otoñal se extendía a su alrededor, enmarcando la tensión y la nostalgia que llenaban el espacio entre ellos.

Pía, con la carpeta en su regazo, miraba por la ventana, intentando procesar lo que acababa de escuchar. Sabía que estas cartas contenían respuestas que había buscado durante años, pero también sabía que leerlas significaría abrir heridas que nunca habían terminado de sanar.

—No sé si podré perdonarte, Dávide —dijo finalmente, en un tono apenas audible. Dávide, con un nudo en la garganta, respondió sin mirarla:

—No espero que lo hagas, Pía. Solo espero que algún día entiendas que todo lo que hice, incluso lo que hice mal, fue porque te amaba de la única manera que sabía.

El silencio volvió a llenarlo todo, mientras el auto se adentraba en el corazón de las Dolomitas, con la carpeta de cartas como un puente frágil entre el pasado y el presente.

El mediodía en Agordo traía consigo un aire fresco que contrastaba con la calidez del sol otoñal. Las hojas caídas adornaban las calles empedradas, y el pequeño pueblo parecía una postal de ensueño. Dávide estacionó el Porsche con cuidado y, sin decir mucho, ayudó a Pía a salir del auto. Ella llevaba consigo la carpeta de cartas, sosteniéndola contra su pecho como si fuera un escudo.

# Sombras de Celos Bajo las Cumbres Dolomíticas II

Al llegar a Agordo, con el tanque casi vacío y el alma exhausta, Giacomo observó desde la distancia cómo Pía y Dávide entraban en un restaurante, el ambiente cálido del interior contrastando con el frío de un día soleado de otoño que lo envolvía. Notó que Pía llevaba una carpeta que parecía contener documentos, lo que avivó aún más sus sospechas y temores. Desde su posición, Giacomo contemplaba la escena, sintiéndose atrapado entre la impotencia y el deseo, se adentraba en un mundo del que Giacomo se sentía irremediablemente excluido.

Giacomo, envuelto en su gabardina desaliñada y con la boina calada hasta las cejas, se ocultaba entre las sombras que proyectaban los árboles desnudos del otoño. Las hojas secas crujían bajo sus pies, creando una sinfonía melancólica que acompañaba su desasosiego. Desde su escondite, observaba a Pía y Dávide a través del ventanal del restaurante, donde la luz cálida contrastaba con el frío que calaba sus huesos. La figura de Pía, iluminada por la luz natural del sol y las lámparas interiores, parecía un faro inalcanzable en la penumbra de su existencia.

El viento susurraba entre las ramas, trayendo consigo ecos de risas y conversaciones apagadas. Giacomo, con el rostro parcialmente oculto tras el cuello levantado de su abrigo, sentía las miradas curiosas de los transeúntes que pasaban, ajenos a la tormenta que rugía en su interior. Cada gesto de Pía, cada mirada dirigida a Dávide, era una daga que se clavaba en su corazón, alimentando los celos que lo consumían. La carpeta que Pía sostenía con delicadeza se convertía en un símbolo de secretos compartidos, de una intimidad de la que él estaba excluido.

En su mente, las imágenes se sucedían como escenas de una tragedia inevitable: Pía alejándose cada vez más, Dávide ocupando el lugar que él anhelaba. La desesperación lo envolvía, y el frío exterior se mezclaba con el hielo que sentía en el alma. Giacomo permanecía allí, inmóvil, atrapado entre la realidad y sus fantasmas, mientras el mundo continuaba su marcha indiferente a su dolor.

# Bajo las Sombras de las Torres Dolomíticas III

El restaurante al que Dávide los llevó era un lugar que encapsulaba la esencia del norte de Italia. Ubicado en una construcción antigua de piedra con contraventanas de madera oscura, se alzaba con una elegancia discreta que invitaba a entrar. La fachada estaba adornada con macetas llenas de flores otoñales: crisantemos de colores cálidos y hojas rojizas que caían con gracia. La entrada, marcada por una puerta de madera tallada a mano, daba paso a un interior acogedor, iluminado por la luz cálida de lámparas colgantes.

El aroma dentro del restaurante era una mezcla embriagadora de hierbas frescas, carnes asadas y pan recién horneado. El ambiente estaba cargado del bullicio de turistas y locales, el tintineo de copas y platos, y el suave murmullo de conversaciones. Las paredes estaban decoradas con fotografías antiguas del pueblo, utensilios de cocina de cobre y pequeños estantes con botellas de vino cuidadosamente alineadas. Las mesas, cubiertas con manteles blancos impecables, estaban adornadas con pequeños floreros que contenían flores silvestres.

Umberto, el chef y propietario, era un hombre corpulento, con un rostro que irradiaba amabilidad y ojos chispeantes que hablaban de su pasión por la cocina. Vestía un delantal que había visto mejores días, pero su sonrisa era suficiente para dar la bienvenida a cualquiera que cruzara la puerta. Al ver a Dávide entrar con Pía, su rostro se iluminó. Se acercó con entusiasmo, pero Dávide, con un gesto sutil detrás de Pía, le indicó que moderara su efusividad. Umberto, un hombre intuitivo por naturaleza y habituado a leer a sus clientes, captó la señal al instante.

—Dávide! —dijo con un tono alegre, pero controlado—. ¡Qué sorpresa verte por aquí!

—Umberto, viejo amigo, necesito un favor. —Dávide bajó la voz, manteniendo un tono cordial mientras su mirada se posaba en Pía, quien inspeccionaba el lugar con cierto desdén disimulado—. ¿Podrías darnos una mesa para dos… algo apartado del ruido, si es posible?

Umberto asintió, comprendiendo al instante la naturaleza delicada de la situación.

—Claro que sí, amigo. Síganme, tengo el lugar perfecto para ustedes.

Los guió a través del restaurante, pasando por el bullicioso salón principal, hasta un rincón semi-privado. Allí, el ambiente cambiaba. Las luces eran más suaves, las conversaciones más distantes. La mesa, situada cerca de una ventana que daba a un pequeño jardín interno, estaba preparada con esmero. El mantel blanco brillaba bajo la luz cálida de una lámpara, y el pequeño florero contenía ramas de olivo y lavanda, evocando una sencillez encantadora.

Pía tomó asiento, colocando la carpeta de cartas sobre la mesa, mientras observaba los detalles del lugar con una mezcla de curiosidad y desconfianza. Umberto, siempre atento, les ofreció un menú, pero Dávide lo interrumpió con una sonrisa.

—Confío en ti, Umberto. Sorpréndenos con algo especial. Y, por favor, un vino tinto, algo suave para acompañar.

Umberto inclinó la cabeza, satisfecho de recibir la confianza de Dávide, y se retiró, dejándolos en la privacidad del rincón. Pía, todavía con los lentes oscuros puestos, se cruzó de brazos, observando a Dávide con expresión neutral.

—¿Siempre haces todo tan teatral? —preguntó con un toque de sarcasmo en su voz.

—Solo cuando la ocasión lo merece, —respondió Dávide, esbozando una sonrisa tranquila mientras servía agua en ambos vasos.

—¿Y qué ocasión es esta? ¿La de un hombre intentando redimirse después de diez años de silencio? —Su tono era agudo, pero su voz temblaba ligeramente, delatando la carga emocional que llevaba.

Dávide, con paciencia, sostuvo su mirada.

—Quizá sea eso. O tal vez sea un hombre que, después de diez años, finalmente tiene el valor de enfrentar sus errores. No espero que me perdones, Pía. Solo quiero que me escuches.

Pía se recostó en su silla, dejando escapar un suspiro. El aroma de la comida que comenzaba a prepararse en la cocina llenaba el aire, un recordatorio de la belleza simple que aún podía encontrarse incluso en los momentos más tensos.

—Hablas como si todo fuera tan sencillo, Dávide. Como si estas cartas pudieran borrar lo que hiciste. —Colocó la carpeta frente a él, sus dedos tamborileando sobre la cubierta con un ritmo que reflejaba su inquietud.

Antes de que Dávide pudiera responder, Umberto regresó con dos copas de vino y un plato de antipasto para comenzar: una selección de quesos locales, jamones curados y bruschettas con aceite de oliva. Los dejó sobre la mesa con una sonrisa discreta.

—Disfruten, amigos. Estoy seguro de que esto será exactamente lo que necesitan.

Mientras Umberto se retiraba, Pía tomó una copa de vino y la sostuvo en alto, mirando a Dávide con una mezcla de desafío y melancolía.

—Por los recuerdos, Dávide, y por las respuestas que espero escuchar hoy.

Dávide levantó su copa también, sabiendo que ese brindis era solo el comienzo de una conversación que marcaría el resto de sus vidas.

Pía abrió la carpeta con manos temblorosas, y las primeras líneas de las cartas de Dávide comenzaron a invadir su mente como un río desbordado. Su mirada recorría las palabras con cautela, como si temiera que al leerlas algo irreparable se desatara en su interior. Pero pronto, la fuerza de las emociones la superó, y lágrimas comenzaron a rodar silenciosamente por sus mejillas. No intentó detenerlas. Eran lágrimas contenidas durante años, lágrimas que llevaban el peso de la ausencia, el dolor y, quizás, la esperanza rota.

Sin decir palabra, Pía se removió los lentes, se inclinó hacia su bolso y sacó su diario. Era un objeto íntimo, con páginas gastadas por los años, donde ella volcaba las emociones que no podía expresar en voz alta. Al abrirlo, las palabras comenzaron a brotar con la fluidez de alguien que había encontrado un refugio en la escritura.

Mientras Dávide observaba en silencio, sin atreverse a interrumpir, Pía escribió:

## El Diario de Pía

***Viernes, 28 de octubre, 2022***

*"Nos han dicho que debemos elegir entre la mente, ese laberinto de ideas precisas, y el corazón, ese espejo que refleja las pasiones del alma. Nos han condenado a la dualidad, a la eterna bifurcación del camino. Pero yo te digo que la mente y el corazón son dos alas de un mismo pájaro, dos caras de un mismo dios. Son las dos mitades del laberinto que debemos recorrer para encontrarnos a nosotros mismos.*

*La mente, con su afán de ordenar el caos, nos ofrece un mapa del universo, una cartografía de la realidad. Pero ese mapa es solo una sombra de la verdad, una imagen fragmentada en el espejo de la razón. El corazón, con su sabiduría intuitiva, nos guía hacia el centro del laberinto, hacia la esencia misma del ser. Pero sin la mente, el corazón se pierde en los pasillos infinitos de la emoción, sin brújula ni destino.*

*La verdadera sabiduría reside en la unión de estos dos opuestos, en la reconciliación de la razón y la intuición. No se trata de silenciar al corazón para que la mente reine, ni de dejar que las emociones nos arrastren a la deriva. Se trata de integrar, de fundir, de crear una armonía donde la mente sea la biblioteca que nutre al corazón, y el corazón sea la clave que descifra los secretos de la mente.*

*En ese punto de encuentro, en esa fusión de opuestos, se encuentra la liberación. La libertad de ser, de crear, de amar sin las cadenas de la dualidad. Un camino que nos lleva, a través de los laberintos del ser, hacia la unidad perdida, hacia el centro del universo que reside en nuestro interior."*

Al terminar de escribir, Pía cerró el diario con un suspiro profundo y colocó las manos sobre él, como si quisiera sellar las emociones que acababa de volcar en las páginas.

Dávide permanecía inmóvil frente a ella, sintiendo el peso del momento, sabiendo que cualquier palabra que dijera podría romper el frágil equilibrio que los envolvía.

Finalmente, Pía levantó la vista y lo miró directamente, con una mezcla de vulnerabilidad y fortaleza en sus ojos.

—¿Sabes lo que duele, Dávide? —dijo, su voz quebrándose apenas—. Que después de todo este tiempo, de todas las veces que me pregunté qué habría hecho mal, resulta que no fui yo. Fuiste tú. Tú y tus miedos, tus decisiones egoístas disfrazadas de sacrificios. Y ahora vienes con tus cartas y tus palabras, esperando que eso repare algo que dejaste quebrado hace tanto tiempo.

Dávide asintió, bajando la mirada, como si cada palabra de Pía fuera un golpe merecido. Con un tono calmado, respondió:

—Tienes razón, Pía. No hay excusas para lo que hice. No escribí esas cartas para justificarme, sino para entenderme a mí mismo. Cada palabra en ellas es un intento desesperado por encontrar sentido en mi propia cobardía. Y aunque sé que no puedo deshacer el daño, al menos quería mostrarte que nunca dejaste de estar aquí —señaló su pecho, donde su corazón latía con fuerza—, en cada pensamiento, en cada decisión que tomé.

Pía sostuvo su mirada por un instante, tratando de discernir si había verdad en sus palabras o si eran solo un intento más de manipularla. Luego, desvió la mirada hacia la carpeta de cartas, como si quisiera encontrar las respuestas en ellas y no en él.

—No sé si quiero leerlas todas, Dávide —dijo con honestidad—. No sé si quiero revivir todo ese dolor.

—No tienes que hacerlo, Pía —respondió él con suavidad—. Solo quería que las tuvieras, que supieras que no me fui sin pensar en ti, sin extrañarte, sin arrepentirme.

El silencio que siguió fue largo y pesado, interrumpido únicamente por el suave ruido de los comensales en el restaurante y el susurro de las hojas de los árboles fuera de la ventana. Pía tomó su copa de vino y dio un sorbo, permitiéndose un breve respiro antes de hablar de nuevo.

—No sé si esto cambia algo, Dávide. Pero al menos sé que, por primera vez, estás aquí, mirándome a los ojos y enfrentando lo que dejaste atrás. Y eso, al menos, es un comienzo.

—Cuando miro hacia atrás, todo se reduce a un dilema que marcó cada decisión que tomé en esos años —dijo Dávide, con la voz pausada, como si cada palabra se desprendiera con cuidado de su interior—. Estaba atrapado entre mi necesidad de crecer y mi miedo a enfrentarme a mis propias inseguridades.

Pía lo observaba en silencio, su mirada fija en los gestos de Dávide mientras hablaba.

—Huir… —continuó, dejando la palabra suspendida en el aire por un instante—. Huir fue, para mí, una forma de escapar de las expectativas que Lucien y tú habían depositado en mí. Pero también… también fue una oportunidad, aunque forzada, para redefinir quién era, para entender qué quería para mi futuro.

—La única expectativa que yo tenía era que me siguieras amando. Pía interrumpió casi con un susurro.

Dávide hizo una pausa, sus manos apretadas sobre la mesa, como si buscara anclar sus pensamientos. Su mirada se desvió hacia la ventana del restaurante, donde las hojas otoñales danzaban al ritmo del viento.

—Ese viaje, que en un principio parecía un acto desesperado, se convirtió en algo más grande —dijo, volviendo a mirar a Pía—. Fue una metáfora de mi camino hacia la madurez. Me obligué a enfrentar desafíos que nunca imaginé. No solo los externos, como vivir en un país extranjero, sin apenas dominar el idioma, con una ciudad que parecía devorarme en su inmensidad, sino también los internos… —hizo una pausa, buscando las palabras—. Los que no podía escapar ni siquiera al cerrar los ojos.

Pía entrelazó sus manos sobre la mesa, pero no dijo nada. Dávide continuó, su voz más baja, más íntima.

—Era una lucha constante por aceptar quién era y, al mismo tiempo, empujarme a ser alguien más, alguien mejor, alguien digno de… —se interrumpió, sin atreverse a pronunciar su nombre directamente—. Digno de todo lo que soñaba construir.

—¿Y lo lograste? —preguntó Pía en un susurro, rompiendo el silencio que parecía haber llenado la sala.

Dávide soltó un leve suspiro, como si la pregunta le pesara en el alma.

—Me encontraba en un punto de inflexión, Pía. Cada día tenía que decidir si quedarme y enfrentarme a mí mismo o dejar que la nostalgia y el arrepentimiento me consumieran. Era una batalla que me desgastaba, una danza constante entre mi amor por ti, mi deseo de ser alguien mejor… —hizo una pausa, mirando sus manos, como si allí pudiera encontrar el coraje para continuar—. Y ese miedo al fracaso que siempre me acechaba.

Pía parpadeó, su expresión indescifrable. Dávide levantó la vista y continuó, esta vez con un matiz de vulnerabilidad que no había mostrado antes.

—Había noches… —su voz se quebró levemente—, noches en las que me preguntaba si había tomado la decisión correcta al marcharme, si al alejarme te protegía o simplemente me protegía a mí mismo. Me protegía de que te dieras cuenta de quién era realmente.

El silencio entre ambos se alargó, cargado de emociones contenidas. Finalmente, Dávide agregó, su tono más firme, pero no menos sincero:

—Pero, al mismo tiempo, hubo momentos de claridad, Pía. Breves, pero reales. Momentos en los que entendía que este camino, aunque doloroso, era necesario. Necesitaba encontrarme, enfrentar mis miedos… decidir si podía ser más que ese joven que huyó.

Dávide alzó la mirada y sus ojos encontraron los de Pía.

—Este es el momento que definió mi vida. Ese cruce de caminos donde tuve que decidir quién quería ser. Por eso estoy aquí. Para decirte que mi partida no fue falta de amor, Pía. Fue un acto desesperado de alguien que no sabía cómo enfrentar lo que era y lo que quería llegar a ser.

Umberto entró al salón semi-privado con la gracia y

la seguridad de alguien que conoce bien su oficio. En sus manos llevaba un plato exquisitamente presentado que colocó suavemente en el centro de la mesa.

—Un carpaccio de ternera, cortado tan fino como un suspiro —anunció, mientras el aroma fresco del plato comenzaba a invadir el espacio—. Está acompañado de una emulsión de limón y aceite de oliva, con rúcula fresca, lascas de Parmigiano Reggiano de 36 meses y una pizca de trufa negra rallada al momento.

El plato era un poema visual: las finas láminas de ternera se disponían como pétalos sobre el plato blanco, con la rúcula aportando su vibrante color verde y el parmesano destellando como pequeños destellos de oro. La trufa negra, recién rallada, emanaba su inconfundible aroma terroso, prometiendo un sabor profundo y envolvente.

Umberto, antes de retirarse, colocó un decantador sobre la mesa, lleno de un vino tinto que brillaba como un rubí bajo la luz tenue del salón.

—He seleccionado para ustedes un Barolo del 2016 —dijo, con una sonrisa de complicidad—. Ese año fue excepcional en el Piamonte, una de las mejores vendimias de la última década. Este vino tiene notas de cerezas maduras, tabaco y un toque de pétalos de rosa, con taninos redondos y un final largo y elegante. Lo dejé airear para que alcance todo su potencial.

El decantador era sencillo, pero elegante, y el vino que contenía parecía una joya líquida. Umberto vertió con precisión un poco en la copa de Dávide, quien, tras un breve gesto de aprobación, le permitió servirlo también a Pía. El aroma del vino complementaba perfectamente la sutileza del carpaccio, creando un equilibrio armonioso entre la intensidad de los ingredientes y la profundidad del tinto.

—Espero que disfruten de este maridaje —añadió Umberto, inclinando levemente la cabeza antes de salir del salón con la misma discreción con la que había llegado.

Pía, en silencio, tomó un sorbo de su copa. El Barolo, con su cuerpo robusto y su carácter elegante, parecía un reflejo del día que compartía con Dávide: intenso, cargado de emociones y con un final que aún no se podía predecir.

Pía volvió a enfocar su atención en las cartas, pero las palabras ya no parecían tener el mismo peso. Los ojos leían, pero su mente estaba atrapada en la conversación que acababa de empezar. El silencio se sentía como una tercera persona en la mesa, y el aroma del carpaccio y del Barolo llenaba el aire, mezclándose con los pensamientos densos que flotaban entre ellos. A lo lejos, Umberto los observaba discretamente desde la barra, sus movimientos más pausados de lo habitual. Nunca había visto a Dávide tan serio; siempre era el alma de cualquier conversación, pero hoy era una sombra de aquel joven risueño que conocía.

Pía dejó las cartas sobre la mesa y levantó la mirada. Sus ojos, aún húmedos, buscaron los de Dávide.

—¿Por qué mi papá quería que hablara contigo? —preguntó, su voz firme, pero cargada de incredulidad. Había algo en sus palabras que mezclaba enojo y tristeza.

Dávide tomó un sorbo de su copa de vino, como si el tiempo que tomaba al beber fuera suficiente para reunir las palabras adecuadas. Sus ojos miraron hacia la ventana, buscando en los colores cálidos del otoño un punto de apoyo para empezar.

—Me llamó hace unos meses —dijo finalmente, su voz grave, pero pausada—. Quería que saliéramos a cenar, solo los dos. Cuando llegué al lugar, no perdió tiempo. Fue al grano, como siempre hacía. Me dijo que tenía una enfermedad terminal.

Pía lo miró fijamente, sus labios apretados, conteniendo un aluvión de emociones. Dávide continuó:

—Se disculpó, Pía. Me dijo que nunca quiso que las cosas fueran como terminaron. Me confesó que jamás imaginó el daño que podía hacerme cuando me empujó a alejarme. Me habló de sus intenciones, de cómo solo quería que tuvieras un futuro brillante, una carrera próspera. Pero también me dijo que había sido un error. Que yo solo era un niño en aquel entonces, y que él nunca debió interferir en lo que sentíamos.

Pía dejó caer su espalda contra el respaldo de la silla, incapaz de procesar lo que escuchaba. Dávide bajó la mirada, jugueteando con el borde de su copa.

—Me lo dijo con claridad —continuó—. "Protegí a mi hija de algo que le terminó haciendo más daño del que imaginé". Me confesó que, al verte inmersa en tu carrera, sin esa alegría que irradiabas cuando estabas conmigo, entendió que había cometido un error. Pero ya era tarde, o eso creía él.

Pía exhaló lentamente, cruzando los brazos sobre su pecho.

—Ustedes, los hombres… —dijo, con una mezcla de rabia y desdén—. ¿Cómo es posible que papá no me haya dicho nada? ¿Que haya tomado una decisión tan importante sin siquiera consultarme? ¡Yo era la que estaba enamorada, Dávide! Yo era la que te buscaba en cada rincón, la que veía tus sombras en cada esquina. ¿Y él decidió por mí? —Su voz se quebró en las últimas palabras, pero rápidamente recuperó la compostura, endureciendo su expresión.

Dávide no respondió de inmediato. Sabía que este era el momento de Pía, no el suyo. Con calma, esperó a que ella continuara, aunque cada palabra le golpeaba como un martillo.

—Diez años, Dávide… —dijo Pía, su voz ahora más suave, casi un susurro—. Diez años de preguntas sin respuesta, de noches en vela, de imaginar qué había hecho mal.

¿Sabes cuántas veces soñé que volvías? Que aparecías de repente y me explicabas todo. Y ahora me dices que fue por mi padre… —Hizo una pausa, dejando que el peso de sus palabras llenara el espacio—. Estoy confundida con todo esto, Dávide. Diez años... —repitió, y esta vez, sus ojos se llenaron de lágrimas que ya no intentó detener.

Dávide se inclinó ligeramente hacia ella, dejando la copa a un lado.

—Lo sé, Pía —dijo con suavidad, su voz cargada de arrepentimiento—. Lo sé, y no hay palabras que puedan reparar lo que pasó. Pero estoy aquí ahora porque no quiero que pase un día más sin que tengas las respuestas que mereces. No quiero que sigas viviendo con esas preguntas. Ni contigo, ni conmigo.

Pía lo miró fijamente, como si tratara de decidir si esas palabras podían ser suficientes para empezar a curar las heridas. Pero el dolor de diez años no se borraba en un instante, y ambos lo sabían.

Pía dejó que sus dedos jugaran distraídamente con el borde de una de las cartas mientras su mirada permanecía fija en Dávide. Su rostro era una mezcla de incredulidad y resignación. Dávide, sentado al otro lado de la mesa, bebió un sorbo del Barolo, el cálido tono carmesí del vino reflejándose en la copa como un eco de las emociones que ambos compartían.

—¿Sabes? —comenzó Dávide, su voz más suave, como si temiera que el peso de sus palabras pudiera romper algo frágil en el aire—. Hay tres frases que me han acompañado todos estos años. No solo en mi mente, sino también en mi corazón, como un recordatorio constante de lo que perdí y lo que debía hacer. Fueron las últimas palabras que tu papá me dijo aquel verano, antes de que desapareciera de tu vida.

Pía lo miró, conteniendo el aliento. Era como si cada palabra de Dávide estuviera tirando de un hilo invisible, deshaciendo lentamente el nudo que había llevado en el pecho durante diez años.

—"Si verdaderamente quieres a Pía, Dávide" —dijo él, pausando brevemente, como si reviviera ese momento—, "aléjate de ella y déjala ser". —Su voz tembló levemente al repetir las palabras. Luego, tomó aire y continuó—. "Tú debes trabajar en tu futuro, Dávide". Fue lo siguiente que dijo, con ese tono más suave, casi paternal. Y finalmente... —hizo una pausa, buscando las palabras exactas—, "La adolescencia, esa época que perdona los errores y las malas decisiones, se está quedando atrás".

Dávide tomó aire antes de continuar, su voz ahora más pausada, como si cada palabra estuviera siendo cuidadosamente seleccionada.

—Pía, no quiero que malinterpretes lo que voy a decirte, pero creo que tu padre tenía razón en algo muy importante. —Dávide bajó la mirada, evitando los ojos inquisitivos de Pía mientras sus dedos jugaban nerviosamente con el borde de la copa de vino.

Luego, la miró directamente, con una sinceridad que atravesaba el aire pesado de la sala—. Con mi mentalidad de entonces, con esa visión cortoplacista de la vida que tenía en la secundaria, nunca habríamos llegado lejos como pareja.

Hizo una pausa, dejando que sus palabras flotaran en el aire antes de continuar.

—Vivía el día a día sin pensar en el futuro, en lo que significaba construir algo verdadero y duradero. Mi vida se resumía en despertarme, pasar el tiempo, y volver a la cama sin propósito, sin un plan claro. —Se inclinó un poco hacia adelante, sus ojos clavados en los de Pía, como si quisiera asegurarse de que entendiera la profundidad de su confesión—. ¿Cómo iba a ofrecerte estabilidad, cuando yo mismo estaba perdido? Hubiéramos fracasado, Pía. No porque no te amara, sino porque no tenía las herramientas ni la madurez para sostener algo tan valioso como lo que compartíamos.

Su voz bajó aún más, casi en un susurro, pero cargada de emoción.

—Tu padre lo vio, y aunque su forma de intervenir fue dolorosa y, quizá, injusta para ti, entiendo ahora que él tenía razón. Necesitaba encontrarme a mí mismo antes de poder ser alguien digno de ti. Pero el precio de ese aprendizaje… —hizo una pausa, su rostro reflejando el peso de los años que habían pasado—, fue perderte.

La sala quedó en silencio, salvo por el leve crepitar de las velas. Pía no pudo evitar notar la vulnerabilidad en su voz, algo que nunca había asociado con Dávide en los años que compartieron. Por un momento, el pasado y el presente parecieron colisionar en ese pequeño rincón de Agordo, donde las palabras finalmente encontraban su camino, aunque quizás llegaran demasiado tarde.

—Hace dos años, le pregunté a Armando por ti. Me contó que estabas en una relación seria con un profesor de la Universidad de Florencia. Cuando lo escuché, sentí un vacío. No porque no quisiera que fueras feliz, sino porque entendí que ya no había lugar para mí en tu vida. Pensé que había perdido mi oportunidad, que mi regreso sería egoísta e inoportuno. Tú merecías alguien que pudiera estar contigo como yo nunca lo hice, alguien que tuviera estabilidad y visión… cosas que yo tardé años en encontrar.

Pía lo observó en silencio, su mirada fija en él, aunque sus manos temblaban ligeramente mientras sostenía la carpeta con las cartas. El sonido de los pasos de Umberto acercándose con el plato principal rompió el momento. Depositó el plato con delicadeza sobre la mesa: un risotto de trufa negra y queso Parmigiano, cuya fragancia llenó el espacio con su calidez. Lo acompañó con una botella de Barolo más joven, pero igual de característico, sus notas de cereza madura y especias prometían un balance perfecto con el plato. Umberto, discreto, hizo un ligero ademán y dejó a la pareja sola, reconociendo que las palabras eran más importantes que cualquier delicia culinaria.

Pía, finalmente, rompió el silencio.

—¿Y ahora, Dávide? Después de diez años, ¿por qué decidiste aparecer?

Dávide esbozó una leve sonrisa cargada de melancolía, sus ojos reflejando el peso de una década de arrepentimiento.

—Porque no podía seguir viviendo con este peso, Pía. No podía avanzar sin explicarte, sin contarte la verdad. No sé si estoy aquí para pedirte algo o simplemente para liberarnos a ambos de este fantasma que nos persigue. Pero lo que sí sé… es que necesitaba verte, aunque solo fuera para decirte cuánto lo siento.

Pía no respondió de inmediato. En su lugar, tomó una de las cartas de la carpeta y comenzó a leerla. Las lágrimas rodaron silenciosas por su rostro mientras sus ojos recorrían las palabras que Dávide había escrito hace años, pero nunca tuvo el valor de enviar. Él la observaba en silencio, sabiendo que cada frase en esas páginas era un reflejo de su verdad y sus temores, un pedazo de su alma que nunca había compartido.

Tras unos minutos, Pía levantó la vista, su voz temblorosa, pero firme.

—Dávide… ¿por qué? ¿Por qué me dejaste? ¿Por qué no volviste? Dávide inclinó la cabeza, su voz ahora apenas un susurro.

—Hubo un tiempo, Pía, en el que pensé que desaparecer era lo mejor para ti. Pero lo que no sabes es lo que pasó después… cuando intenté redimirme de esa decisión.

Entré al servicio militar. No porque fuera mi sueño, sino porque creí que un régimen me ayudaría a enfrentar mis inseguridades, a construirme de nuevo. Pero todo cambió en un instante.

Pía frunció el ceño, la sorpresa cruzando su rostro.

—¿Qué quieres decir?

Dávide respiró hondo antes de continuar.

—Durante un entrenamiento en maniobras

avanzadas, hubo un incidente. Estábamos en ejercicios con fuego real. Mi equipo fue emboscado por error en un simulacro mal coordinado. Una bala atravesó mi abdomen, dañando órganos vitales. Me desangré antes de llegar al hospital militar, y eso me llevó a un coma que duró más de tres meses. El trauma provocó infecciones, y los médicos lucharon por estabilizarme. Mi hígado sufrió un daño grave, lo que complicó aún más la recuperación. En un momento, ni siquiera sabían si sobreviviría.

Pía lo miró, horrorizada, mientras él se llevaba una mano al abdomen, como si el recuerdo aún doliera.

—No solo salí del hospital después de meses de terapia intensiva y rehabilitación, Pía, también me dieron de baja en el servicio militar. Mi cuerpo ya no era apto para la vida en el ejército. En ese tiempo, mientras estaba postrado en una cama, pensé mucho en ti, en todo lo que había dejado atrás. Me prometí que, si salía de eso, haría las cosas bien… pero me tomó otros años tener el valor de regresar.

El silencio que siguió fue tan pesado como las palabras que Dávide acababa de pronunciar. Pía, con lágrimas en los ojos, apretó la carpeta con las cartas contra su pecho, como si intentara absorber todo lo que él había dicho. Finalmente, murmuró, su voz apenas un susurro:

—Diez años, Dávide… Diez años…

Y con esas palabras, el peso de la década que los separó cayó entre ellos, mientras el crepúsculo comenzaba a colorear el cielo sobre Agordo, convirtiendo la tarde en un lienzo de tonos cálidos y melancólicos.

Pía, sin responder, tomó una de las cartas de la carpeta y comenzó a leerla. Sus lágrimas rodaron silenciosas mientras Dávide la observaba, sabiendo que cada palabra en esas páginas era una parte de la verdad que nunca tuvo el valor de entregarle en su momento.

Umberto, con la discreción de quien sabe manejar los tiempos de una conversación íntima, retiró los platos vacíos de la cena. Los movimientos eran fluidos, casi imperceptibles, como si no quisiera interrumpir el peso de las palabras que colgaban en el aire entre Dávide y Pía. Regresó al poco tiempo con una bandeja cuidadosamente preparada, donde había dispuesto un surtido de quesos que variaban desde un cremoso Taleggio hasta un Parmigiano Reggiano con su característico toque de umami, acompañado de higos frescos, nueces caramelizadas y miel de acacia.

En una pequeña bandeja adicional, dejó dos copas del mismo Barolo que había servido antes, asegurándose de que cada detalle estuviera en armonía con la escena. Sobre la mesa, colocó también una botella de grappa artesanal, destilada en la región de Trentino, con dos pequeños vasos, que parecían esperar pacientemente a que el momento fuera propicio. Para culminar, presentó a Pía un pequeño menú improvisado con dos opciones de postres hechos en casa: un tiramisú cremoso y equilibrado, donde el amargor del café se fundía con la suavidad del mascarpone, y una panna cotta de vainilla de Madagascar, decorada con frutos rojos y una delicada reducción de frambuesa.

Pía levantó la mirada hacia Umberto, tocada por su atención al detalle. Su voz, aunque suave, no ocultaba la curiosidad que la invadía.

—Gracias, Umberto. Todo ha sido exquisito —dijo con una leve sonrisa, mientras sus dedos rozaban la copa de vino—. Me intriga, ¿de dónde conoces a Dávide? Y… —hizo una pausa breve, como si evaluara la importancia de su siguiente pregunta—, ¿cómo lo describirías?

Umberto, que hasta ese momento había mantenido una distancia respetuosa, esbozó una sonrisa cálida. Se colocó a una distancia prudente, con las manos cruzadas frente a él, como quien se prepara para contar algo sincero.

—Signorina, Dávide es uno de esos clientes que siempre dejan una impresión. Es alguien muy querido aquí en el restaurante. Un caballero en todo el sentido de la palabra, amigable, empático y servicial. A menudo viene con sus empleados, y puedo decirle que lo estiman profundamente. Siempre tiene una palabra amable, un gesto generoso, algo que lo distingue. —Umberto hizo una pausa, buscando las palabras justas—. Pero debo ser honesto, solo lo conozco como cliente. Aunque, viendo a tanta gente pasar por este lugar, uno termina desarrollando un don para leer las caras y los gestos. Y le aseguro, signorina, que Dávide es una bella persona. Uno de esos hombres que parece cargar más de lo que dice.

—En otras palabras, Dávide es de esas personas agua; como lo diría mi madre, son transparentes y fluyen por donde quiera que pasen, dejando un aprendizaje o esas ganas de vivir y explorar.

Pía lo escuchaba con atención, asintiendo de vez en cuando. No quiso agregar nada más. Solo le dedicó una sonrisa agradecida y tomó un trozo de Parmigiano Reggiano con un poco de miel, mientras Umberto se retiraba con la gracia de quien entiende cuándo es momento de dejar a las personas solas con sus pensamientos.

La noche comenzaba a caer, y el salón privado se llenó de sombras suaves que se mezclaban con la cálida luz de las velas. Pía tomó la carpeta con las cartas y comenzó a leerlas, una por una, mientras Dávide, con una calma forzada, se dedicaba a los quesos y al vino. Cada palabra escrita parecía viajar en el tiempo, como un eco del pasado que volvía para llenar los vacíos de los años perdidos. Pía, aunque intentaba mantener la compostura, no pudo evitar que algunas lágrimas rodaran por sus mejillas.

—Son hermosas, Dávide —dijo finalmente, rompiendo el silencio que solo había sido interrumpido por el tintineo ocasional de las copas—. Pero me pregunto, ¿por qué nunca me las enviaste?

Dávide, que había estado girando lentamente el vaso de grappa entre sus manos, la miró con una mezcla de melancolía y arrepentimiento.

—Porque no creí que fueran suficientes —respondió, con una sinceridad que parecía dolerle.

Pía no dijo nada más. Volvió a sumergirse en las cartas, acompañando cada línea con pequeños sorbos de vino, mientras la grappa permanecía intacta en su vaso, esperando el momento en que ambos se sintieran listos para enfrentar los fantasmas que seguían rondando entre ellos.

La noche avanzaba lenta, envolviéndolos en una intimidad que ni siquiera el tiempo o la distancia habían logrado romper. Afuera, las montañas de Agordo se cubrían de estrellas, como si quisieran ser testigos de lo que, en aquel pequeño rincón del restaurante, comenzaba a escribirse entre dos almas que nunca dejaron de buscarse.

—Umberto, ven un momento, por favor —llamó Pía, levantando ligeramente la mano. Su voz, aunque suave, llevaba un matiz de decisión.

Umberto, que estaba ajustando unos vasos en una mesa cercana, se acercó con esa sonrisa que parecía su marca registrada.

—Dígame, signorina, ¿en qué puedo ayudarla? —preguntó con un tono cordial.

—He comido tanto y bebido tanto que no estoy segura si podré caminar después de esto, así que prefiero seguir comiendo. ¿Podrías traerme una panna cotta y un tiramisú? —dijo Pía, regalándole una sonrisa que, aunque breve, iluminó su rostro por un instante.

Umberto soltó una risa ligera, asintiendo con complicidad.

—Excelente elección, signorina. Los mejores postres para terminar una velada como esta. Se los traeré enseguida.

Mientras Umberto se retiraba hacia la cocina, Dávide lo detuvo un momento.

—Umberto, ¿podrías hablar con Hildegarde y pedirle que me reserve una habitación doble? —dijo Dávide en un tono bajo, casi confidencial. Luego, con una sonrisa ligera, pero cansada, agregó—: Y te voy a pedir que me lleves porque, honestamente, no estoy en condiciones de manejar. Cuando estemos listos para partir, te aviso.

—Claro, Dávide, no hay problema. Hablaré con Hildegarde de inmediato. Tú avísame cuando estén listos. —Umberto le dio una palmada en el hombro y se fue con la misma ligereza con la que había llegado.

Cuando quedaron solos nuevamente, Pía miró a Dávide con una mezcla de cansancio y franqueza.

—No te hagas ilusiones conmigo esta noche, Dávide —dijo en un tono firme, pero sin rastro de dureza—. Aparte, no estoy en condiciones de tomar ninguna decisión ahora mismo.

Dávide la miró con calma, sin mostrar sorpresa ni incomodidad. Luego, con la serenidad de un caballero, respondió:

—Pía, no estoy aquí para pedirte nada ni para esperar algo de ti. Solo quiero que esta noche sea como debe ser: una conversación entre dos personas que tienen muchas historias y heridas en común. Nada más. Lo demás… lo demás llegará cuando tenga que llegar, o no llegará en absoluto.

Por un momento, el silencio volvió a reinar entre ellos. Pero esta vez, no era un silencio incómodo, sino uno cargado de significado, como si las palabras ya no fueran necesarias.

# Sombras de Celos Bajo las Cumbres Dolomíticas III

Giacomo, oculto entre las sombras, observó cómo Pía y Dávide se preparaban para abandonar el restaurante. La ansiedad lo invadió al recordar que su Fiat 500 apenas tenía combustible para continuar la persecución. Con el corazón acelerado, se escabulló hacia su vehículo, solo para descubrir que la pareja, acompañada por Umberto, subía a un BMW X6 negro. Intentó arrancar su coche, pero este no respondió con la rapidez deseada, y pronto las luces traseras del BMW desaparecieron en la distancia.

La frustración lo consumió; golpeó varias veces el volante con las palmas, mientras su aliento formaba nubes de vapor en el aire frío. Sus ojos enrojecidos y la nariz goteando eran testigos de la exposición al gélido ambiente. Una sensación de abandono y desesperanza lo envolvía, al borde de las lágrimas.

Minutos después, para su sorpresa, Umberto regresó solo al restaurante, estacionando el BMW en el mismo lugar. Aprovechando la oportunidad, Giacomo se acercó con determinación y lo confrontó, exigiendo saber el paradero de Pía y Dávide. Umberto, al verlo, lo confundió con un gitano debido a su aspecto desaliñado, y decidió ignorarlo, dándole la espalda y apresurando el paso.

La indiferencia de Umberto encendió una chispa en Giacomo. Sin mediar palabra, lo atacó por la espalda; Umberto cayó al suelo con un golpe seco, mientras Giacomo se abalanzaba sobre él, dejando caer todo el peso de su cuerpo y privándolo de aire, impidiéndole pedir ayuda. Con manos temblorosas, Giacomo extrajo una navaja de su gabardina y presionó su filo contra el cuello de Umberto, dejando un rasguño que perló de sangre la piel. Lo sujetó con fuerza, exigiendo respuestas que Umberto, sorprendido y aturdido, no pudo proporcionar. La frustración de Giacomo culminó en un violento golpe de codo contra la cabeza de Umberto, cuyo rostro quedó hundido en el frío pavimento, mientras la noche estrellada de Agordo observaba, impasible, el descontrol de un hombre consumido por los celos.

Unos comensales que salían del restaurante, al presenciar la escena, comenzaron a gritar, mientras otros, con manos temblorosas, sacaban sus teléfonos para filmar el suceso. Giacomo, al verse descubierto, huyó precipitadamente, sus pasos resonando en la quietud de la noche. Algunos clientes, turistas y empleados del restaurante se apresuraron a socorrer a Umberto, que yacía herido en el suelo. Pocos minutos después, los Carabinieri llegaron al lugar, pero nadie pudo identificar a Giacomo, quien se había desvanecido entre las sombras, como un espectro en la penumbra.

Umberto, con las pocas fuerzas que le quedaban, comenzó a cuestionar la influencia de Pía sobre Dávide. Por un instante, la duda se instaló en su mente, preguntándose si ella podría ser una mala influencia para su amigo. Intentó alcanzar su teléfono, pero la pantalla estaba completamente agrietada, y cuando quiso llamar al hotel para advertir a Dávide, la oscuridad lo envolvió y perdió el conocimiento.

La policía, al no contar con una declaración de la víctima, inicialmente consideró que se trataba de un robo a mano armada. Sin embargo, los empleados del restaurante informaron a los carabinieri que esa zona era sumamente segura y que jamás habían experimentado un incidente similar. Exceptuando las grandes ciudades, la región de las Dolomitas se caracterizaba por su tranquilidad; la mayoría de los casos en los tribunales eran de índole civil, no penal.

Mientras una ambulancia trasladaba a Umberto a la sala de emergencias del Hospital de Agordo, ubicado a unos veinte minutos del restaurante, Giacomo logró resolver el problema de combustible y condujo sin rumbo fijo hasta llegar a Santa Giustina, un pequeño pueblo en Véneto. Allí, se encontró con la Piazza dell'Angelo, una plaza pintoresca rodeada de edificios históricos con fachadas de tonos cálidos y balcones adornados con flores. En el centro, una fuente de piedra esculpida representaba a un ángel, símbolo del lugar, y bancos de madera invitaban al descanso bajo la sombra de frondosos árboles.

En uno de los rincones de la plaza, una pizzería de ambiente rústico estaba a punto de cerrar. El local, iluminado por luces cálidas, contaba con un mostrador de madera oscura y paredes decoradas con fotografías antiguas de la región. Pocos clientes permanecían en el interior, algunos bebiendo cerveza, otros absortos en juegos de azar en máquinas electrónicas que emitían destellos intermitentes.

La entrada de Giacomo no pasó desapercibida; todas las miradas se posaron en él, reconociéndolo de inmediato como un forastero. Sin detenerse, se dirigió al baño para asearse. Frente al espejo, su reflejo evidenciaba su mal aspecto: el rostro demacrado, la ropa arrugada y manchas de sudor. No había comido en todo el día, se sentía deshidratado y un punzante dolor de cabeza lo atormentaba. Una voz interna le susurraba que estaba perdiendo el control.

Decidido a recuperar fuerzas, Giacomo pidió una pizza de gorgonzola picante y speck. La pizza llegó humeante, con una base crujiente y dorada, cubierta por una capa generosa de queso gorgonzola fundido, cuyo sabor intenso y ligeramente picante se equilibraba con las finas lonchas de speck, un jamón italiano curado y ahumado originario del Alto Adigio, que aportaba notas ahumadas y saladas. Para acompañar, eligió una cerveza Hefeweizen, una cerveza de trigo alemana de color dorado turbio, con una espuma abundante y cremosa, y aromas a banana y clavo, resultado de la fermentación con levaduras especiales.

Mientras comía, Giacomo comenzó a hacer cálculos mentales. Considerando el tiempo transcurrido y los límites de velocidad, dedujo que Umberto no podría haber llevado a Pía y Dávide no más lejos de 50 kilómetros alrededor del restaurante. Esta reflexión lo llevó a planear su retorno a Agordo, con la esperanza de reencontrarse con Pía y esclarecer la situación que lo atormentaba.

Giacomo, sumido en un estado de introspección, apenas respondió a los intentos de conversación de la mesera, manteniéndose taciturno. Con el rostro demacrado reflejado en la pantalla de su teléfono, reservó una habitación en un hotel cercano. Sabía que le aguardaba un trayecto de poco más de veinte minutos hasta el establecimiento ubicado en la Via Don Minzoni de Belluno.

Mientras conducía por la carretera SP1, la silueta imponente de un alce emergió de la penumbra, obligándolo a frenar bruscamente. El majestuoso animal, con su cornamenta ramificada como raíces al cielo, lo observó fijamente, o al menos así lo percibió Giacomo. En ese instante, recordó a Franco y al profesor Sequera; las voces de su conciencia tomaban forma: la tentación en el tono de Franco y la razón en las palabras de Sequera. Con el corazón aún acelerado, retomó el camino hacia Belluno.

Al llegar al hotel, una construcción de estilo alpino con balcones de madera adornados con geranios, fue recibido por una tenue iluminación que confería al lugar una atmósfera acogedora. La habitación asignada era sencilla, pero confortable: una cama de madera pulida con sábanas blancas impecables, una mesilla de noche con una lámpara de pantalla beige, y una ventana que ofrecía vistas a las montañas circundantes, cuyas cimas nevadas brillaban bajo la luz de la luna. El baño, revestido de azulejos color crema, contaba con una ducha de mampara transparente, un lavabo de porcelana blanca y un espejo amplio que reflejaba la luz cálida del aplique superior. Tras asearse y cambiarse de ropa, Giacomo se dejó caer en la cama, sumido en pensamientos que danzaban entre la culpa y la esperanza, mientras el silencio de la noche envolvía el hotel.

# Bajo las Sombras de las Torres Dolomíticas IV

Al llegar al hotel, Pía sostenía firmemente la carpeta con las cartas, como si fueran un ancla en medio de la tormenta emocional que atravesaba. En la recepción, los esperaba Hildegarde, una mujer austriaca de cabello rubio y ojos claros, cuya sonrisa cálida contrastaba con la fría noche estrellada.

El hotel, enclavado en el corazón de las Dolomitas, combinaba la elegancia alpina con el confort moderno. Su fachada de madera oscura y balcones adornados con flores de temporada evocaban la tradición tirolesa, mientras que en el interior, la decoración minimalista y los amplios ventanales permitían que la majestuosidad del paisaje montañoso se integrara con los espacios comunes.

Hildegarde los condujo a la suite principal, conocida por ofrecer las mejores vistas del valle. Al entrar, una atmósfera acogedora los envolvió: paredes revestidas en madera clara, una chimenea de piedra encendida que proyectaba sombras danzantes, y una cama king-size cubierta con edredones de plumas. Pero lo más impresionante era el ventanal que ocupaba toda la pared frontal, revelando un balcón privado desde donde se podía contemplar el cielo nocturno, salpicado de estrellas que brillaban con una intensidad inusual, gracias a la pureza del aire de montaña.

Dávide, anticipándose a las necesidades de Pía, había preparado una maleta con ropa para ella: un pijama de seda en tonos pastel, pantuflas de felpa, ropa interior de encaje delicado, un cepillo de dientes nuevo y un par de labiales en los colores que sabía que ella prefería. Cada prenda y objeto reflejaba su atención al detalle y su deseo de brindarle comodidad.

Además, Umberto, siempre atento, había preparado una selección de delicias para la noche. En una cesta de mimbre, cuidadosamente envuelta, había colocado una baguette recién horneada, grissini crujientes, finas lonchas de jamón curado y un trozo generoso de queso Piave Vecchio, conocido por su sabor intenso y ligeramente afrutado. Junto a estos manjares, una botella de vino tinto destacaba: un Pinot Nero de la región de Alto Adigio, cosecha 2015. Este vino, reconocido por su elegancia y complejidad, ofrecía notas de cereza madura, frambuesa y un sutil toque especiado, complementando perfectamente la selección de quesos y embutidos. Umberto no olvidó incluir un cuchillo de queso, dos platos de porcelana y un par de copas de cristal fino, asegurándose de que todo estuviera listo para una velada íntima y memorable.

La combinación de la cálida hospitalidad de Hildegarde, la meticulosa preparación de Dávide y la generosidad de Umberto crearon un ambiente propicio para que Pía y Dávide pudieran compartir, reflexionar y, quizás, encontrar un camino hacia la reconciliación bajo el manto estrellado de las Dolomitas.

La noche avanzaba con su manto estrellado, mientras Pía, sumida en la lectura de las cartas, desentrañaba cada palabra que Dávide había vertido en ellas. Sus voces, antes cargadas de reproches y silencios, ahora fluían en una conversación teñida de comprensión y nostalgia. El vino tinto llenaba las copas, y las delicias preparadas por Umberto se convertían en cómplices silenciosos de aquel reencuentro.

A medida que las horas se deslizaban, la luz del alba comenzó a insinuarse por el horizonte, tiñendo el cielo de tonos suaves. El cansancio, inevitable, se apoderó de ellos. Sin mediar palabra, sus cuerpos buscaron refugio en un abrazo que parecía desafiar el tiempo y la distancia. En ese instante, el universo pareció conspirar para reunirlos una vez más, y, rendidos al sueño, se dejaron llevar por la magia de aquel reencuentro, durmiendo durante varias horas en la serenidad de su mutua compañía.

# El Nombre Escrito en el Agua

Giacomo, devorado por la ansiedad y el insomnio, se levantó mucho antes de que el alba rompiera los cielos. Con manos temblorosas se vistió y tomó el volante, conduciendo hacia Agordo. Sin embargo, en su pecho pesaba una llamada muda, y al cruzar por el centro de Belluno, algo lo detuvo. Avanzaba por la Vía Monte Grappa, hasta que el Ponte della Vittoria lo atrapó con su hechizo de piedra y agua. Allí, donde el río Piave susurraba secretos de luna y estrellas, Giacomo descendió del coche y avanzó hacia el borde, como llevado por un sueño febril. La baranda, erguida como un canto geométrico, tallaba cruces y equis entre sus bloques de piedra, guardianas del abismo.

El río danzaba en su lecho, reflejando el firmamento con destellos de plata, mientras Belluno dormía a lo lejos, bajo el manto estrellado. Giacomo, poseído por un impulso feroz, trepó hasta la mitad de la baranda, posando sus pies en las cruces horizontales como un equilibrista del destino. Giró sus pies con precisión, hasta formar ángulos que desafiaban la lógica, y con el cuerpo inclinado hacia el abismo, abrió los brazos en un gesto triunfal. Entonces, con un grito que desgarró la quietud de la noche, proclamó: "¡Pía, eres mía!".

El eco de sus palabras se fundió con el rumor del río, viajando hacia la ciudad como un juramento eterno, mientras las estrellas parecían titilar en desaprobación desde un cielo insondable.

Giacomo, energizado por los vientos helados del otoño, emprendió el rumbo hacia Agordo con la irrazonable idea de rescatar a Pía. Al llegar, encontró la ciudad envuelta en un manto de niebla, como si la tierra misma intentara ocultar sus secretos. En una de las rotondas, divisó un vehículo de la policía al otro lado del puente que cruza el torrente Cordévole. Con un impulso instintivo, desvió su camino; en lugar de continuar por la SP347, abandonó la rotonda y tomó la vía Campagna, dirigiéndose hacia Taibon Agordino, donde más adelante retomaría su ruta original. Al llegar a Canale d'Agordo, vio el coche de Dávide estacionado junto a la vía XX Agosto. En ese instante, la niebla comenzó a retirarse con lentitud, como si respondiera al paso solemne del sol. Era un espectáculo casi teatral: la bruma se disolvía en cámara lenta, como las cortinas rojas de La Scala al alzarse, dejando al descubierto las orillas desnudas del camino y las señales inequívocas de la estación. La naturaleza, indiferente al drama humano, parecía enmudecer ante lo que estaba por ocurrir.

Al notar que el Porsche blanco seguía inmóvil en el mismo lugar, estacionó su Fiat a una distancia prudente. Con pasos calculados, se acercó al deportivo de Dávide, bordeándolo con una navaja en mano, mientras trazaba un surco profundo en la pintura. A través del cristal, su mirada se posó en un gorro de invierno que reconoció como el de Pía, y esa visión encendió en él una furia incontrolable. En el desatinado laberinto del universo, Giacomo es un hombre que ha perdido el hilo de Ariadna que alguna vez le dio sentido a su existencia. Sin Pía, su vida se despliega como un mapa sin norte, un pergamino en blanco en el que el tiempo y el espacio ya no ofrecen asideros. La ausencia de Pía no es sólo la ausencia de un amor, sino la pérdida de un espejo donde reconocerse, de un punto cardinal que daba orden a sus días. Giacomo camina entre sombras que proyectan su propia incertidumbre, atrapado en el espejismo de un pasado que se resiste a morir, como un fantasma que murmura su nombre en los corredores de la memoria.

En su obstinada negación, Giacomo desafía la lógica del cosmos, ese río interminable que fluye hacia la nada y, sin embargo, lo abarca todo. Pero Giacomo no sabe fluir. Se aferra a las orillas del recuerdo, a los fragmentos dispersos de una felicidad que, como los antiguos manuscritos gnósticos, parece contener la clave de una verdad que ya no puede descifrar. La pérdida de Pía no es sólo un hecho; es un laberinto del que no sabe salir, una derrota que, en su complejidad, se parece demasiado a la eternidad.

Para Giacomo, el universo ya no es el juego infinito del que hablaban los antiguos, sino un tablero vacío, un campo de batalla donde los movimientos han cesado y la victoria es imposible. La idea de aceptar la ausencia, de encontrar sentido en el flujo incesante de los días, le resulta intolerable. En lugar de ser el sabio que abraza la corriente, Giacomo se ha convertido en el hombre que intenta detener el río con sus manos, que se niega a aceptar que la permanencia es una ilusión y que Pía es, ahora, un nombre escrito en el agua.

Giacomo es el creador de su propio laberinto, un experto en espejismos que ha perdido la importancia de que el núcleo del laberinto no es la respuesta, sino el silencio. En su oposición al cambio, ha mezclado el dolor con la verdad, la añoranza con el destino, y el amor perdido con el universo entero. En ese continuo desplazamiento, Giacomo no comprende que el laberinto carece de paredes, que las entradas son infinitas como las estrellas, y que el río de la vida, sin importar su sufrimiento, continúa su trayectoria hacia el olvido. Tal vez, algún día, Pía y él nunca más se encuentren en un sueño, y sí lo hacen, el tiempo lo podrá borrar.

# Trilogía del Alma: Aceptar, Adaptarse, Avanzar

Dávide abrió los ojos al filo del mediodía, cuando los rayos del sol atravesaban con fuerza las cortinas, bañando la habitación en un resplandor dorado que parecía querer arrancar secretos a las sombras. Se incorporó en silencio, como si temiera perturbar la quietud del momento, y se sentó en un sillón en la esquina del cuarto. Era un mueble discreto, con un cojín que llevaba bordada una frase melancólica: "El amor nunca falla". Desde allí, sus ojos se posaron en Pía, dormida aún, con esa calma engañosa que solo puede dar el cansancio de una tormenta emocional. La observaba con la intensidad de un escáner, pero sus pensamientos iban más allá de lo visible: Pía está atrapada en el síndrome del paso del tiempo, se decía. Hermosa, sí, pero con el peso de los días reflejado en cada línea que susurra su piel.

Impulsado por el deseo de congelar aquel instante, tomó su teléfono para capturarla en una fotografía, pero el aparato estaba completamente muerto, tan inútil como su intención de retener algo tan fugaz. Resignado, se levantó y fue a la ducha, dejando que el agua borrara las últimas huellas del sueño. Cuando salió, listo y renovado, se encontró con los ojos entreabiertos de Pía, quien lo recibió con una mirada dulce, cargada de fragilidad, y una sonrisa que parecía al mismo tiempo un refugio y una súplica.

—Buenos días, Pía —dijo Dávide, rompiendo el silencio.

—Buen día... —respondió ella, su voz un susurro quebrado—. Dime que todo esto ha sido un mal sueño, Dávide. Me siento... hinchada de tanto llorar.

Sus palabras, una mezcla de vulnerabilidad y cansancio, se deslizaron entre ellos como un eco. Antes de que Dávide pudiera responder, ella añadió con un leve gesto de ternura:

—Por favor, necesito un cappuccino... y un analgésico. Dávide asintió sin dudar.

—Enseguida voy por ellos —dijo, con esa mezcla de decisión y cuidado que lo caracterizaba.

Dávide regresó poco después, cargando un cappuccino que despedía un aroma cálido, un vaso de agua cristalina, y un par de pastillas que dejó cuidadosamente sobre la mesita de noche. Mientras Pía se arreglaba en el baño, los sonidos amortiguados del agua y los cajones dibujaban la rutina de quien intenta recomponerse después de una tormenta. Desde el otro lado de la puerta, su voz atravesó el espacio con calma:

—Voy a bajar a hablar con Hildegarde. Que cargue los teléfonos y que nos consiga un transporte para volver al restaurante de Umberto.

Pía respondió con un murmullo apenas audible, pero Dávide ya no esperaba confirmaciones. Había aprendido que, en momentos como este, los gestos valían más que las palabras, y que cuidar de Pía era su forma de luchar contra las sombras que todavía los envolvían.

Dávide volvió a la habitación poco después, pero esta vez tocó la puerta con suavidad, como si temiera romper el frágil equilibrio del momento. Cuando Pía abrió, lo encontró de pie, con los brazos extendidos, sosteniendo un pequeño ramo de media docena de rosas rojas, frescas y radiantes, como si hubieran sido arrancadas de un sueño. Pía, aún distante, las recibió con una sonrisa tenue que escondía el eco de algo más profundo. Se acercó a Dávide, lo abrazó con una dulzura pausada y dejó un beso ligero en su mejilla.

—Gracias, mi Dávide. No has perdido los detalles que te hacen único —dijo ella, su voz cargada de una melancólica gratitud.

Él esbozó una sonrisa discreta y respondió con serenidad:

—Algunas cosas no deberían perderse nunca.

Dávide rompió el breve silencio con un tono práctico que contrastaba con la ternura del momento:

—Un chofer vendrá por nosotros en un par de horas. Creo que podemos empacar tranquilamente y comer algo antes de partir. ¿Qué te parece?

Pía asintió, jugando con los pétalos de una de las rosas.

—Me parece bien. Así me da tiempo para escribir un poco antes de irnos. Estoy casi lista; recojo mis cosas y bajamos enseguida.

El restaurante del hotel los recibió como un refugio cálido en un mediodía otoñal. Era un espacio elegante, pero discreto, con grandes ventanales que dejaban entrar la luz natural, iluminando las mesas cubiertas con manteles de lino impecable. Los techos altos, adornados con vigas de madera oscura, y las lámparas de hierro forjado evocaban una atmósfera acogedora, casi como una escena sacada de un libro antiguo. Las paredes estaban decoradas con pinturas de paisajes alpinos, y en el fondo, una chimenea encendida añadía un toque de intimidad que parecía contradecir la vastedad del espacio.

Salvatore, el chef, un viejo conocido de Dávide, los recibió en la entrada con un saludo cálido y un apretón de manos enérgico. Les asignó una mesa junto a uno de los ventanales, desde donde podían ver un paisaje que parecía extraído de una postal. Las montañas al fondo, imponentes y majestuosas, estaban cubiertas con las primeras nieves del otoño, mientras que el valle brillaba con los tonos dorados y cobrizos de los árboles en transición. Más cerca, un arroyo serpenteaba entre las piedras, reflejando destellos de sol que bailaban como si tuvieran vida propia.

—¿Qué puedo ofrecerles hoy? —preguntó Salvatore, su voz cargada de la familiaridad de los viejos amigos.

Dávide, aun recuperándose de los excesos de la noche anterior, respondió con una sonrisa.

—Algo ligero, Salvatore. Ayer hemos comido y bebido más de la cuenta.

El chef inclinó ligeramente la cabeza, pensativo, y tras un instante propuso:

—¿Qué les parece un pollo al horno con papas al romero, acompañado de una ensalada de lechuga fresca con aceite de oliva y un toque de limón? Como entrante, podría preparar unas berenjenas y pimientos a la parrilla, aderezados con un chorrito de aceite de oliva virgen extra y hierbas frescas.

Los ojos de Dávide brillaron con aprobación, pero fue Pía quien, con una sonrisa contagiosa, interrumpió súbitamente:

—Perfecto. Pero también queremos dos botellas de San Pellegrino, por favor. Salvatore asintió, divertido, y añadió:

—Para beber, les traeré medio litro de nuestro vino de la casa. Es un tinto joven, con notas afrutadas que equilibran su acidez, perfecto para acompañar algo ligero.

Mientras esperaban la comida, Pía sacó su diario y comenzó a escribir con la calma de quien encuentra en las palabras un refugio. Encabezó la página con la fecha: "sábado, 29 de octubre". Dávide, sentado frente a ella, la observaba en silencio, divertido por la forma en que fruncía ligeramente el ceño cada vez que algo la hacía dudar. No se había mencionado nada de lo sucedido el día anterior; parecía que, sin necesidad de palabras, habían sellado un pacto tácito de tregua.

El silencio entre ellos no era incómodo, sino cargado de significados. En cada pausa, en cada leve crujido de la pluma sobre el papel, parecía haber una promesa: la de un nuevo comienzo que aún no se atrevía a decir su nombre.

Salvatore regresó a la mesa con un gesto satisfecho, portando un plato que parecía una obra de arte culinaria. El pollo al horno, dorado con una perfección que sólo podía lograrse con paciencia y maestría, desprendía un aroma envolvente de hierbas frescas y romero, que se mezclaba con sutiles notas de ajo y limón. La piel era crujiente, un contraste perfecto con la carne, tierna y jugosa, que prometía deshacerse al primer bocado. Las papas, dispuestas a su lado como si formaran parte de un cuadro naturalista, tenían un exterior dorado y crujiente, mientras que el interior era un puré cremoso que se derretía al contacto con el paladar.

Salvatore colocó el plato en la mesa con la ceremonia de un artesano mostrando su obra maestra.

—Espero que lo disfruten. Es un plato sencillo, pero la sencillez también es arte, ¿no creen? —dijo con una sonrisa mientras servía el vino de la casa en sus copas.

Pía dejó su pluma y cerró el diario con un movimiento elegante. Levantó la mirada hacia Dávide y luego hacia Salvatore.

—El tiempo ha sido perfecto —dijo Pía con una sonrisa que iluminaba su rostro—. Justo he terminado de escribir.

Dávide asintió con una sonrisa discreta mientras tomaba su copa de vino.

—Buen provecho, Pía. Que este plato sea tan memorable como este día —dijo, levantando ligeramente la copa hacia ella.

Pía lo imitó, con un leve gesto de gratitud en sus ojos.

—Salvatore, este aroma es maravilloso. Ya puedo decir que será uno de esos platos que no se olvidan —comentó Pía mientras cortaba el primer trozo de pollo. Al probarlo, cerró los ojos y dejó que los sabores inundaran sus sentidos.

—Es magnífico. La piel crujiente, la carne tan jugosa... y las papas... son la combinación perfecta —añadió, volviendo la mirada hacia Salvatore con un gesto de admiración genuina.

Salvatore, complacido, inclinó la cabeza en un gesto humilde.

—El secreto, signorina, no está en complicar los

ingredientes, sino en tratarlos con respeto. Ahora, disfruten ustedes, que yo volveré más tarde para asegurarme de que todo esté a su gusto.

Mientras Salvatore se alejaba, Pía y Dávide se sumergieron en el festín, dejando que el momento se llenara de sabores, silencios compartidos y la promesa de que, al menos por un instante, el mundo parecía estar en perfecto equilibrio.

## El Diario de Pía

***Sábado, 29 de octubre, 2022.***

*Ah, la triple A, ese tríptico que nos susurra al oído la sabiduría de navegar por los laberintos del destino. Aceptar, adaptarse, avanzar: tres verbos que se conjugan en el infinito verbo del ser.*

*En el universo, donde el tiempo fluye como un río y la realidad se desdobla en mil y una historias, el sufrimiento no es más que la huella de nuestra terca negación a aceptar el destino, a bailar al ritmo de la vida con sus alegrías y sus penas. La sabiduría, en cambio, es el secreto que guardan los ancianos en sus corazones, la receta mágica que nos permite navegar por las aguas turbulentas de la existencia con la serenidad de un barquero que conoce las mareas y los caprichos del viento.*

***Aceptar** es como dejarse llevar por la corriente del río Po, confiando en que sus aguas nos conduzcan hacia el Adriático, aunque en el camino nos encontremos con remolinos y cascadas. Es comprender que la vida es un viaje sin retorno, un carnaval de sueños y desilusiones, y que solo aquellos que se atreven a bailar bajo la lluvia podrán descubrir la belleza oculta en cada instante.*

***Adaptarse** es como el camaleón que cambia de color para confundirse con la selva, es la capacidad de transformarse para sobrevivir en un mundo lleno de peligros y maravillas. Es aprender a leer el lenguaje secreto de la naturaleza, a descifrar los mensajes que nos envían los pájaros y las estrellas. Es dejarse llevar por el viento como una semilla de algodón, sin resistirse a los caprichos del destino.*

***Avanzar** es como la travesía de un héroe. El*

*general Armando Díaz, tuvo un camino lleno de batallas en el Véneto y sueños rotos, pero también de afectos inalcanzables y momentos de gracia. Es seguir adelante a pesar de las adversidades, con la esperanza de encontrar un sentido a nuestra existencia en medio del caos. Es comprender que la vida es una historia que se escribe con tinta invisible, y que solo al final del camino podremos leer su verdadero significado.*

# Umberto

El chofer los recogió en el umbral del hotel, y mientras el vehículo avanzaba por las serpenteantes carreteras de montaña, el silencio llenó el espacio entre ellos, roto solo por el susurro del motor y el murmullo del viento que acariciaba las hojas secas.

Dávide, con el teléfono en la mano, intentó escuchar los mensajes de voz que se acumulaban en su bandeja de entrada, pero la señal, débil y caprichosa, se negó a cooperar. Con un suspiro resignado, dejó el aparato a un lado y volvió la mirada hacia Pía.

Ella estaba absorta, perdida en el paisaje que se desplegaba más allá del cristal: montañas rocosas que se alzaban como centinelas del tiempo, riscos que parecían tallados por la mano paciente de la eternidad, arroyos y cascadas que danzaban al compás de su propio rumor, riachuelos serpenteantes que reflejaban el cielo, y peñascos cubiertos por hojas chamuscadas de otoño, esparcidas al azar por el viento. Sobre todo aquello, un cielo azul intenso se imponía, mientras el sol ganaba terreno ante la nieve que resistía, como un último vestigio del invierno que se negaba a morir.

Dávide rompió el silencio, su voz suave como si temiera perturbar el pensamiento de Pía.

—¿Estás bien, Pía?

Ella no apartó la vista del paisaje, pero su respuesta llegó clara y serena.

—Sí —dijo, casi en un susurro, mientras sus ojos seguían recorriendo cada rincón del mundo que se extendía frente a ellos—. Estoy recordando nuestro primer viaje a las

Dolomitas.

Tras una pausa, Pía giró la cabeza hacia él. Sus lentes, que ahora sujetaban su cabello, le daban un aire de espontaneidad que contrastaba con la profundidad de su mirada. Observó a Dávide fijamente, como si buscara algo en sus ojos, y esbozó una sonrisa que terminó con un suspiro apenas audible. Luego, apretó los labios en un gesto que parecía contener palabras que no se atrevía a pronunciar.

En ese instante, la ternura llenó el aire como una brisa cálida en medio del otoño. Pía levantó su mano y la deslizó por debajo de la de Dávide, entrelazando sus dedos en un gesto que decía más que cualquier palabra. Dávide, sintiendo la calidez de su tacto, no necesitó decir nada. Entre ellos, el paisaje se transformó en un escenario secundario; el verdadero viaje estaba ocurriendo en ese momento, en el silencio compartido, en el roce de sus manos, en el peso de los recuerdos y en la promesa tácita de lo que estaba por venir.

Al llegar al restaurante, el auto frenó suavemente junto a la acera. Dávide notó a un hombre desaliñado sentado en la banqueta, con la mirada perdida en un punto invisible del horizonte. Por un instante, sus ojos se cruzaron, y algo en aquel rostro le resultó vagamente familiar, como una imagen atrapada en un sueño a medio olvidar. Sin embargo, antes de que pudiera escarbar en su memoria, el chofer rompió el hechizo.

—¿Está bien aquí, señor? —preguntó el conductor, girando la cabeza hacia Dávide.

—Un poco más allá, por favor, donde está el coche blanco —respondió Dávide, señalando con un gesto breve mientras volvía a centrar su atención en el presente.

El auto avanzó unos metros y se detuvo. Pía fue la primera en bajar, y su mirada se posó de inmediato en el vehículo estacionado frente a ellos. Algo en la pintura le llamó la atención. Caminó hacia él, con el ceño ligeramente fruncido, examinando los rayones que surcaban la carrocería como cicatrices en una piel herida.

"¿Habrán estado ahí cuando me recogió en Padua?" se preguntó, mientras sus dedos seguían las marcas. Pero fue al mirar la capota cuando sus pensamientos se congelaron. Las letras, toscas y agresivas, gritaban desde la pintura blanca: "Muérete".

—¡Dávide! —exclamó, su voz resonando con una mezcla de alarma y desconcierto.

Dávide, ocupado en ese momento pagando al chofer, levantó la vista con rapidez. En su brazo colgaba la canasta que Umberto había preparado para ellos, y en la otra mano sostenía su maletín y la maleta de mano. Al escuchar el tono de Pía, dejó todo a un lado y miró por encima del techo del coche. Lo que vio lo hizo detenerse en seco: las palabras en la capota y la expresión de Pía, una mezcla de miedo y confusión que perforó su corazón.

Antes de que pudiera reaccionar, las puertas del restaurante se abrieron de golpe, y dos mujeres, Giuseppina y Lucia, salieron apresuradas hacia él. Sus pasos eran firmes, casi agresivos, y sus miradas estaban cargadas de reproche. Incluso el chofer, intrigado por la situación, se bajó del auto y caminó hacia el borde de su vehículo, observando con cautela.

—Dávide, esto es una vergüenza —dijo Giuseppina, con el tono de quien lleva una acusación entre los dientes.

Lucia, más joven, pero igual de enfadada, lo miró de

arriba abajo antes de susurrar:

—Es Umberto… Anoche lo encontraron golpeado, aquí cerca. Está en el hospital, en observación.

Dávide parpadeó, incrédulo.

—¿Umberto? —¿Golpeado? —repitió, como si las palabras no tuvieran sentido alguno. Giuseppina se inclinó hacia él, bajando aún más la voz.

—Algunos piensan que tiene que ver con… ella —dijo, lanzando una rápida mirada hacia Pía, que aún estaba de pie junto al coche, inmóvil y absorta en las palabras escritas en la capota.

El aire se cargó de tensión. Dávide sintió cómo los turistas y locales que pasaban cerca comenzaban a detenerse, atraídos por el murmullo de la escena. Sabía que debía reaccionar rápido.

—Giuseppina, no metas a Pía en esto —dijo con voz firme, aunque su mente seguía procesando la gravedad de lo que acababa de escuchar—. Dime exactamente qué pasó.

Pero antes de que la mujer pudiera responder, Dávide se giró hacia Pía, que seguía con la mirada clavada en las letras de la capota. Su rostro era un espejo de emociones encontradas: miedo, confusión y una duda creciente que parecía romper la conexión invisible entre ellos.

—Dávide… —murmuró ella, con una voz casi inaudible—. ¿Por qué alguien querría hacerte esto?

Él intentó acercarse, pero ella dio un paso atrás, como si necesitara distancia para entender lo que estaba sucediendo.

—Pía, no sé quién ha hecho esto, pero te aseguro que no tiene nada que ver conmigo— dijo Dávide, con la urgencia de quien intenta apagar un incendio antes de que consuma todo.

Ella lo miró fijamente, como si buscara en sus ojos la verdad que sus palabras no podían garantizar.

—¿Qué tipo de persona eres, Dávide? —preguntó finalmente, su voz temblorosa, pero cargada de una sospecha que él nunca había visto antes en ella—. ¿Qué tipo de vida llevas para que alguien quiera que… desaparezcas?

Dávide sintió el peso de sus palabras como un golpe en el pecho. Sabía que no era el momento ni el lugar para explicaciones largas, pero también sabía que no podía dejar que las dudas de Pía crecieran.

—Pía, confía en mí. Esto no es lo que parece. —No tengo nada que ver con lo que estás imaginando — respondió, pero el tono de su voz revelaba su propia incertidumbre.

Mientras tanto, los murmullos de los curiosos aumentaban, y Giuseppina y Lucia se alejaban, dejando a Dávide enfrentarse solo al torbellino que se desataba a su alrededor. En la mente de Pía, preguntas sin respuesta y sospechas sin fundamento comenzaban a tejer un velo de incertidumbre que la alejaba, poco a poco, de la confianza que alguna vez había depositado en Dávide.

Los murmullos de la multitud se mezclaban con el rugido creciente de un motor que parecía desgarrar el aire. La gente, como hojas arrastradas por el viento, se apartaba bruscamente hacia los bordes de la calle. El sonido era caótico, furioso, y se aproximaba con una intensidad que helaba la sangre. Dávide, todavía en el centro de la escena, sintió cómo cada segundo se alargaba, cada instante transformándose en un eco interminable. Giró la cabeza hacia el origen del ruido y, en ese instante, lo vio: el coche rojo avanzaba con determinación, y al volante estaba el hombre desaliñado que había visto minutos antes.

Todo parecía suceder en cámara lenta. Pía, derribada en el suelo por el tumulto, intentaba incorporarse, incapaz de descifrar los gritos que surgían a su alrededor. Giuseppina y Lucia, desde la puerta del restaurante, quedaron paralizadas al ver a Dávide y a un niño pequeño, de no más de seis años, en el centro de la calle, inmóviles como si fueran figuras atrapadas en un cuadro.

Los ojos de Dávide se fijaron en los del conductor, aunque esta vez el rostro del hombre estaba parcialmente cubierto por unas gafas oscuras y una boina negra. Cuando el coche estaba a pocos metros, Dávide reaccionó. En un movimiento instintivo y preciso, tomó al niño por la cintura, lo levantó del suelo y lo pegó a su pecho. En un salto desesperado, se lanzó hacia un lado, girando su cuerpo en el aire para que el impacto con el pavimento recayera sobre él y no sobre el pequeño.

El coche aceleró y desapareció entre las calles del pueblo, dejando tras de sí un silencio momentáneo, roto solo por los jadeos y murmullos de los testigos. Pía se incorporó y, al ver a Dávide en el suelo con el niño, su corazón se paralizó.

—¡Dávide! —¡Dávide! —gritó mientras corría hacia él, con lágrimas brotando de sus ojos.

La madre del niño, una mujer joven de cabello rubio y rasgos estadounidenses, llegó casi al mismo tiempo, arrodillándose junto a su hijo y revisándolo con desesperación.

—¡Sam! ¿Estás bien? —preguntó la mujer, abrazándolo con fuerza y revisándolo de pies a cabeza—. ¡Dime algo, cariño!

El niño, todavía temblando, la miró y asintió, su voz quebrada, pero firme.

—Estoy bien, mamá… él me salvó.

La madre, con lágrimas en los ojos, miró a Dávide, que seguía en el suelo.

—Gracias… gracias por salvarlo —dijo con un marcado acento americano, sus palabras llenas de emoción.

Mientras tanto, Pía se arrodilló junto a Dávide, colocando una rodilla en el pavimento y acercándose a su cuello para comprobar si respiraba.

—Dávide, por favor… dime algo —suplicó, mientras sus lágrimas caían sobre él.

Dávide abrió los ojos lentamente, pero los volvió a cerrar casi de inmediato. Pía, desesperada, se inclinó hacia él, abrazándolo y dejando un beso tembloroso en sus labios. Fue entonces cuando Dávide sonrió, una sonrisa pícara que le iluminó el rostro.

—Pía… me duele mucho —dijo en un tono débil, pero juguetón—. Creo que otro beso podría ayudarme.

Pía, entre lágrimas y risas, sacudió la cabeza con alivio.

—Tonto… me asustaste tanto —le respondió, limpiándose las lágrimas con el dorso de la mano mientras lo miraba con ternura y preocupación.

Dávide, todavía en el suelo, levantó una mano débilmente.

—Tenemos que ir a ver a Umberto… —dijo, su voz seria ahora.

Pía asintió, ayudándolo a incorporarse mientras los curiosos se dispersaban poco a poco. Giuseppina y Lucia regresaron, cruzándose de brazos mientras miraban a Dávide con preocupación.

—Dávide, esto no puede ser coincidencia —dijo Giuseppina, con un tono conspirativo—. Tal vez fue el mismo hombre que agredió a Umberto.

Lucía asintió.

—Sí, demasiadas casualidades… Deberías tener cuidado, Dávide.

La madre del niño, todavía abrazándolo, se volvió hacia Dávide una vez más.

—De nuevo, gracias… No sé cómo devolverle esto. Sam está vivo gracias a usted. Dávide, con un esfuerzo, esbozó una sonrisa y asintió.

—Sólo asegúrese de que esté bien… eso es suficiente.

Con la ayuda de Pía, Dávide volvió al coche, mientras el sol del otoño bañaba el pueblo con una luz dorada que contrastaba con la tensión en el aire. Se acomodó en el asiento del pasajero y miró a Pía.

—Vamos al hospital… tenemos que saber cómo está Umberto.

Pía asintió, tomó el volante y, sin decir nada, el coche arrancó rumbo al hospital de Agordo, dejando atrás el caos del pueblo y llevándose consigo más preguntas que respuestas.

En el hospital, Umberto no tenía permiso de visitas y estaba en observación en la unidad de cuidados intensivos. Estaba respondiendo bien, pero querían descartar que fuera una contusión cerebral producto del golpe. Dávide le pidió a la esposa de Umberto que lo mantuviera al tanto de la evolución de Umberto.

# Vía Tito Livio Burattini

La caída había dejado su huella en Dávide. Su pantalón y chaqueta, desgarrados, ahora llevaban la marca de la tierra y el asfalto. Mientras subían al coche, Dávide miró las manchas en su ropa y suspiró, con su tono cansado, pero decidido.

—Pía, necesito cambiarme. Vamos a mi apartamento en Belluno antes de ir a poner la denuncia.

Pía asintió en silencio y arrancó el coche. El trayecto, normalmente sereno, estaba envuelto en un silencio incómodo que parecía extenderse con cada kilómetro. Los sucesos del día habían roto el hechizo de la mañana, y ambos estaban atrapados en sus pensamientos. Finalmente, Dávide rompió el silencio, su voz firme, como si hubiera encontrado algo perdido en las profundidades de su memoria.

—Basílica de San Antonio de Padua. Pía lo miró de reojo, desconcertada.

—Qué susto, Dávide. ¿Qué pasa con la basílica? Dávide respiró hondo antes de responder.

—Es allí donde he visto al hombre que intentó atropellarnos. También lo vi cuando llegábamos al coche esta mañana, sentado cerca, pero no le presté atención entre pagarle al chofer y las maletas.

Pía frunció el ceño, y su mente regresó a un día que había intentado enterrar en su memoria.

—¿Hablas del funeral de papá?

—Sí, correcto —respondió Dávide, su tono cargado

de una certeza inquietante—. Estaba allí, entre la gente. No sé quién es, pero recuerdo su rostro perfectamente.

Pía, visiblemente afectada, se quedó pensativa mientras el GPS les indicaba las calles que debían tomar desde la SP203 hacia Belluno.

Belluno, con su historia que parecía escrita en piedra y aire, los recibió con su habitual esplendor discreto. Sus calles serpenteaban entre edificios de tonos ocres y tejados de terracota, que brillaban bajo la luz tenue de las farolas. Pasaron por la Piazza dei Martiri, donde el tiempo parecía haberse detenido, y giraron hacia Via Mezzaterra, una calle pintoresca llena de pequeñas tiendas y balcones adornados con flores marchitas por el otoño. Finalmente, el GPS los llevó a Via Tito Livio Burattini, donde se encontraba el apartamento de Dávide.

Al llegar, subieron al último piso, y Pía quedó impresionada por la amplitud del lugar. El apartamento de Dávide era una mezcla de modernidad y calidez, con suelos de madera pulida y grandes ventanales que ofrecían una vista espectacular de las montañas que habían dejado atrás. La cocina, impecablemente equipada, parecía sacada de un catálogo de diseño: electrodomésticos de acero inoxidable, encimeras de mármol blanco y una iluminación tenue que acentuaba su funcionalidad. Cada rincón hablaba de un orden meticuloso, una vida cuidadosamente construida.

Dávide, agotado, pero decidido, dejó sus cosas a un lado y se dirigió al baño.

—Estás en tu casa, Pía. —Ponte cómoda —dijo antes de cerrar la puerta tras de sí.

Pía tomó la media docena de rosas que habían traído consigo y comenzó a buscar un jarrón. Mientras exploraba, algo en la sala llamó su atención: una fotografía enmarcada de ella y Dávide, tomada en la Torre Eiffel. La imagen la hizo detenerse. La tomó entre sus manos y, con la foto aún en mano, salió al balcón.

El universo parecía danzar ante ella. La luna en cuarto menguante y las estrellas chispeaban en un cielo despejado. A lo lejos, las montañas parecían susurrar historias, sus cimas nevadas resistiendo la batalla del sol. Pía dejó que el viento frío la envolviera por un momento antes de regresar al interior.

Mientras recorría el apartamento, se sorprendió al notar que las fotos de ella aún ocupaban lugares visibles. Había algo extraño en ello, algo que la llevó a pensar que Dávide no compartía su espacio con nadie más, a pesar de lo bien organizado y cómodo que lucía todo.

Una foto en particular capturó su atención. Era una imagen reciente, tomada quizás un par de años atrás, donde aparecían Lucien, Nicoletta, ella, y Giacomo al fondo. Viendo la bien, pareciera que Giacomo no fue partícipe de la toma.

—¿Por qué tiene una foto reciente mía? —murmuró para sí misma.

Movida por la curiosidad, comenzó a abrir las gavetas del armario en la sala. Todo estaba en orden, sin rastros de polvo, cada objeto perfectamente colocado. Fue entonces cuando Dávide apareció detrás de ella, con una sonrisa divertida en el rostro.

—¿Todo bien, Pía? —preguntó, sobresaltándola ligeramente.

—Sí, lo siento. Estaba… bueno, curioseando —

respondió, apenada, cerrando de golpe una gaveta.

Dávide rió con suavidad.

—Estás en tu casa, Pía. Puedes abrir lo que quieras.

Ella lo miró y, cambiando rápidamente de tema, señaló su camisa.

—Tienes la franela puesta al revés. Dávide bajó la mirada y se rió.

—Quería salir rápido, no me di cuenta.

Se la arregló frente a ella, y fue entonces cuando Pía notó algo que la dejó sin aliento.

—¡Dios mío! —exclamó, con una mano sobre la boca—. ¿Has visto tu espalda? Dávide arqueó una ceja, desconcertado.

—No, realmente no. ¿Por qué?

Pía se acercó, preocupada, y tocó con delicadeza el hematoma que cubría su espalda.

—Tienes un morado enorme… y… —dudó por un instante antes de continuar—. También tienes cicatrices.

Dávide, al girarse y notar su expresión, suavizó el tono de su voz.

—Son del pasado, Pía. Historias que no valen la pena contar ahora.

Pero Pía no podía apartar la mirada, sus dedos rozando con delicadeza las marcas que parecían hablar de dolores antiguos. En su mente, las preguntas sobre Dávide, su vida y su historia comenzaron a multiplicarse, como estrellas en un cielo sin fin.

## La Fotografía y el Retrato de Giacomo

Pía, todavía con la preocupación reflejada en su rostro, se cruzó de brazos mientras observaba a Dávide arreglarse la camisa.

—Dávide, antes de ir a poner la denuncia, deberíamos pasar por la emergencia. Ese hematoma es enorme, y no sabemos si podría haber algo más serio.

Él negó con la cabeza, con una leve sonrisa que intentaba tranquilizarla.

—No hace falta, Pía. Mi vecina, Teresa, es médico internista. La llamaré en el camino y le preguntaré qué debo hacer. Si ella considera que necesita verme, pasaremos por aquí de regreso.

Pía suspiró, pero asintió, dándose cuenta de que no conseguiría que cambiara de opinión.

—Está bien, pero asegúrate de llamarla. No quiero que dejes esto pasar. Dávide colocó una mano en su hombro con un gesto tranquilizador.

—Lo haré. Prometo que no me descuidaré.

Con eso, ambos recogieron lo necesario y salieron del apartamento, dejando atrás el instante de calma momentánea mientras se preparaban para enfrentarse al caos que los aguardaba.

En el camino hacia la comisaría, el silencio inicial entre ellos fue roto por Pía, su voz cargada de una mezcla de curiosidad y confusión.

—Dávide… —empezó, sin apartar la vista del

paisaje que pasaba rápidamente por la ventanilla—. En tu apartamento vi una foto reciente de mí, con mis padres… y Giacomo. Me gustaría saber por qué tienes esa foto.

Dávide mantuvo las manos firmes en el volante, pero su expresión se endureció ligeramente, como si estuviera preparando una respuesta que había ensayado muchas veces en su mente.

—Siempre quise saber de ti, Pía —dijo finalmente, con una sinceridad que cortó el aire—. Cuando Armando se mudó a Padua, de vez en cuando le preguntaba si te había visto.

Pía lo miró fijamente, esperando que continuara.

—Un día, Armando me llamó y me dijo que te había encontrado por casualidad. Le pedí que te tomara una foto. Quería verte, quería saber cómo habías crecido, cómo era la mujer en la que te habías convertido. La última vez que te vi eras una adolescente, y… quería ver esa sonrisa que tanto llevaba conmigo.

Pía sonrió suavemente, aunque había un dejo de tristeza en sus ojos.

—Siempre pensé que esa foto era de ti con tus padres. No sabía que había alguien más allí. Jamás la hubiera conservado si hubiera sabido que otro estaba contigo.

El silencio entre ellos se llenó por un momento con el sonido del motor y el eco de las palabras de Dávide. Finalmente, Pía habló.

—Ayer mencionaste que Armando te había dicho que estaba enamorada de un profesor de la universidad…

Dávide asintió lentamente, sin mirarla.

—Sí. Jamás pensé en interferir en tu vida. Solo quería saber que eras feliz, aunque no estuvieras a mi lado. Verte feliz me reconfortaba… Si te ha molestado, te pido disculpas. No fue con mala intención.

Pía guardó silencio por un momento, sopesando sus palabras. Finalmente, sacó la foto de su cartera y la sostuvo en sus manos, mientras el coche se detenía frente a la comisaría.

—Él ya no es parte de mi vida, Dávide —dijo, con un tono decidido, pero suave—. Giacomo y yo… no funcionamos.

Dávide giró su rostro hacia ella, pero antes de que pudiera responder, Pía continuó.

—Mira, aquí está —dijo, intentando mostrarle la foto mientras señalaba a Giacomo en el fondo—. Este es Giacomo.

Dávide levantó una mano rápidamente, cubriéndose los ojos.

—No. No quiero ver más esa foto. Pía lo miró con sorpresa.

—¿Por qué no?

Dávide respiró hondo, su voz cargada de una mezcla de tristeza y resolución.

—No hubiera tenido esa foto si supiera que había alguien más a tu lado. Prefiero recordarla como lo que siempre pensé que era: una imagen tuya con tus padres, nada más.

Pía guardó la foto en su cartera, sus dedos jugando nerviosamente con el borde del papel mientras hablaba.

—En realidad, así era Giacomo. Siempre disperso, siempre en los márgenes. Nunca figuró entre las cosas importantes. Mi error fue querer que él fuera quien no es…

Dávide la miró con suavidad, una tristeza contenida reflejándose en sus ojos.

—Todos cometemos errores, Pía. A veces, simplemente esperamos que las personas llenen espacios que no están hechos para ellas.

El silencio volvió a llenar el coche, pero esta vez no era incómodo. Era un momento de comprensión mutua, de heridas compartidas que, aunque no sanadas del todo, comenzaban a cicatrizar.

Finalmente, Dávide apagó el motor y señaló hacia la comisaría.

—¿Estás lista?

Pía asintió, ajustando su bolso sobre su hombro mientras salía del coche. Ambos sabían que había cosas que quedaban por decir, pero también sabían que, por ahora, el silencio era suficiente.

La estación de carabinieri estaba ubicada en un edificio de piedra gris, con una pequeña placa de bronce junto a la puerta que llevaba inscrito "Stazione dei Carabinieri". A pesar de su fachada sobria y funcional, el interior poseía una calidez inesperada, con muebles de madera oscura que contrastaban con las paredes claras. En un rincón, una máquina de café emitía un aroma acogedor que competía con el olor a papel y tinta que impregnaba el ambiente. Pequeñas banderas italianas decoraban el mostrador principal, junto a una fotografía enmarcada del presidente de la República y un crucifijo que colgaba discretamente en la pared.

Dávide presentó la denuncia con calma, describiendo los daños al vehículo y el intento de agravio con una precisión meticulosa. Los oficiales tomaban nota en silencio, con la eficiencia característica de quienes han visto todo tipo de incidentes. Cuando llegó el momento de dar la descripción del presunto agresor, uno de los carabinieri, un hombre de mediana edad con bigote bien cuidado y una actitud afable, se dirigió a Pía.

—Signorina, ¿le gustaría un café o un té mientras espera?

Pía, que hasta ese momento había estado en silencio, asintió con una ligera sonrisa.

—Un té estaría bien, gracias.

El oficial hizo un gesto para que lo siguiera. Caminaron por un pasillo estrecho, iluminado por lámparas fluorescentes, hasta llegar a una pequeña sala con una máquina de café y un dispensador de té. Mientras esperaban que el agua hirviera, el oficial inició una conversación casual.

—¿Es su esposo? —preguntó, señalando vagamente hacia el área donde Dávide seguía hablando con los otros oficiales.

Pía sonrió suavemente, como si la pregunta la hubiera tomado por sorpresa.

—No, no lo es... pero hemos compartido muchas cosas. El oficial asintió, notando el tono en su voz.

—Es bueno tener a alguien en quien confiar en momentos así. Estos incidentes pueden ser bastante difíciles.

—Sí, lo es —respondió Pía, mirando por la ventana hacia la calle adoquinada, como si buscara palabras para continuar.

El silbido del agua hirviendo interrumpió el momento, y el oficial se apresuró a preparar el té.

—Aquí tiene, signorina. Espero que le ayude a relajarse un poco.

—Gracias —dijo Pía, aceptando la taza con un gesto de gratitud.

Cuando regresaron al mostrador principal, Dávide ya había terminado de dar su declaración. Se giró hacia ellos al escuchar el sonido de los pasos y notó el té en las manos de Pía.

—¿Todo bien? —preguntó, su tono calmado, pero atento. Pía asintió, tomando un sorbo del té antes de responder.

—Sí, todo bien.

Los oficiales cerraron el expediente con un firme golpe de sellos sobre los documentos, y uno de ellos entregó una copia a Dávide.

—Gracias por su cooperación, señor. Si hay algo más que podamos hacer, no dude en llamarnos.

Dávide asintió y, con un ligero agradecimiento, tomó la copia antes de dirigirse hacia la salida con Pía a su lado. Mientras dejaban atrás la estación, el aire frío de la noche los envolvió, trayendo consigo un silencio cargado de pensamientos no expresados.

# Teresa

Al salir de la comisaría, Dávide marcó el número de Teresa desde su teléfono. La llamada fue breve, directa, pero con un tono cálido que denotaba confianza. Teresa había insistido en que pasara por su casa para revisarlo antes de que el día terminara.

Teresa era una mujer hermosa, de esas que parecían diseñadas para atraer miradas. Su piel blanca y luminosa contrastaba con su cabello negro azabache, perfectamente liso y recogido en una coleta baja. Sus ojos verdes, intensos y casi hipnóticos, parecían captar cada detalle con un destello de picardía. Sus facciones eran finas, delicadas, pero su porte transmitía seguridad y cierta superioridad que no pasaban desapercibidas.

Cuando Dávide y Pía llegaron, Teresa los recibió en la puerta con una sonrisa amplia que se desvaneció ligeramente al notar a Pía.

—Dávide, querido, pasa. ¿Quién es…? —preguntó con un tono que pretendía ser casual, pero que destilaba desinterés hacia Pía.

Dávide no dejó que el momento se alargara.

—Teresa, te presento a Pía —dijo, su voz serena, pero firme—. Conoce a mis ojos, el amor de mi vida.

El aire en la habitación pareció detenerse por un instante. Teresa, quien siempre había intuido que Dávide hablaba de alguien especial en su vida, ahora lo confirmaba. La intensidad de sus palabras era irrefutable. Sin embargo, su expresión solo se suavizó brevemente antes de volver a su máscara habitual.

—Encantada, Pía —dijo Teresa, con una sonrisa que no llegaba a sus ojos.

Pía, aunque cortés, no podía ignorar el aura de competencia silenciosa que Teresa parecía proyectar.

—Gracias por atender a Dávide —respondió, con una voz tranquila, pero cargada de intención.

En el pequeño consultorio que Teresa tenía en casa, Dávide se quitó la camisa para que ella lo revisara. Pía observaba desde un rincón, intentando no dejarse afectar por lo que percibía como un coqueteo descarado.

—Veamos ese torso —dijo Teresa, sus manos frías, pero expertas recorriendo la piel de Dávide—. No parece haber fracturas, pero ese hematoma está impresionante.

Mientras examinaba, Teresa reía suavemente, tocándolo más de lo necesario, según Pía.

—Dávide, siempre tan fuerte, pero debes cuidarte más. ¿Cómo logras siempre meterte en problemas?

Pía apretó los labios, intentando no reaccionar. Finalmente, Teresa se enderezó, quitándose los guantes.

—No creo que haya daños internos. Tómate unos analgésicos para el dolor, y vigila cualquier síntoma de fiebre. Si algo cambia, me llamas de inmediato.

Dávide asintió, agradeciendo con un gesto mientras se vestía. Pía, por su parte, no podía esperar a salir de allí.

# Aglio, Olio e Peperoncino

De regreso en casa, cumplieron con lo que habían acordado: cocinar juntos. Dávide abrió una botella de Brunello di Montalcino, su aroma robusto llenando el ambiente mientras lo dejaba decantar.

La preparación de los espaguetis al aglio, olio e peperoncino comenzó con una precisión casi coreográfica. Dávide tomó un cuchillo afilado y comenzó a cortar el ajo en finas láminas, cada una casi transparente.

—El secreto está en no dejar que el ajo se queme, solo dorarlo lo justo —dijo, mientras movía las láminas en una sartén con aceite de oliva que brillaba bajo la luz cálida de la cocina.

Pía, a su lado, cortaba el perejil en pequeños trozos, sus manos trabajando con destreza.

—Es increíble cómo algo tan simple puede ser tan perfecto —comentó, mientras rallaba el parmesano fresco sobre un plato.

El aroma del ajo dorado se mezclaba con el picante sutil del peperoncino que Dávide añadió a la sartén. Mientras tanto, la pasta hervía en una olla grande, su textura al dente verificada con precisión.

Una vez escurrida, Dávide la incorporó a la sartén, mezclándola con movimientos fluidos para que absorbiera cada sabor. Pía espolvoreó el perejil recién picado por encima, y juntos sirvieron los platos, añadiendo un toque final de queso rallado.

Los espaguetis brillaban bajo la tenue luz de la cocina, los aromas llenando cada rincón. El primer bocado era una sinfonía de sabores: el ajo suave y caramelizado, el picante justo del peperoncino, la frescura del perejil y la profundidad del queso parmesano.

El vino, un Brunello di Montalcino de vendimia especial, complementaba perfectamente el plato. Su sabor intenso, con notas de cerezas oscuras, cuero y especias, parecía envolver cada sorbo en un abrazo cálido y reconfortante.

## Canto a la tierra, al tiempo y al misterio de instantes que no vuelven

Pía, aunque disfrutaba del momento, no podía ignorar cómo su corazón parecía abrirse a Dávide con una rapidez que la asustaba. Cada risa compartida, cada movimiento sincronizado en la cocina, la hacían sentir como si el tiempo no hubiera pasado, como si jamás se hubieran separado.

Cuando terminaron de comer, Dávide, sin decir nada, se encargó de limpiar la cocina y lavar los trastes. Lo hizo con una naturalidad que parecía minimizar todo lo ocurrido ese día.

—Ve al balcón, Pía. Termina tu copa allí. —Yo te alcanzo en un momento —dijo, mientras secaba el último plato.

Pocos minutos después, apareció con unas cobijas gruesas que colgaban en su antebrazo y en la mano derecha un par de copas de cristal y una botella de vino tinto, era un Pinero Ca' del Bosco, un poema líquido que viste un rojo claro, como el velo tenue de un atardecer que se disuelve en la nostalgia. Desde la copa llega el aroma que estalla en un canto de los frutos rojos, frambuesas y moras, como un coro de pequeños corazones latiendo en el bosque, mientras su perfume es un susurro dulce, un murmullo de hojas caídas que evocan historias olvidadas.

—Brindemos por hoy —dijo Dávide, llenando sus copas y mirándola a los ojos.

Pía levantó la copa, su corazón latiendo con fuerza, mientras el frío de la noche y la calidez del momento parecían fundirse en un instante que ninguno quería romper.

Al probarlo, Dávide, sintió como el vino se desplegaba en su boca como un amante cauteloso: equilibrado, sereno, con taninos que acarician como las manos de la madrugada. Para Pía, el final del primer sorbo era un abrazo largo, envolvente, del que no quiere soltarse. Ese vino le cantaba a la tierra, al tiempo, y al misterio de los instantes que no vuelven. Un gran pinot nero, digno de los versos que nacieron entre las raíces y el cielo.

Dávide la invitó a sentarse en un cómodo sofá ubicado en el balcón. Desde allí, el universo se desplegaba ante ellos. Las estrellas chispeaban en el cielo despejado, y la luna bañaba las montañas en una luz plateada. La nieve en las cimas brillaba como diamantes, resistiendo al invierno que se aproximaba.

Pía se recostó con suavidad en el pecho de Dávide, dejando que su respiración acompasada marcara el ritmo de un instante que parecía suspendido en el tiempo. El leve quejido de Dávide rompió la quietud, apenas un murmullo de incomodidad que nació de la presión del respaldo del sofá, del golpe y el peso delicado de Pía. Ella se movió ligeramente, dispuesta a apartarse, pero la mano de Dávide, cálida y firme, se posó en su brazo, deteniéndola con un gesto que decía más que mil palabras.

—No te muevas —murmuró, su voz apenas un susurro que se fundió con el aire frío del balcón—. Fue solo un instante… Y aunque me doliera, no me importa. Jamás me había sentido tan vivo… ni tan agradecido.

Pía alzó la cabeza con lentitud, su mirada buscando la de él, como si en sus ojos pudiera descifrar algún enigma eterno. Los ojos de Dávide, oscuros como una noche sin luna, la recibieron con un destello que parecía contener todas las palabras que no se atrevían a decirse. Él inclinó su rostro, acercándose, y el universo pareció detener su marcha, como si el mismo cosmos quisiera contemplar lo que estaba a punto de ocurrir.

Sus rostros se encontraron a medio camino, y en ese instante, sus labios se tocaron, primero con la timidez de un amanecer que apenas se asoma entre las montañas, luego con la intensidad de una tormenta que ha esperado siglos para desatarse. Fue más que un beso; fue la unión de dos almas que, después de vagar por desiertos de ausencia, encontraban finalmente la patria perdida, ese rincón donde el amor se vuelve absoluto y el tiempo no tiene cabida.

El mundo alrededor pareció desvanecerse. Las estrellas chispeaban en el firmamento como testigos cómplices, y el viento nocturno trajo consigo el susurro de hojas lejanas que danzaban en los árboles. Era como si la naturaleza y el universo entero hubieran conspirado para que ese momento, tan frágil y perfecto, existiera. Entre sus labios, no había solo amor, sino un pacto silencioso, un juramento de dos corazones que prometían seguir latiendo al unísono, sin importar lo que el destino tuviera reservado.

## El Visitante Inesperado

El teléfono comenzó a repicar con insistencia, rompiendo el hechizo que los había envuelto. Al principio, Dávide y Pía lo ignoraron, como si el mundo exterior no tuviera derecho a irrumpir en ese momento tan íntimo. Pero la insistencia fue tanta que, finalmente, sus labios se separaron, y ambos se miraron a los ojos. Fue un instante breve, suficiente para asegurarse de que no había sido un sueño, de que aquel beso había sido tan real como sus corazones latiendo al unísono.

—Perdóname, Pía —dijo Dávide, acariciando su mejilla con una ternura que la hizo temblar—. Esto debe ser importante. Déjame ver quién es.

Pía, todavía perdida en el momento, asintió con una leve sonrisa.

—Claro, ve, amor.

Dávide sonrió ante la dulzura de sus palabras, y por un instante la abrazó, como si quisiera capturar ese momento y guardarlo para siempre. Mientras el teléfono seguía repicando, se levantó con rapidez y caminó hacia la cocina, seguido de cerca por Pía, que no podía ocultar su curiosidad.

El teléfono, colocado sobre el tope de la isla de la cocina, mostraba un número desconocido. Dávide frunció el ceño, pero decidió atender.

—¿Pronto?

La voz al otro lado de la línea respondió rápidamente.

—Dávide, soy Umberto. Ciao.

Dávide puso el teléfono en altavoz para que Pía también pudiera escuchar.

—¿Estás bien? Giuseppina y Lucia me contaron lo que pasó. Estoy seguro de que es la misma persona que me atacó. Él preguntaba insistentemente por la signorina, idiota… ¿Adónde llevaste a la signorina? Ahora no recuerdo su nombre.

Dávide tensó la mandíbula, y su respuesta fue directa.

—Pía. Se llama Pía. ¿Tú me quieres decir que él la está buscando a ella? Umberto hizo una pausa antes de hablar, su tono ahora teñido de preocupación.

—Si la está buscando. Cuídate, muchacho. No sé en qué embrollo esté metida esa Pía, pero tú corres peligro.

Antes de que Dávide pudiera responder, una voz femenina interrumpió la llamada.

—Perdona, Dávide. Soy Aurora, la esposa de Umberto. Al despertar, él se alteró mucho y empezó a gritar que debía hablarte. Ahora las enfermeras están entrando para darle un calmante. No sabía qué hacer, pero quería agradecerte por haber atendido nuestra llamada a estas horas de la noche.

Dávide, con su habitual calma, respondió con cortesía.

—No tienes nada que agradecer, Aurora. Más bien soy yo quien agradece la advertencia. Cuídalo mucho. Hasta luego.

Al colgar, el silencio en la cocina era denso, cargado

de preguntas que ninguno de los dos sabía cómo formular. Fue Pía quien rompió el silencio, con la voz temblorosa y los ojos vidriosos.

—Dávide… lo siento. Te juro que no sé qué decirte ni de dónde viene todo esto. Estoy apenada puesto que yo dudé de ti, y yo soy la creadora de toda esta contrariedad.

Dávide, con esa virtud suya de mantener la serenidad en medio del caos, se acercó a ella y tomó sus manos entre las suyas.

—Respira, Pía. Lo resolveremos juntos. Vamos a pensar con claridad. Pía asintió, cerrando los ojos por un instante para recuperar el aliento.

—La persona que intentó agredirme estaba en el funeral de Lucien —dijo Dávide, reflexionando en voz alta—. Ahora que lo pienso, recuerdo que, mientras iba con prisa hacia la primera fila de la Basílica, tropecé con alguien. Él respondió de manera agresiva, creo que me dijo algo, pero no lo recuerdo. Sé que lo miré y le hice un gesto de disculpa juntando las manos.

Pía abrió los ojos de golpe, como si algo en sus recuerdos se hubiera encendido.

—Varias semanas atrás… sentí que alguien me seguía. Pero no le di importancia. Dávide se giró hacia ella, sus ojos serenos, pero inquisitivos.

—¿Tienes fotos de los amigos o conocidos que estuvieron en la Basílica?

Pía tomó su teléfono y comenzó a deslizarse entre las imágenes de su galería. Durante varios minutos, mostró los rostros de amigos y compañeros de la facultad. Pero ninguna de las caras despertó reconocimiento en Dávide.

Finalmente, él preguntó, casi como un susurro.

—¿Cuál de estas fotos es la de tu exnovio, novio o del amigo que acabas de conocer?

Pía apartó el teléfono y suspiró con frustración.

—Las he borrado todas… incluso las de las redes sociales. De repente, su rostro se iluminó con una idea.

—Espera.

Se levantó de un salto y buscó en su bolso. Sacó la foto que había guardado, la misma que incluía a Lucien, Nicoletta, Giacomo y a ella misma.

—No puede ser Giacomo —murmuró, como si intentara convencerse a sí misma. Pero cuando sacó la foto y se la mostró a Dávide, su expresión lo dijo todo.

—Sí, es él —dijo Dávide, con un asentimiento lento y grave.

Pía se quedó en silencio, mirando la foto con incredulidad. Giacomo: delgado, de 1.70 metros de estatura, cabello castaño ligeramente despeinado, y ojos marrones que parecían vacíos de emoción. Siempre había tenido una presencia esquiva, casi como una sombra que se movía entre las personas sin llamar la atención.

Un instinto se encendió en Pía, y sin dudar, marcó el número de Nicoletta.

—Mamá, ¿Giacomo te ha llamado últimamente?

La voz de Nicoletta sonó confundida al otro lado de

la línea.

—No, hija. ¿Por qué me preguntas eso?

—Escucha, mamá. Si Giacomo te llama o intenta ir a casa, no le abras la puerta. Por favor, prométemelo.

—Pía, me estás poniendo nerviosa. ¿Qué está pasando? ¿Estás bien?

—Sí, mamá, estamos bien. Pero creemos que Giacomo ha perdido la cabeza… Luego te explico todo.

Un silencio incómodo se instaló en la línea, hasta que Nicoletta habló de nuevo, su voz temblorosa.

—Hija… Giacomo está aquí.

El corazón de Pía se detuvo por un instante.

—¿Qué?

—Acaba de llegar. Está aquí, en la puerta.

Pía sintió que el suelo desaparecía bajo sus pies, mientras Dávide se acercaba, su expresión de alerta reflejando que había captado la gravedad de la situación.

# Resonó el Silencio

Giacomo apretaba con fuerza el volante mientras sus manos temblaban, no de miedo, sino de pura rabia. Golpeó el tablero con ambos puños y gritó, expulsando pequeñas pizcas de saliva seca en un arrebato de furia incontrolada.

—¡Maldito! —¡Maldito Dávide! —vociferó, su voz resonando en el reducido espacio del coche—. ¡Te voy a matar! Me las vas a pagar. Tú no entiendes, nadie entiende. ¡Pía es mía, siempre lo ha sido! ¡Siempre lo será!

Su respiración era errática, y los latidos de su corazón retumbaban como tambores de guerra. Giacomo, completamente fuera de sí, imaginaba todos los escenarios posibles en los que Dávide y Pía lo habían descubierto. En su mente distorsionada, cada segundo que pasaba era una conspiración en su contra. Pero no, aún tenía tiempo. Si Pía lo había reconocido, debía actuar rápido. Golpeó el volante una vez más y encendió el motor, dejando atrás Belluno con un rugido metálico.

La ruta hacia Padua se extendía como un laberinto de caminos secundarios y carreteras estrechas. Giacomo evitó a toda costa los peajes, temeroso de dejar algún rastro que lo delatara. Tomó la SS51 hacia Ponte nelle Alpi, donde las montañas comenzaban a ceder terreno a los campos abiertos. Las luces de los pequeños pueblos pasaban como destellos, indiferentes a la tormenta que rugía en su interior.

El paisaje, bajo el manto de la noche, parecía una pintura sombría. Las sombras de los árboles desnudos se alargaban en la penumbra, y los faros de su coche apenas lograban iluminar los caminos serpenteantes. Giacomo no veía el mundo exterior; su mente estaba atrapada en un solo pensamiento: Pía. No había lugar para la razón ni para el miedo, solo para un impulso desquiciado que lo empujaba hacia adelante.

Llegó a Padua bien entrada la noche, estacionando a unos tres kilómetros de distancia de la casa de los padres de Pía. Caminó a paso acelerado el resto del trayecto bajo el amparo de la oscuridad, deteniéndose a observar cada esquina, cada calle.

Finalmente, llegó a la casa. Desde la acera, vio que había un par de luces encendidas en la primera planta. Las cortinas no estaban completamente cerradas, lo que le permitió vislumbrar la tenue luz del televisor y la silueta de Nicoletta.

Se acercó sigilosamente, asomándose por las ventanas. Nicoletta estaba sola. No había señales de nadie más en la casa. Respiró hondo, tratando de recuperar algo de compostura. Se pasó la mano por el cabello y ajustó su chaqueta, intentando parecer lo más normal posible. Luego, tocó el timbre.

El sonido del timbre resonó en la casa como una intrusión inesperada. Nicoletta, que estaba cómodamente sentada frente al televisor, se sobresaltó. Su primera reacción fue de sorpresa al ver a Giacomo en la puerta, pero pronto la inquietud se instaló en su pecho.

—Giacomo, qué sorpresa —dijo mientras abría la puerta y lo saludaba con un beso en cada mejilla, como dictaba la cortesía—. ¿Qué haces por aquí a estas horas?

—Nicoletta, disculpa que haya venido tan tarde —respondió Giacomo con una sonrisa que no alcanzaba sus ojos—. Necesitaba hablar contigo. Es algo importante sobre Pía.

Antes de que pudiera continuar, el teléfono de

Nicoletta sonó desde la sala.

—Espera un momento, Giacomo —dijo ella, haciendo un gesto para que entrara—. Déjame ver quién es.

Nicoletta tomó el teléfono.

—Hola, hija.

La voz de Pía era rápida, decidida.

—Mamá, ¿Giacomo te ha llamado últimamente? Nicoletta frunció el ceño, confundida.

—No, hija. ¿Por qué me preguntas eso? El tono de Pía se volvió más urgente.

—Pía, me estás poniendo nerviosa. ¿Qué está pasando? ¿Estás bien?

En ese instante, Giacomo, que había estado observándola con atención, comprendió que Pía estaba hablando de él. Su mirada cambió; sus ojos, que antes buscaban mantener una fachada de calma, se llenaron de una furia contenida. Lentamente, cerró la puerta detrás de él y pasó la cerradura con un movimiento que resonó en el silencio de la casa.

Nicoletta sintió un escalofrío recorrer su espalda. Algo en la atmósfera se volvió opresivo, y la expresión de Giacomo, oscura y amenazante, la dejó paralizada.

—Hija... —Giacomo está aquí —dijo al teléfono, su voz temblorosa. Pía reaccionó de inmediato.

—¡Voy enseguida para allá! —dijo, con una determinación que apenas disimulaba el miedo.

Nicoletta no pudo responder. Giacomo ya se había acercado, y con un movimiento brusco le quitó el teléfono de la mano.

—No te preocupes —dijo con un tono que mezclaba una calma escalofriante con pura amenaza—. Ya no necesitas esto.

Apagó el teléfono y lo dejó caer al piso. Luego, sacó una navaja de su bolsillo y la sostuvo a la altura de su rostro.

—Escúchame bien, Nicoletta. Si haces exactamente lo que te digo, no te haré daño.

La mirada de Giacomo, cargada de un fuego que Nicoletta jamás había visto antes, la dejó completamente paralizada. En ese momento, entendió que su vida, y quizá la de su hija, pendía de un hilo demasiado frágil.

# El Límite de la Noche

Dávide y Pía salieron de la casa con prisa, dejando atrás cualquier vestigio de calma que el día les hubiera ofrecido. La noche era espesa, un manto de sombras y dudas que cubría la ciudad mientras Dávide arrancaba el BMW X5 azul oscuro, el rugido del motor resonando en el silencio. A medida que aceleraban, las luces de Belluno se desvanecían en el retrovisor, y la autopista se desplegaba frente a ellos como un interminable túnel hacia la incertidumbre.

—Ya he alertado a la policía de Belluno —dijo Dávide, con la vista fija en el camino—. Están avisando a Padua. Llegarán antes que nosotros.

Pía asintió, respirando profundamente, tratando de contener el torbellino de emociones que amenazaba con consumirla. Pero algo en su interior le decía que no era suficiente. Sacó su teléfono y marcó apresuradamente.

—¿Alessia? —su voz, quebrada por el esfuerzo de parecer tranquila, resonó en el altavoz.

—¡Amiga! —¡Qué sorpresa! —respondió Alessia, jovial, al otro lado de la línea—. ¿Qué pasa?

—¿Estás en Padua? Alessia se paró de la mesa y se alejó del grupo para poder escuchar mejor.

—Obvio. Fui a tu casa esta mañana y me tomé un café con tu mamá. ¿No te dijo? Me habló de Dávide. Ya quiero conocerlo.

—¡Alessia! —interrumpió Pía, cortando en seco su entusiasmo—. Necesito que vuelvas a la casa de inmediato. Mamá está en peligro.

El tono autoritario de Pía sorprendió a Alessia, quien, al captar la gravedad de la situación, dejó de lado su habitual jovialidad.

—¿Qué está pasando, Pía? ¿Estás bien?

—No hay tiempo para explicaciones. Por favor, haz lo que te digo. Vuelve a la casa y mantente cerca de mamá. Voy de camino.

—De acuerdo. Estoy en un bar en Arcella. Salgo ahora mismo.

Alessia se acercó rápidamente a la mesa, su mirada reflejando preocupación.

—Tomasso, me tengo que ir —dijo, agarrando su bolso con movimientos torpes.

—¿Qué sucede? —preguntó Tomasso, alzando una ceja.

—Una amiga. Algo pasa con su madre. Hasta este momento había ocultado por celos, el nombre de Pía.

Tomasso la miró detenidamente, tratando de entender la urgencia en sus palabras.

—Voy contigo.

—No —lo detuvo Alessia con un tono firme, casi autoritario—. Tú te quedas aquí.

—¿Qué? No voy a quedarme de brazos cruzados.

—Tú, me esperas aquí —repitió Alessia, clavando su mirada en él.

Tomasso, confundido, pero obediente, se dejó caer de nuevo en la silla, como un soldado que acaba de recibir una orden directa. Alessia salió del bar sin mirar atrás, mientras Tomasso, tras unos segundos de duda, se levantó, sacando un billete de cincuenta euros, era más de lo que debía pagar. Se los dio al cantinero y salió discretamente tras ella, manteniendo una distancia prudente.

Después de caminar varias cuadras, el Fiat rojo de Giacomo apareció estacionado a un lado de la calle. Alessia, al pasar junto al coche, colocó su palma en la capota. Estaba tibia. Su corazón comenzó a latir más rápido, empezaba a entender la gravedad de lo que podía estar sucediendo.

—Dios mío —susurró, apartándose rápidamente.

A unos metros de distancia, Tomasso observaba desde las sombras. No sabía qué estaba ocurriendo, pero algo en el aire le advertía que debía apartarse. Un coche patrulla pasó a gran velocidad con las sirenas encendidas, y Tomasso balbuceó una maldición entre dientes.

—¡Mierda! —murmuró alargando la letra "e" por un par de segundos y haciendo énfasis en la "a" como sí fuera acentuada—. ¿Qué demonios estoy haciendo aquí? —se preguntó, pero sus pasos no se detuvieron.

A lo lejos, Alessia giró en una esquina y desapareció de su vista. Lejanamente vio las sombras de dos personas que caminaban en su dirección y Tomasso apuró el paso, intentando alcanzarla sin llamar su atención. Cuando finalmente la divisó, estaba a pocos metros de ella, que casi lo descubre, vio cómo se ocultaba detrás de un coche y parecía hablar en susurros por teléfono, mientras Tomasso apoyaba su cuerpo tras el tronco de un árbol para ocultarse.

En la casa de Nicoletta, la policía llegó en silencio,

pero con rapidez. Dos patrullas se detuvieron frente a la entrada. Los oficiales encontraron la puerta principal entreabierta, y el televisor aún encendido. Revisaron cada rincón de la casa, armados y en alerta, pero todo estaba en orden. Ningún rastro de robo ni de violencia, salvo un teléfono celular tirado en el suelo.

Mientras tanto, en la calle, Tomasso, tras el árbol, observaba cómo una figura masculina y una mujer mayor caminaban a lo lejos. La mujer parecía caminar con dificultad, mientras el hombre detrás de ella le hablaba de forma agresiva, casi empujándola.

De repente, Alessia emergió de su escondite como una fiera al acecho. Su única arma era el teléfono, había compartido su ubicación con Pía, y tenía la línea abierta.

—¡Déjala ir, Giacomo! —gritó, su voz resonando con una autoridad inesperada que rompió la calma de la noche.

Giacomo se detuvo en seco, visiblemente sobresaltado. Nicoletta, temblando, apenas podía mantenerse en pie.

—¿Qué demonios haces aquí? —preguntó Giacomo, su voz teñida de rabia y desconcierto.

—Déjala ir —repitió Alessia, avanzando lentamente hacia él—. No tienes que hacer esto.

Giacomo, con la desesperación pintada en el rostro, tomó a Nicoletta por el cuello y colocó la navaja justo contra su piel.

—¡No des un paso más! —gritó, mientras sus ojos brillaban con una locura descontrolada—. ¡No te metas en esto, Alessia!

—Tranquilo, Giacomo. Esto es entre tú y yo. Déjala ir, y lo resolveremos como quieras.

Alessia levantó las manos, mostrando el teléfono aún en su mano. Giacomo la miró con desconfianza, su agarre en Nicoletta se hizo más firme.

Desde la distancia, Tomasso observaba la escena con el corazón latiendo a mil por hora, mientras esperaba que el árbol lo acobijara. Justo en ese momento, el BMW azul oscuro giró en la esquina y avanzó lentamente por la calle.

Dentro del coche, Pía vio una figura que se agachaba junto a un árbol. Aunque no pudo identificarlo, algo en su corazón le dijo que no era un extraño.

—Dávide, detente aquí —dijo con voz temblorosa.

El coche se detuvo en medio de la calle, y ambos se prepararon para enfrentarse a lo que la noche les tenía reservado.

# Bajo la Luz Carmesí

El chillido de los neumáticos al frenar rompió la quietud de la noche, como un alarido que despertó al vecindario. Dávide desapareció momentáneamente entre las casas, mientras Pía corría desesperada siguiendo los pasos de Alessia. La escena que se desplegó ante sus ojos era una mezcla de terror y desesperación: Giacomo sostenía a Nicoletta, con la navaja firmemente apretada en su mano.

—¡Giacomo, por favor! —gritó Pía, acercándose lentamente—. Déjala ir. ¡No tiene nada que ver con esto! Tómame a mí, pero deja ir a mi madre.

Giacomo la miró con una sonrisa torcida, los ojos encendidos de una furia que apenas podía contener.

—¿Tomarte a ti? —escupió, su voz cargada de sarcasmo—. ¿Y qué me asegura que no vas a abandonarme como lo has hecho siempre?

Pía sintió cómo el aire se volvía más denso, cada palabra de Giacomo era un dardo envenenado. Alessia, aterrorizada por lo que Giacomo pudiera revelar, avanzaba con pasos lentos y calculados. Tomasso, aún escondido tras un árbol cercano, reunió el valor suficiente para salir de su refugio. Pero su movimiento no pasó desapercibido.

Giacomo giró la cabeza hacia él, y sus labios se curvaron en una mueca de burla.

—¿Ahora te estás acostando con él también? —le gritó a Alessia, su voz llena de veneno.

El rostro de Pía se volvió hacia Tomasso, completamente desconcertada, y luego miró a Alessia, buscando respuestas.

—¡Cállate, Giacomo! —le gritó Alessia con desesperación, tratando de calmar la situación—. ¿Qué demonios dices?

Giacomo soltó una carcajada amarga.

—Alessia… la gran Alessia. Se ha acostado con todos nosotros, Pía. Es una perra, es una gran puta traicionera.

No pudo terminar la frase. Alessia, con un grito de pura furia, se lanzó hacia él. Giacomo, sorprendido, empujó violentamente a Nicoletta, quien cayó al frío pavimento con un golpe seco y aterrador.

—¡Mamá! —gritó Pía mientras corría hacia ella, sus ojos llenos de lágrimas al escuchar el impacto del cuerpo de Nicoletta contra el suelo.

Giacomo recogió su brazo y esperó que el cuerpo de Alessia estuviera más cerca y enfiló su navaja hacia el abdomen, Alessia no se lo esperaba, la expresión del rostro era de terror, posó su mano en la herida y sintió la sangre tibia que rápidamente humedecía sus manos.

En ese instante, Dávide apareció por detrás de Giacomo. Con un movimiento rápido, lo sujetó por el cuello, tratando de someterlo. Pero Giacomo, como un animal acorralado, osciló su brazo nuevamente y hundió la navaja en el pecho de Alessia.

—¡Esto es por perra! —vociferó mientras la sangre comenzaba a manchar el pavimento.

Antes de que pudiera atacar de nuevo, Dávide apretó su agarre, luchando por mantener el control. Sin embargo, Giacomo giró la navaja y la hundió en el muslo de Dávide.

—¡Bastardo! —gritó Dávide, su voz cargada de dolor, pero no lo soltó. Apretó aún más, con una fuerza que parecía surgir de un lugar más allá del sufrimiento.

Alessia, herida, pero luchando por mantenerse consciente, intentó levantarse apoyándose en sus manos y rodillas. Pero Giacomo, en un arrebato de crueldad, le propinó una patada en el rostro, enviándola de nuevo al pavimento.

—¡Ayuda! —gritaba Pía, sosteniendo a su madre y viendo a Tomasso completamente paralizado, su rostro congelado en una máscara de terror.

Dávide, a pesar del dolor, hizo un movimiento calculado con su cuerpo. Giró bruscamente, provocando que Giacomo perdiera el equilibrio y cayera sobre él. La navaja se partió en el proceso, dejando la hoja enterrada en su muslo.

A lo lejos, las sirenas de la policía rompieron el silencio. Las luces azules y rojas comenzaron a reflejarse en las ventanas de las casas cercanas, anunciando la llegada de los carabinieri. Las patrullas bloquearon la calle, una desde el lado donde estaba estacionado el BMW, y otra llegando desde el extremo opuesto.

Los oficiales descendieron rápidamente de los vehículos, desenfundando sus armas mientras se acercaban a la escena.

—¡Suelte el arma! —gritó uno de ellos, apuntando directamente a Giacomo, quien había recuperado el mango de la navaja, apenas podía mantenerse de pie tras el forcejeo con Dávide.

Con movimientos torpes, Giacomo levantó las

manos, dejando caer el mango roto de la navaja. Los oficiales lo sujetaron y lo esposaron con fuerza, mientras otro equipo se acercaba a Dávide.

—Señor, baje las manos. Está bajo custodia.

Pía, con lágrimas en los ojos, se interpuso entre Dávide y los oficiales.

—¡No! —¡Él no ha hecho nada malo! —exclamó con desesperación—. Salvó la vida de mi madre… y quizás también la de Alessia.

Uno de los policías, con gesto serio, bajó ligeramente su arma.

—¿Puede confirmar eso? —preguntó, dirigiéndose tanto a Pía como a Nicoletta, quien ahora comenzaba a recuperar el sentido. El oficial, le lanzó un mirada firme a Tomasso y este asintió con la cabeza.

—Sí… —dijo Nicoletta, su voz débil, pero firme—. Dávide nos salvó.

Los oficiales intercambiaron miradas y consintieron. Uno de ellos se acercó a Dávide para examinar la herida en su muslo.

—Señor, necesita atención médica inmediata.

Dávide, con una mueca de dolor, intentó ponerse de pie mientras Pía lo sostenía.

—Estoy bien. —Ayuden primero a Alessia —dijo con voz ronca, y la pierna izquierda húmeda en sangre, su mirada fija en la figura caída de Alessia, quien intentaba moverse en el suelo.

# La Herida del Alma

Tomasso, finalmente, rompió el hechizo del miedo que lo mantenía paralizado y se lanzó hacia Alessia. Ella estaba tendida en el pavimento, luchando por mantenerse consciente mientras la sangre seguía brotando de su abdomen. Su rostro, pálido y cubierto de sudor frío, reflejaba la intensidad del dolor que sentía. Tomasso, con manos temblorosas, presionó la herida para intentar detener la hemorragia, mientras sus palabras eran una mezcla de súplica y desesperación.

—¡Alessia! Quédate conmigo, por favor. No cierres los ojos, mírame. ¡Mírame! —su voz se quebraba al tiempo que sus ojos buscaban una señal de respuesta en los de ella.

Alessia, con la respiración entrecortada, lo miró débilmente, sus labios apenas se movían mientras intentaba hablar, pero solo un débil gemido salió de su garganta. Pía, con el corazón latiendo desbocado, se acercó por el otro costado, colocando una mano sobre el brazo de Alessia.

—¡Alessia! —la llamó con firmeza, pero con ternura—. Los paramédicos están aquí, ya vienen. Por favor, no te rindas, aguanta un poco más.

Los focos de las ambulancias iluminaron la escena como un faro en medio de la oscuridad. Los paramédicos descendieron con rapidez y profesionalismo, llevando camillas y equipo médico. Con movimientos precisos, apartaron a Tomasso y Pía mientras comenzaban a trabajar sobre Alessia.

—Señores, por favor, dennos espacio —pidió uno de ellos con tono autoritario, pero amable.

Pía y Tomasso retrocedieron mientras observaban

cómo colocaban a Alessia en la camilla. El sonido del monitor cardíaco y las instrucciones rápidas entre los paramédicos creaban un ritmo frenético. Le insertaron una vía intravenosa mientras uno de ellos presionaba con firmeza la herida del abdomen para controlar la hemorragia.

Tomasso, al ver que colocaban a Alessia dentro de la ambulancia, se acercó a Pía con los ojos llenos de una mezcla de culpa y arrepentimiento. No dijo una palabra, pero su mirada hablaba por él. Con un apretón de labios, intentó transmitir lo que las palabras no podían expresar. Pía le devolvió la mirada, entendiendo el mensaje, aunque el peso de los acontecimientos no le permitió responder.

—Ve con ella, Tomasso —le dijo finalmente, su voz apenas un susurro—. Quédate a su lado.

Tomasso asintió rápidamente antes de subirse a la ambulancia, que partió a toda velocidad, perdiéndose entre las luces azules de las patrullas.

Mientras tanto, otro equipo médico atendía a Nicoletta y Dávide al borde de la ambulancia. Uno de los paramédicos, con mirada concentrada, revisó la herida en el muslo de Dávide.

—Necesita puntos y un procedimiento para retirar el fragmento de la navaja, pero no parece haber dañado arterias importantes —le dijo al conductor de la ambulancia.

A Nicoletta, aunque consciente, le tomaron signos vitales y le colocaron oxígeno como medida preventiva. A pesar del dolor en su cuerpo, insistió en mantenerse tranquila por el bien de Pía, que observaba todo con los nervios a flor de piel.

Un carabinieri se acercó a Dávide y Pía con una

libreta en mano.

—Necesitamos su documentación y una breve declaración sobre lo ocurrido. —Por favor, colaboren con el proceso —dijo con un tono formal, pero no agresivo.

Dávide entregó su identificación y, entre jadeos, explicó lo esencial. Pía, por su lado, hizo lo mismo con otro oficial, aunque su mente seguía atrapada en Alessia y en el horror que acababa de presenciar. Los oficiales les pidieron que estuvieran disponibles para cualquier aclaración durante el proceso.

Finalmente, Nicoletta y Dávide fueron colocados en la misma ambulancia, algo fuera del protocolo, pero los paramédicos entendieron la urgencia emocional de mantenerlos juntos. Nicoletta fue acostada en una camilla para observación, mientras Dávide, con su herida en el muslo, tomó el asiento del acompañante, soportando el dolor con estoicismo.

Pía, al ver partir la ambulancia, se dirigió al BMW y se subió al volante. Con manos temblorosas, encendió el motor y comenzó a seguirla a la distancia. A través del retrovisor, vio cómo Giacomo, esposado y con el rostro ensombrecido, era llevado por los carabinieri hacia un vehículo policial. Las luces azules y rojas se reflejaban en sus ojos, marcando el final de una noche que había dejado cicatrices profundas en todos.

Mientras conducía, Pía respiró profundamente,

intentando calmarse. Pero el silencio dentro del coche era ensordecedor, y el peso de lo ocurrido se sentía como una losa sobre su pecho. Miró al frente, viendo cómo las ambulancias abrían camino en la oscuridad, y supo que la batalla no había terminado. La herida más profunda no era la del cuerpo, sino la del alma.

# Alessia

Alessia falleció en el quirófano del Hospital Sant'Antonio en Padua, su vida apagada por la gravedad de las heridas y la irreparable pérdida de sangre. Las máquinas dejaron de emitir su constante pitido, y el quirófano quedó en silencio, roto solo por los murmullos de los médicos que confirmaban lo inevitable. La noticia cayó como un peso sobre los hombros de todos los presentes en el hospital. Tomasso, inmóvil en la sala de espera, se negaba a aceptar lo ocurrido, su mirada fija en el suelo, como si en las baldosas pudiera encontrar alguna respuesta que le devolviera a Alessia. Su respiración era lenta, pesada, como si cada aliento costara demasiado.

Nicoletta, aunque físicamente estaba bien, presentaba una evidente crisis nerviosa. Sus manos temblaban mientras apretaba el vaso de agua que le habían dado, sus dedos marcados por las abrasiones de la caída. Las rodillas, amoratadas, eran un recordatorio físico del horror que había vivido. Pía permanecía a su lado, sosteniéndole la mano, mientras trataba de encontrar las palabras adecuadas para darle consuelo.

Dávide, en tanto, había salido del quirófano tras una pequeña cirugía para extraer la hoja de la navaja que había quedado incrustada en su muslo. Caminaba lentamente, apoyado en una muleta, pero su rostro mostraba una sonrisa apagada y signos de más agotamiento emocional que físico. La noche había sido interminable, y el alba comenzaba a desplegarse en el horizonte con tonos de púrpura y naranja, como si el día quisiera devolver algo de esperanza tras la oscuridad.

Pía, agotada tanto física como emocionalmente, pidió a Nicoletta unos minutos para hablar con Dávide. Se acercó a él mientras él se sentaba en una de las sillas del vestíbulo. La luz del amanecer se filtraba por los grandes ventanales, envolviendo a ambos en una calidez melancólica.

—Dávide —comenzó Pía, su voz apenas un susurro—, necesito que me escuches. Es importante para mí decirte que te amo. Contigo he conocido lo que es el amor verdadero. Pero… con todo lo que ha pasado —Giacomo, Alessia, y tú—, siento que necesito tiempo. No sé cómo procesarlo todo, y sé que este proceso debo hacerlo sola. Además, mamá me necesita ahora más que nunca.

Dávide la miró, sus ojos oscilando entre la comprensión y el dolor. Se tomó un momento para responder, como si las palabras correctas estuvieran luchando por salir.

—Pía, entiendo. Y te amo. No quiero presionarte ni apresurarte. Tómate el tiempo que necesites. Yo estaré aquí… listo cuando tú lo decidas.

Pía esbozó una sonrisa triste, sus ojos brillando con lágrimas que no se atrevieron a caer. Se abrazaron, y en ese gesto se dijeron todo lo que las palabras no podían expresar. Era un abrazo cargado de promesas no dichas, de esperanza y de una certeza silenciosa: ambos querían un futuro juntos, pero sabían que el presente requería caminos separados.

Dávide, que no podía manejar por su herida, le tendió las llaves de su BMW a Pía.

—Llévate el coche. No lo necesito ahora. Tenlo el tiempo que sea necesario.

Pía intentó protestar, pero él ya había hecho señas a un taxista que esperaba en las afueras del hospital.

—Cuida a tu mamá, Pía. Y cuida de ti. —Nos veremos pronto —dijo Dávide, con una sonrisa tenue.

El sonido de la bocina del taxi interrumpió el momento. Se abrazaron una vez más, esta vez más breve, pero igual de intenso. Pía lo vio caminar hacia el taxi, cada paso lento, pero firme. Antes de entrar, Dávide dirigió su mirada hacia Tomasso, quien seguía sentado en la sala de espera, con el rostro enterrado entre sus manos.

—¿Y él? —preguntó Dávide, señalándolo con un movimiento de cabeza. Pía suspiró y respondió con frialdad.

—Él es Tomasso. No tiene importancia. No me quiero involucrar, ya tengo suficiente.

Dávide asintió, sin insistir, y subió al taxi. Mientras el vehículo se alejaba, Pía y Dávide se miraron por última vez, sus miradas entrelazadas con la esperanza y la promesa de un futuro mejor, aunque incierto.

Pía regresó al vestíbulo, donde Tomasso seguía inmóvil. Se permitió un momento para respirar hondo y mirar por los ventanales al amanecer. La luz comenzaba a iluminar las calles, y con ella, una nueva oportunidad para sanar y reconstruir todo lo que se había roto.

## El Diario de Pía

***Martes, 1 de noviembre, 2022.***

He llegado al umbral de un momento que podría ser llamado crucial, pero que no es más que el reflejo inevitable de un destino que siempre me aguardaba. Estos días recientes, cargados de una intensidad que casi no puedo nombrar, han sido como espejos que multiplican las sombras y los reflejos de mi propia existencia. Giacomo, con su violencia desbordada, Alessia, con la traición que ha desgarrado los hilos de la confianza, y Dávide, el eco de un amor que nunca terminó de extinguirse, han sido piezas en un tablero que creía conocer, pero que ahora se revela infinitamente más vasto y complejo.

Giacomo me mostró, no solo su propia ruina, sino la mía. Su violencia no fue más que un espejo que me obligó a ver los límites difusos que he permitido en mi vida, las concesiones hechas a costa de mi propia esencia. Alessia, por su parte, fue un recordatorio de lo frágiles que son las conexiones humanas y de lo ilusorio que puede ser creer que conocemos verdaderamente a quienes nos rodean. En su traición, he visto también las veces que traicioné mis propias necesidades y deseos, buscando un ideal que nunca existió. Y luego está Dávide, cuyo regreso es como una línea escrita en un libro olvidado, un signo que se resiste a desvanecerse, un ancla que me invita a permanecer en el presente mientras intento descifrar el pasado.

Lo que he aprendido es tan vasto como el propio tiempo, tan inasible como la arena entre los dedos. He vivido en la ilusión de las expectativas, creyendo que podía moldear a los demás, forjarlos en la imagen de mis deseos y necesidades. Pero la verdad, cruel y luminosa, es que no amé a Giacomo por lo que era, sino por lo que quise que fuera. No vi a Alessia como era, sino como necesitaba verla. He vivido en una sala de espejos, donde las imágenes reflejadas no eran de ellos, sino de mis propios anhelos.

Con Dávide, sin embargo, siento la posibilidad de algo distinto. No porque sea perfecto, ni porque yo lo sea, sino porque juntos podríamos construir algo sin las mentiras del pasado, sin las máscaras de la idealización. Pero para eso, debo primero reconciliarme con mi propia historia, con las heridas y los errores, y encontrar en ellos no un lastre, sino una enseñanza.

No se trata de olvidar, porque olvidar sería negar el mapa de mi existencia. Se trata de comprender, de aceptar que las sombras también son parte de la luz. Giacomo, Alessia, incluso Dávide, son capítulos de una narrativa que aún se está escribiendo. No soy la víctima de este relato, soy su autora. Tengo que aprender a amar desde la autenticidad, no desde el deseo de llenar vacíos, sino desde la capacidad de compartir lo que ya soy.

Este es el comienzo de mi reescritura, no para borrar lo que fue, sino para trazar un nuevo sendero. Sé que el amor no es un refugio perfecto, sino un espejo honesto que nos devuelve lo que somos, con todas nuestras imperfecciones. Y sé que, junto a Dávide, tengo la posibilidad de ser, no una mitad que busca completarse, sino un todo que elige compartir su luz. Al final, tal vez, descubriré que no hay fin ni principio, solo un camino interminable, y que el verdadero destino no es otro que llegar, finalmente, a mí misma.

# La Gran Manzana

La mañana del viernes 18 de noviembre amaneció con un cielo teñido de gris y los árboles del otoño italiano derramando las últimas hojas doradas. Pía, con el corazón latiendo al compás de una mezcla de nostalgia y esperanza, tomó las llaves del BMW de Dávide y partió rumbo a Belluno. La carretera serpenteaba entre montañas que parecían despedirse con su belleza melancólica, como si comprendieran la importancia de este viaje. Al llegar, Dávide la esperaba en la entrada de su edificio, con una sonrisa serena que parecía contener un mundo de emociones.

Se abrazaron, y en ese instante, el tiempo pareció detenerse. Fue un abrazo cargado de promesas no dichas y despedidas contenidas. Sus labios se encontraron brevemente, como si ese beso tuviera que sostenerlos hasta el próximo encuentro.

—Gracias por venir a buscarme, Pía —dijo Dávide, rompiendo el silencio mientras subían al coche—. No sabes cuánto significa para mí.

Pía sonrió, con sus manos firmes al volante mientras salían de Belluno en dirección a Padua.

—Tenía que devolverte el coche, ¿no? —bromeó, aunque la verdad estaba en su mirada—. Además, quería verte. No podía irme sin despedirme de ti.

Durante el trayecto, hablaron de todo y de nada. Los días recientes se habían sentido como un huracán, y ahora que el aire estaba más claro, podían permitirse soñar de nuevo.

—Dávide —dijo Pía, rompiendo un silencio que

había caído entre ellos mientras la autopista se extendía frente a ellos—, necesito que sepas algo. Este viaje es importante para mí, no solo porque necesito tiempo para sanar, sino porque necesito encontrarme a mí misma. Pero quiero que sepas que lo que más deseo en este mundo es que, cuando esté lista, estés allí para mí.

Dávide la miró, sus ojos brillando con esa mezcla de amor y paciencia que lo caracterizaba.

—Pía, esperaré por ti el tiempo que sea necesario. Siempre estaré aquí, no importa cuánto tarde. Lo único que quiero es que encuentres lo que buscas y seas feliz.

Llegaron a la casa de Nicoletta y Antonella en Padua, donde las dos mujeres los esperaban con una mesa llena de delicias: brioche, cornetti y cappuccino que llenaban la casa de un aroma cálido y acogedor. Pía y Dávide se sentaron juntos, tomados de la mano, mientras las risas llenaban la sala.

—Dávide —dijo Nicoletta, sirviéndole un cappuccino—, espero que cuides bien a mi hija cuando decida volver. No aceptaré menos.

—Eso puedes darlo por hecho, signora —respondió Dávide con una sonrisa, apretando suavemente la mano de Pía.

Antonella, siempre alegre, no pudo resistirse a bromear.

—Bueno, Dávide, si la haces sufrir, tendrás que responderme a mí primero.

Las palabras arrancaron una risa nerviosa de Pía, que intentaba mantener la compostura en medio de tanta emoción.

Finalmente, llegó el momento de partir. Cargaron el equipaje al coche, y mientras Antonella y Nicoletta las despedían desde la puerta, Dávide y Pía emprendieron el camino hacia el aeropuerto Marco Polo. El día, con su cielo parcialmente nublado y el aire fresco del otoño, parecía reflejar las emociones de Pía: un equilibrio entre lo incierto y lo prometedor. El trayecto transcurrió en un silencio cómodo, roto solo por el suave murmullo de la radio y las miradas que se cruzaban en cada semáforo.

Al llegar al aeropuerto, Dávide estacionó el coche y tomó las maletas, asegurándose de llevarlas al mostrador para el check-in. Aprovechando un momento de descuido de Pía, deslizó su tarjeta de crédito a la agente de la aerolínea.

—Actualice su boleto a primera clase, por favor —pidió con voz baja.

La agente le devolvió la tarjeta con discreción, y Dávide regresó con Pía, quien lo miró con ternura.

—Gracias por todo, Dávide. No solo por traerme, sino por... todo. Por ser tú. Él sonrió, inclinándose para besarle la frente.

—Solo quiero que vuelvas cuando estés lista. Yo estaré aquí, esperándote.

En la sala de embarque, el tiempo pareció acelerarse. Se despidieron con un abrazo que duró más de lo necesario, como si quisieran absorber la energía del otro para los días venideros. Cuando el último llamado para el vuelo fue anunciado, Pía tomó sus cosas y miró a Dávide una última vez antes de desaparecer tras las puertas de seguridad.

Una vez a bordo, Pía entregó su pase de abordar, sin darse cuenta de que algo había cambiado. Fue cuando una auxiliar de vuelo la guió hasta el asiento 5D que entendió lo que había sucedido. La bienvenida cálida, la copa de Prosecco que le ofrecieron antes del despegue y la amplitud de su asiento eran una prueba clara del gesto de Dávide.

Sonrió para sí misma, conmovida.

—¿Algo más que podamos traerle antes de despegar? —preguntó la azafata con una sonrisa.

—No, gracias. —Estoy bien —respondió Pía, mientras una lágrima resbalaba por su mejilla, no de tristeza, sino de esperanza.

Mientras el avión despegaba, Pía miró por la ventana, viendo cómo Italia se convertía en un tapiz de colores otoñales. En su corazón, llevaba la certeza de que este no era un adiós, sino un nuevo comienzo.

# El Emperador Romano

Al llegar a Nueva York, Pía se encontró con una ciudad vibrante que parecía estar viva, una metrópoli que latía al ritmo de millones de historias entrelazadas. El apartamento de Antonella, situado en la Quinta Avenida con vistas al Parque Central, era un reflejo de la elegancia y el buen gusto que caracterizaban a su dueña.

En la entrada, un portero uniformado, cuya seriedad parecía cincelada en mármol, le abrió la puerta con una leve inclinación. Apenas cruzó el umbral, Mike, el mayordomo, la recibió con la precisión de un reloj suizo.

—Señorita Pía, supongo —dijo Mike con una inclinación de cabeza tan leve como elegante—. La señora Antonella me ha pedido que me asegure de que todo esté perfecto para su estadía.

Tomó las maletas de las manos de Pía y, mientras la acompañaba al ascensor, le extendió un sobre que contenía las instrucciones del apartamento y el número de contacto de la vecina que cuidaba de Piccolo, el pequeño maltés.

—Si necesita algo, no dude en llamarme —añadió Mike con una sonrisa discreta antes de desaparecer tras las puertas del ascensor.

El apartamento era un oasis de sofisticación. Los techos altos y los ventanales enormes enmarcaban una vista privilegiada del Parque Central. El interior combinaba muebles clásicos con detalles modernos, y en cada rincón se respiraba una calma que contrastaba con el bullicio de la ciudad que nunca duerme.

Pía pronto conoció a Piccolo, el maltés de Antonella. Con su porte digno y su carácter dominante, estaba confundido en la geometría del firmamento, creía vivir en el cuerpo de un San Bernardo, parecía más un emperador romano exigiendo atención y veneración a cada instante, que un perro de compañía. Piccolo gruñó levemente, como si quisiera establecer que él mandaba en ese territorio.

—Piccolo, tendremos que aprender a convivir —le dijo Pía con una sonrisa mientras acariciaba su sedoso pelaje.

Después de instalarse, Pía decidió cumplir uno de sus sueños: comer una auténtica hamburguesa americana. Tomó un taxi amarillo, cuyo conductor, con acento caribeño y una sonrisa pícara, la llevó hasta Midtown Manhattan.

—Primera vez en Nueva York, ¿eh? —preguntó mientras zigzagueaba con destreza entre el tráfico.

—Sí, y espero que no la última —respondió Pía con una sonrisa.

El taxi la dejó en la esquina de la Sexta Avenida con la calle 36. Pía se quedó un instante en la acera, observando el movimiento incesante de la ciudad. La energía de Nueva York la maravillaba, pero el hambre pronto la sacó de su ensimismamiento y la condujo al interior del restaurante.

El lugar no era solo un restaurante, era un viaje en el tiempo. Al cruzar sus puertas, Pía se sintió transportada a la Nueva York de finales del siglo XIX, a una época de elegancia y bohemia. El local, con sus paredes de madera oscura y sus techos altos, respiraba historia en cada rincón. Las lámparas de gas, que aún iluminaban algunas de sus salas, proyectaban sombras danzantes sobre las mesas cubiertas con manteles blancos. En las paredes, se exhibían cientos de pipas de arcilla, vestigios de una época en que fumar era un ritual social. Fotografías antiguas y caricaturas de personajes célebres decoraban los paneles de madera, creando una atmósfera de club privado y refugio de intelectuales.

El ambiente era cálido y acogedor, con un toque de nostalgia. El olor a carne asada se mezclaba con el aroma de la madera vieja y el cuero de los sillones. El murmullo de las conversaciones se fundía con el tintineo de las copas y el chisporroteo de la carne en la parrilla. En medio de ese bullicio, la barra se alzaba como un oasis, un refugio para los solitarios y los conversadores. Era una imponente estructura de madera maciza, pulida por el paso de innumerables codos y testigo silencioso de incontables historias. Detrás de ella, los cantineros, con sus camisas blancas remangadas, chalecos negros y sus movimientos precisos, preparaban cócteles clásicos, servían cervezas artesanales y vinos de los mejores viñedos del mundo. El ambiente era relajado y amigable, propicio para entablar conversaciones con el barman o con otros comensales. Pía se sentó en uno de los taburetes de cuero rojo, sintiéndose transportada a un tiempo donde la elegancia y la conversación eran un arte.

—¿Mesa para uno? —preguntó la anfitriona con amabilidad.

—Sí, acabo de llegar de Italia y siempre he soñado con comerme una hamburguesa en América.

—¿Le molesta sentarse en la barra? —preguntó la anfitriona.

—Para nada —respondió Pía, emocionada por la aventura.

En la barra, Tom, el barman corpulento y afable, le dio la bienvenida.

—¡Welcome to New York! ¿Qué puedo ofrecerte?

—Una cerveza IPA americana. He escuchado que aquí son famosas. Tom asintió con entusiasmo.

—Tengo una Lagunitas IPA en sifón. Es una joya, con aromas cítricos y un amargor refrescante.

—Perfecto —respondió Pía, imitando el gesto del pulgar que veía con frecuencia en los estadounidenses.

Cuando llegó la hamburguesa, Miss Keens, Pía no pudo contener una sonrisa. La carne jugosa, el queso cheddar derretido, el tocino crujiente y la salsa secreta la convirtieron en una experiencia sublime. Las papas fritas doradas y crujientes eran el acompañamiento ideal.

—¿Qué tal? —preguntó Tom, observándola con curiosidad.

—Es… perfecta. —Vale la pena el viaje solo por esto —respondió Pía entre risas.

Saciada y maravillada por el festín, decidió regresar al apartamento caminando. Las luces de Nueva York, los rascacielos que rozaban el cielo y la mezcla de culturas la envolvieron en una sensación de pertenencia y libertad. Era como si la ciudad la invitara a reinventarse, a escribir un nuevo capítulo en su vida.

Pía sabía que ese viaje no solo era una exploración de la ciudad, sino también de ella misma. Nueva York se presentó como un lienzo en blanco, y ella estaba lista para llenarlo con nuevos colores y formas.

# Un Invierno en Nueva York

Pía despertaba cada mañana con la luz tenue que se filtraba a través de las cortinas del apartamento de Antonella, reflejando los destellos plateados de la nieve acumulada en el alféizar. Nueva York, con su energía vibrante y sus calles siempre vivas, se convirtió en su refugio, en su espacio para redescubrirse. Sus días comenzaban con una caminata por el Parque Central, un ritual matutino en el que Piccolo, el maltés, la acompañaba con su andar altivo, como si fuera el verdadero dueño del parque.

En uno de esos paseos, Pía se aventuró al Museo Metropolitano de Arte. La majestuosidad de su fachada neoclásica la impresionó, pero lo que realmente la cautivó fue la serenidad que encontró en sus galerías. Frente a un cuadro de Turner, se quedó absorta, sintiendo cómo los colores y las formas le hablaban de emociones que no podía expresar con palabras. Allí, en medio del bullicio contenido de los visitantes, sintió por primera vez una chispa de paz. Se permitió vagar sin rumbo por los pasillos, deteniéndose frente a obras que parecían susurrarle secretos.

Después del museo, caminó hasta un pequeño café en el Upper East Side, donde encontró refugio del frío invernal. El aroma del café recién molido se mezclaba con el suave murmullo de conversaciones en distintos idiomas. Se sentó junto a la ventana, con un capuchino en las manos y un libro que había comprado en una librería independiente en West Village. Cada página era una invitación a sumergirse en otras historias, pero sus pensamientos a menudo volvían a Dávide, a Nicoletta, a todo lo que había dejado atrás.

Los días pasaron, y Pía exploró los rincones más

icónicos y escondidos de la ciudad. Una tarde se aventuró a Chinatown, donde los aromas exóticos de especias y dumplings la envolvieron. En Little Italy, encontró una trattoria diminuta que le recordó los sabores de casa, y al salir, compró un pequeño amuleto en una tienda de antigüedades que prometía protección y fortuna.

El ritmo frenético de la ciudad no tardó en envolverla por completo. Tomó el tren hacia Brooklyn para visitar DUMBO, donde se quedó maravillada con la vista del Puente de Manhattan enmarcado por los edificios de ladrillo. Caminó por el High Line, un parque elevado que parecía flotar entre rascacielos, y se permitió perderse en Chelsea Market, donde el bullicio de los comensales y el olor a pan recién horneado llenaban el aire.

A medida que diciembre avanzaba, la ciudad se transformó en un espectáculo de luces y decoraciones navideñas. Rockefeller Center se iluminaba con su imponente árbol, y Pía se quedó observando cómo parejas y familias patinaban en la pista de hielo.

Compró un chocolate caliente en un carrito callejero y se dejó llevar por la magia del momento, sintiendo que, por primera vez en mucho tiempo, estaba aprendiendo a disfrutar del presente.

En la víspera de Navidad, el apartamento de Antonella estaba envuelto en una atmósfera cálida. Piccolo dormía plácidamente junto al radiador, mientras Pía decoraba un pequeño árbol que había comprado en un mercado de Greenwich Village. Las luces titilaban suavemente, proyectando reflejos dorados en las paredes. Se sentó en el sofá, sosteniendo una copa de vino que Antonella había dejado para ella, y contempló la ciudad desde el ventanal. Las calles estaban cubiertas de nieve, y las luces de los edificios brillaban como estrellas caídas del cielo.

Tomó el teléfono con decisión. Marcó el número de Dávide y esperó, escuchando el tono de llamada con el corazón latiendo con fuerza. Al otro lado, la voz familiar de Dávide respondió con un cálido, aunque algo somnoliento, "Pronto, amore".

—Dávide, lo siento mucho por llamarte tan temprano —comenzó Pía, su voz temblando ligeramente, casi susurrante—. Sé que es madrugada allí, no quería molestarte, pero necesitaba escucharte.

Dávide hizo una pausa, y en su tono se percibió una mezcla de preocupación y ternura.

—Pía, no tienes que disculparte. ¿Estás bien? ¿Ha pasado algo? —preguntó, ahora plenamente despierto, con una urgencia palpable en sus palabras.

—No, no, Dávide… no es nada malo. —Pía tomó aire, intentando calmar su propia agitación—. Solo… solo he pensado mucho en nosotros, en todo lo que hemos vivido, y no podía esperar más para decirte esto.

Del otro lado de la línea, Dávide permaneció en silencio, escuchándola con la atención de alguien que sabía que algo importante estaba a punto de ser revelado.

—Dávide… estoy lista —continuó Pía, ahora con la voz más firme, aunque cargada de emoción—. Estoy lista para volver. Quiero construir un futuro contigo. Y si me permites, me gustaría que estuvieras aquí conmigo, para que podamos empezar de nuevo.

El silencio que siguió fue breve, pero lleno de significado, como el instante antes de que el sol se asome en el horizonte. Finalmente, Dávide habló, y su voz estaba impregnada de calidez y alivio.

—Pía… no sabes cuánto he esperado escuchar esas palabras. Estoy aquí, listo para ti. Siempre lo he estado. Y si tú quieres, estaré contigo donde sea, cuando sea.

En ese momento, la distancia entre Nueva York y Belluno se desvaneció, y ambos sintieron que estaban exactamente donde debían estar: uno en el corazón del otro.

Pía cerró los ojos, permitiendo que las lágrimas rodaran suavemente por sus mejillas. Por primera vez en meses, sintió que había encontrado su lugar, que el caos de su vida comenzaba a tomar forma. Afuera, la nieve continuaba cayendo, cubriendo la ciudad con un manto de pureza, como si todo lo vivido hasta entonces hubiera sido un preludio a este nuevo comienzo.

# El Fantasma de la Opera

En Italia ya era Navidad. 25 de diciembre de 2022. Apenas Dávide colgó el teléfono, el reloj marcaba las 2:30 de la madrugada. Con la emoción latiendo en su pecho, empacó rápidamente una pequeña maleta. No olvidó asegurarse de guardar el anillo de compromiso, cuidadosamente envuelto en un pañuelo dentro de su maletín. Luego salió de su apartamento en Belluno y se dirigió al aeropuerto Marco Polo en Venecia.

Tras evaluar las opciones, encontró un vuelo de KLM que llegaba al JFK de Nueva York a la 1:37 PM. Sabía que no tenía tiempo que perder; esta vez, Pía no tendría que esperar.

Horas más tarde, en Nueva York, Antonella, con su habitual energía, convenció a Pía de que no podía pasar toda la Navidad encerrada con Piccolo. La persuadió para que asistiera a una función especial de The Phantom of the Opera en el Majestic Theatre. —Es una obra clásica, Pía. —Te hará bien ver algo tan mágico —insistió Antonella, dejando caer que las entradas eran un regalo exclusivo de una amiga influyente.

Pía aceptó, aunque con cierta pereza. La Navidad en Nueva York, rodeada de luces y ajetreo, contrastaba con su necesidad de paz. Pero la insistencia de Antonella, como siempre, era imposible de esquivar.

A las 8:00 PM, Pía llegó al Majestic Theatre, una joya arquitectónica en el corazón de Broadway. El teatro, con su diseño art déco y candelabros brillantes, parecía envolver a los asistentes en un halo de glamour. La atmósfera vibraba con la anticipación de los espectadores. Pía, con su abrigo negro y bufanda roja, entró y fue guiada a su asiento central, estratégicamente ubicado con una vista perfecta del escenario.

Lo que Pía no sabía era que, minutos antes, Dávide había llegado directamente del aeropuerto al teatro. Antonella, con sus contactos y su habilidad para planear sorpresas, había logrado coordinar todo a la perfección. Dávide se cambió rápidamente en los camerinos, ajustando su traje oscuro y respirando profundamente mientras ultimaba detalles con el director de la obra.

La función comenzó con el esplendor que solo Broadway puede ofrecer: un despliegue de luces, música y talento que dejó a Pía fascinada. Dávide, sentado estratégicamente unas filas detrás, observaba a Pía con una mezcla de amor y nerviosismo. Esperaba el momento clave para entrar en escena.

Cuando la obra llegó a su segundo acto, justo después del intermedio, la orquesta comenzó a tocar algo inesperado. "La Vie en Rose" empezó a llenar el teatro con su melancólica dulzura. Pía, sorprendida, se tensó ligeramente en su asiento. ¿Qué hacía esa canción aquí? No estaba en el repertorio habitual de The Phantom of the Opera.

De repente, las luces del escenario se enfocaron en una figura masculina que caminaba hacia el centro. Vestido impecablemente, Dávide apareció iluminado por los reflectores, su presencia irradiando seguridad y amor. El teatro entero guardó un silencio expectante. El público, sin saber si aquello era parte del espectáculo, quedó cautivado.

—Pía, — dijo Dávide con voz firme, proyectándose hacia los espectadores. —He cruzado un océano para decirte algo que no puede esperar más. —

Las luces del teatro giraron lentamente hasta

iluminar a Pía en su asiento. El público volteó a verla, mientras ella, completamente atónita, se llevaba una mano al pecho, sin saber si aquello era un sueño.

—Te amo desde el primer día, y siempre te amaré. Hoy, aquí, en este lugar lleno de magia, quiero preguntarte algo que llevo en mi corazón desde hace años. —

Dávide se arrodilló en el centro del escenario, sacando el pequeño estuche de terciopelo negro.

—Pía, ¿quieres casarte conmigo?

Un murmullo recorrió la audiencia, seguido de aplausos y exclamaciones. Pía, con los ojos llenos de lágrimas, se levantó de su asiento. Con el corazón acelerado, caminó hacia el escenario, seguida por la luz de los reflectores, sin apartar la mirada de Dávide.

Cuando estuvo frente a él, el silencio volvió a llenar el teatro. Con la voz temblorosa, pero cargada de emoción, respondió:

—Sí, Dávide. ¡Sí, quiero casarme contigo! —

El teatro estalló en aplausos, mientras Dávide se ponía de pie para abrazarla y besarla. La orquesta retomó "*La Vie en Rose*", y los actores, el equipo técnico y los espectadores se unieron en una ovación que parecía no tener fin.

Esa noche, el Majestic Theatre no solo fue testigo de una función inolvidable, sino de un amor que cruzó continentes para renacer en el corazón de Broadway.

Mientras Pía se encontraba en el teatro, Mike, con la precisión y dedicación que lo caracterizaban, se aseguró de que el apartamento de Antonella estuviera impecable y perfectamente decorado para el regreso de la pareja. Las flores rojas, elegidas meticulosamente por Antonella, eran el centro de la decoración: rosas escarlatas, lirios orientales y peonías carmesí adornaban cada rincón del espacio. Los arreglos, distribuidos estratégicamente, llenaban la estancia de un aroma dulce y envolvente.

En la mesa del comedor, un espectacular ramo sobresalía en un jarrón de cristal tallado, sus flores dispuestas como una obra de arte que parecía desafiar la gravedad. Sobre el piano, un arreglo más pequeño con tulipanes y ranúnculos vibrantes le daba un aire romántico al rincón donde Pía solía sentarse a mirar el parque. Incluso en la cocina, un pequeño ramo de claveles rojos en un florero blanco completaba la sensación de armonía y cuidado.

Por ser Navidad, las opciones de comida eran limitadas, pero Antonella, con su buen gusto y atención al detalle, sugirió un famoso restaurante chino de la zona. Mike, siguiendo las instrucciones, se encargó de realizar el pedido, asegurándose de que cada plato fuera un deleite para los sentidos. Cuando llegaron los empaques perfectamente sellados, el aroma especiado llenó el apartamento.

El festín era digno de una celebración para seis personas. Había pato pekinés, su piel dorada y crujiente acompañada de finas crepas de harina, cebolletas y una salsa hoisin exquisitamente dulce y salada. Los dim sum llegaban en una variedad de rellenos: cerdo, camarones, vegetales y una especialidad de carne de cangrejo con un toque de jengibre.

Un gran recipiente contenía Mapo Tofu, el tofu sedoso mezclado con carne de cerdo picada y bañado en una salsa picante y vibrante de chiles fermentados. Junto a él, había langostinos al estilo cantonés, perfectamente dorados y salteados con ajo y especias, desprendiendo un aroma que hacía la boca agua. Para completar, un plato humeante de fideos Singapur, salteados con curry, camarones, trozos de pollo y vegetales crujientes.

La mesa estaba puesta con vajilla blanca y dorada, y en el centro descansaba una botella de prosecco, elegantemente enfriada en un cubo de plata. El brillo de las copas de cristal reflejaba las luces tenues del apartamento, creando un ambiente cálido y sofisticado.

Cuando Pía llegó al apartamento con Dávide, aún emocionada por los eventos en el teatro, abrió la puerta y quedó completamente maravillada. Sus ojos brillaban al ver las flores que adornaban cada rincón. Caminó lentamente por la sala, llevando una mano al pecho mientras sus labios esbozaban una sonrisa de gratitud y asombro.

—Es... perfecto —susurró, mirando a Dávide, quien observaba su reacción con ternura. Mike, con la discreción que lo caracterizaba, se acercó.

—Señorita Pía, señor Dávide, espero que todo esté de su agrado. La señora Antonella insistió en que esta noche debía ser especial.

Pía giró hacia Dávide, sus ojos llenos de emoción.

—¿Tú planeaste esto también?

Dávide sonrió, con un brillo cómplice en los ojos.

—Tenía ayuda, claro, pero quería que esta noche fuera inolvidable, tanto para ti como para nosotros.

Pía caminó hacia la mesa del comedor, donde el

festín los esperaba. Los aromas cálidos y especiados envolvían la habitación, mientras el prosecco brillaba bajo la luz de las velas.

—Es más de lo que podía imaginar —dijo Pía, tomando la mano de Dávide—. Gracias, por todo.

Dávide le dio un suave apretón a su mano y, con un gesto que parecía detener el tiempo, dijo:

—Lo único que importa es que estés feliz, Pía. Esta noche, y todas las que vengan después.

Mike, con su habitual discreción, se retiró después de asegurarse de que todo estuviera perfecto.

—Si necesitan algo, no duden en llamarme. Buenas noches, señorita Pía, señor Dávide.

—dijo con una leve inclinación de cabeza antes de cerrar la puerta tras de sí.

El silencio que siguió era un poema en sí mismo, una cadencia íntima tejida con hilos invisibles de deseo y esperanza. La noche de Navidad, cargada de una melancolía dulce, parecía detenerse en el instante en que sus miradas se encontraron, como si el universo conspirara para silenciarlo todo excepto el latido compartido de sus corazones.

Pía dio un paso hacia él, lenta, pero decidida, y tomó su mano con la delicadeza de quien sabe que está a punto de cruzar un umbral. Su sonrisa, un reflejo de todas las palabras que nunca se habían dicho, llevaba consigo el peso de los años separados y la promesa de lo que estaba por venir.

—Hay algo que dejamos a medias en aquel balcón de Belluno… —dijo con una voz que apenas era un susurro, pero que vibraba con la intensidad de un eco profundo en la caverna de su alma.

Dávide inclinó la cabeza ligeramente, su mirada fija en la de ella, como si en esos ojos verdes estuviera escrito un mapa hacia un destino que siempre había conocido.

—Es cierto —respondió, con un tono tan suave que parecía tejido con la misma fragilidad de la nieve que caía en silencio al otro lado del cristal.

La habitación se convirtió en un escenario de luces y sombras, un espacio donde el tiempo se quebraba en pedazos infinitos de deseo contenido. Entre risas nerviosas que temblaban como hojas de olivo en el viento, y caricias que parecían descubrir por primera vez la textura del universo, caminaron juntos hacia la habitación como si cada paso fuera un verso en un poema eterno.

Al cruzar la puerta, ambos se detuvieron, y el aire pareció cargarse con el aliento de algo sagrado. Pía, con la gracia de quien se desnuda no solo del vestido, sino también de las dudas y miedos, comenzó a deslizar los botones de su blusa, uno a uno, como si cada movimiento contuviera la delicadeza de un ritual antiguo. Dávide, sin apartar su mirada de ella, se desabotonó la camisa con manos que temblaban ligeramente, no de incertidumbre, sino del peso de la emoción contenida durante tanto tiempo.

Cuando sus cuerpos se encontraron, fue como si el amor, largo tiempo dormido, despertara en un estallido de luz y fuego. Cada roce era una melodía, cada beso, una estrella fugaz cruzando el firmamento de la noche. Sus suspiros eran versos sin palabras, y sus caricias, notas de una sinfonía que solo ellos podían escuchar. En el roce de sus pieles, el universo entero pareció converger, y en ese instante, el tiempo dejó de existir.

Las sombras de la habitación bailaban al compás de su pasión, y cada rincón parecía testigo mudo de un amor que se renovaba en su entrega. Entre susurros apenas audibles, los nombres que pronunciaban eran oraciones, y sus movimientos, el lenguaje de dos almas que finalmente se reconocían en el otro. Allí, bajo el abrigo de la noche y el manto de la Navidad, Dávide y Pía se convirtieron en un solo cuerpo, un solo espíritu, como si en ese acto sellaran un pacto secreto con las estrellas que los miraban desde el firmamento helado.

Al final, cuando sus respiraciones se calmaron y el silencio volvió a envolverlos, Pía apoyó su cabeza en el pecho de Dávide, escuchando el tamborileo de su corazón como si fuera el latido del mundo entero. Afuera, la nieve seguía cayendo, silenciosa y eterna, como un manto que cubría sus sombras, dejando solo la luz de lo que acababan de construir.

Pasada la medianoche, y tras un momento de quietud compartida en los brazos del otro, decidieron ir al comedor, donde el festín preparado por Mike aún esperaba. La botella de prosecco ya había perdido el frío de la cubitera, pero eso no importaba. Pía descorchó la botella mientras Dávide servía los platos.

Sentados frente al ventanal, con la ciudad de Nueva York como telón de fondo, compartieron risas y recuerdos. Las luces de los rascacielos titilaban en la distancia, reflejándose en sus copas como un eco de las estrellas en el cielo.

—¿Te das cuenta de lo lejos que hemos llegado? —preguntó Pía, rompiendo el silencio mientras levantaba su copa hacia Dávide.

—Sí, y aún me parece increíble estar aquí contigo —

respondió él, su mirada cargada de una ternura que lo decía todo.

Brindaron, no por el pasado ni por el futuro, sino por el presente que los unía. En ese instante, el mundo parecía perfecto, un lugar donde las heridas habían empezado a sanar y donde el amor encontraba su verdadero significado. Y así, entre bocados compartidos y miradas cómplices, Dávide y Pía marcaron el comienzo de un nuevo capítulo en su historia, uno que prometía estar lleno de segundas oportunidades y el amor que ambos merecían.

## El Diario de Pía

***Lunes, 26 de diciembre, 2022***

*Nueva York fue un espejo. En cada calle bulliciosa, en cada museo silencioso, y en cada café donde me senté a contemplar el ir y venir de los desconocidos, vi reflejados todos los fragmentos de mi ser. Me vi tal como era, sin filtros, sin idealizaciones. No fui solo la mujer que había amado y perdido, sino la mujer que sobrevivió, que aprendió, que renació. En este lugar, donde las luces no se apagan y las voces nunca se callan, encontré un refugio en mi propia soledad. Aprendí que estar sola no significa estar perdida. Al contrario, significa estar en casa, dentro de uno mismo.*

*He caminado por las calles con el peso de mis decisiones y de mis errores. Giacomo fue una sombra, un espectro del pasado que no quise ver, pero que ahora entiendo. No era él quien estaba perdido; era yo, aferrada a una versión idealizada de un amor que nunca fue real. Intenté moldearlo, esperé que fuera algo que nunca podría ser, y en ese acto, me perdí a mí misma. Pero ahora sé que amar no es exigir, no es condicionar, no es moldear. Amar es aceptar, es dejar ser, es soltar.*

*La traición de Alessia me hirió profundamente, no por lo que significó para ella, sino por lo que significó para mí. Era la prueba irrefutable de que incluso quienes amamos pueden fallarnos. Pero también comprendí que la traición no define al otro, sino que nos obliga a mirarnos a nosotros mismos, a preguntarnos si podemos perdonar. Y lo hice. Perdono a Alessia, porque su error me enseñó algo invaluable: que el perdón es un regalo que nos damos a nosotros mismos.*

*En las conversaciones con Dávide, sentí algo que*

*no había sentido en mucho tiempo: paz. No era un escape, no era una solución. Era simplemente el eco de un amor que nunca dejó de ser, un amor que no pide, que no exige, que simplemente espera. En esas llamadas nocturnas, mientras la ciudad brillaba y el viento de invierno me acariciaba el rostro, entendí que Dávide no era mi salvador. Era mi testigo. Mi testigo en este proceso de redescubrimiento, de reconstrucción.*

*Hoy soy otra. Soy la mujer que dejó atrás la culpa, que abrazó sus cicatrices y que aprendió a amarse en su totalidad. Soy la mujer que se sienta a escribir esto no desde el dolor, sino desde la esperanza. Porque al final, la herida que más me dolía no era la que otros me dejaron, sino la que yo misma me infligí al no aceptarme. Hoy cierro ese capítulo. Hoy me acepto. Hoy me amo.*

*Y por eso, en vísperas de la Navidad, llamé a Dávide. Le dije que estoy lista, no porque quiera que él me complete, sino porque quiero compartir con él este nuevo capítulo. Le dije que lo amo, que quiero construir un futuro a su lado. Y lo que más me llena de paz es que sé que no será un final feliz. No será un final. Será un comienzo. Una historia que escribiremos juntos, con todo lo que somos, con nuestras sombras y nuestras luces, pero sobre todo, con nuestras verdades.*

*Hoy es Navidad, y siento que renazco. No como alguien nuevo, sino como alguien que finalmente se reconoce a sí misma. Y eso, quizás, sea el verdadero milagro.*

Fin.

## Referencias y Créditos

En El Eco de Pía he incorporado citas y referencias de diversas obras y autores que han inspirado profundamente esta narrativa:

1. Erich Fromm, El arte de amar. La cita aparece en la página 13.

2. Joseph Campbell, frase: "El tesoro que buscas no está en alguien más, sino en ti mismo". Esta cita, extraída de El héroe de las mil caras, se encuentra en la página 29.

3. Jean-Paul Sartre, por su filosofía del existencialismo. Inspiración tomada de El ser y la nada, citada en la página 41.

4. Albert Camus, La peste. La referencia a esta obra se encuentra en el contexto: "Desafiabas la aparente falta de sentido de la existencia y, en ese desafío, convertías las sombras en luz", citada en la página 49.

5. Carl Jung, frase: "El privilegio de una vida es convertirse en quien realmente eres". Citada en la página 49.

6. Charles Chaplin, frase: "Canta, ríe, baila, llora y vive cada momento de tu vida antes de que el telón baje y la obra termine sin aplausos". Citada en la página 49.

7. Jorge Luis Borges, referencias a su filosofía sobre el reflejo y los laberintos. Inspiración tomada de sus obras Los espejos y La biblioteca de Babel, citada en la página 49.

8. Edmond Rostand, por su obra Cyrano de Bergerac. Citada en la página 53.

9. Jovanotti, canción "Baciami Ancora". Esta canción,

perteneciente a la banda sonora de la película homónima lanzada en 2010, está citada en la página 57.

www.ingramcontent.com/pod-product-compliance
Lightning Source LLC
Chambersburg PA
CBHW030622310726
48979CB00003B/840
* 9 7 8 1 9 6 6 1 3 1 8 5 4 *